Klarant Verlag

Hans-Rainer Riekers schreibt Ostfrieslandkrimis, die vor allem eines sind: authentisch, denn als pensionierter Polizeibeamter kennt er die Details einer Ermittlung ganz genau.
Der in Bremen geborene Autor liebt seine Heimat Norddeutschland, und besonders der raue Charme der Ostfriesischen Inseln hat es ihm angetan. Die einzigartigen maritimen Stimmungen, die den Freizeitskipper an der Nordsee und in den malerischen Orten Ostfrieslands befallen, gibt er in seinen Büchern an die Leser weiter, die so unmittelbar auf den Spuren der Handlung wandern können.
Neben seinen Ostfrieslandkrimis ist Hans-Rainer Riekers auch bekannt für erfolgreiche Kinderkrimis von der Küste, die schon viele Leser in ihren Bann gezogen haben.

Hans-Rainer Riekers

Sandbankmord

Ostfrieslandkrimi

Klarant Verlag

Klarant Verlag, www.klarant.de – www.ostfrieslandkrimi.de
ISBN: 978-3-96586-539-6
1. Auflage 2022
Umschlagabbildung: Klarant Verlag

Printed in the EU.

Sonntag - Das Licht im Watt

Kriminaloberkommissar Harm Petersen, den alle nur »Skipper« nennen, schlug verärgert auf die Reling der »Antje D.«. Seine Segeljacht, die ihm auch als heimlicher Hauptwohnsitz im Hafen von Emden diente, stellte sich so zickig an, wie es die echte Antje D., seine große, unglückliche Liebe und Namensgeberin der Jacht, im wahren Leben niemals getan hätte.

Noch vorgestern hatte er mit Stefan Grote und Stine Lessing, seinen Kollegen und Freunden von der Kripo Aurich, zusammengesessen, um die letzten Details eines abgeschlossenen Falles zu besprechen. Dann war er direkt in den Hafen gefahren, hatte die Leinen losgeworfen und sich auf zwei freie Tage gefreut, die er mit einem Kurztrip nach Helgoland verbringen wollte. Sicher würde es eine der letzten Touren des Jahres werden, denn der Herbst hatte den Norden bereits fest im Griff. Es war auch alles perfekt gelaufen, denn ein leichter, kühler Wind schob ihn sanft voran, und schon am Abend hatte er Helgoland erreicht.

Der nächste Tag hatte noch einmal Sonnenschein pur gebracht und Erinnerungen an den Sommer aufkommen lassen, doch nun, auf der Rückfahrt, lief einfach alles schief. Die Sonne hatte grauen Wolken das Feld überlassen müssen, dennoch war der Wind immer schwächer geworden. Mittlerweile war er völlig eingeschlafen, und das Wasser der Nordsee präsentierte sich glatt wie ein Dorfteich. Solange es noch irgendwie ging, versuchte Harm Petersen, unter Segel voranzukommen, doch irgendwann musste er einsehen, dass er auf diese Art und Weise Emden nicht mehr erreichen würde. Also entschloss er sich murrend, die Segel einzuholen und unter Motor weiterzufahren. Diese Entscheidung ging ihm schwer ab, denn den 60 PS starken Dieselmotor im Heck der »Antje D.« bezeichnete er abfällig als »Flautenschieber«. Es war nun mal unter seiner Würde, sich durch Motorkraft voranbringen zu lassen. Im engen Hafen beim Anlegemanöver, nun gut, da ging es nicht anders, aber sonst empfand er das Brummen des Motors als Beleidigung.

Doch genau dieses Brummen, auf das er nun angewiesen war, präsentierte sich heute in einer Tonlage, die ihm fremd war. Immer wieder hustete und prustete der Motor und stieß durch den Auspuff von Zeit zu Zeit blaue, stinkende Wolken aus. Gerade in dem Moment, als aus dem feuchten Herbstdunst ein holländisches Küstenmotorschiff mit voller Fahrt auf ihn zukam und keinerlei Anstalten machte auszuweichen, zeigte sich der Motor von seiner hinterhältigen Seite. Er gab ein undefinierbares Geräusch von sich, dann »kotzte er sich aus«, wie Skipper es in seiner typischen Art zu definieren pflegte, und stellte nach dem Ausstoß einer nun tiefschwarzen Rauchwolke unwillig wie ein bockiges Kind jegliche Arbeit ein.

Skipper war ein erfahrener Segler, der sich mit seiner Jacht nicht nur auf Nord- und Ostsee herumtrieb, sondern bereits den Atlantik überquert hatte. Er war also einiges gewohnt, doch diese Situation trieb ihm trotz der Kühle des Abends die Schweißperlen auf die Stirn. Seine über alles geliebte »Antje D.« trieb es auf die Spitze und nahm sich die Freiheit, genau in Fahrtrichtung des immer weiter auf ihn zukommenden Frachters zu treiben.

Das ohrenbetäubende Signalhorn des Frachters erklang, zuerst nur einmal, dann in immer kürzer werdenden Intervallen, bis es sich zu einem furchterregenden Dauerton steigerte. Immer wieder drückte Skipper den Anlasser und endlich, er wollte bereits aufgeben, entschloss sich der Motor, doch noch einige Umdrehungen zu machen. Der Schub reichte gerade noch aus, um die »Antje D.« aus dem unmittelbaren Gefahrenbereich zu schieben, dann erstarb das Motorgeräusch erneut.

Der Frachter rauschte keine 10 Meter entfernt an ihm vorbei, und während Skippers Jacht von der Bugwelle des Schiffs hin und her geworfen wurde, trat der Kapitän aus dem Ruderhaus heraus auf die Brückennock, nahm die Tabakpfeife aus dem Mund und tippte sich damit an die Stirn. Dann rief er noch ein Schimpfwort hinterher und ging kopfschüttelnd zurück in die Wärme.

Skippers mangelnde Kompetenz in Bezug auf niederländische Schmähworte bewahrte ihn vor einer tiefen Demütigung. Auf eine Geste der Entschuldigung gegenüber dem Kapitän verzichtete er, denn die Vorstellung, die er ihm gerade geboten hatte, war äußerst peinlich gewesen, das wusste er selbst. Den Ausfall seines Motors als Ausrede zu benutzen, kam ihm gar nicht erst in den Sinn. Es war schließlich seine Pflicht als Seemann, dafür zu sorgen, dass die Technik seines Schiffes einwandfrei funktionierte.

Skipper schaute sich noch einmal um. Der Frachter war schon fast wieder im Dunst verschwunden und ein Blick auf sein Radargerät zeigte ihm, dass er im Moment weit und breit allein auf dem Meer war. Also konnte er es sich leisten, seine Jacht treiben zu lassen, unter Deck zu gehen und mit dem Dieselmotor mal ein ernstes Wort zu reden.

Er kroch bis in den hintersten Winkel der Jacht und tat das, was man üblicherweise als Erstes machte. Er prüfte den Kraftstofffilter auf Verstopfungen, und schon sah er das Elend. Der Filter war von einem zähen Schlamm überzogen. Damit stand die Diagnose fest: Dieselpest. Er hatte schon davon gehört, dass es nach dem Tanken verunreinigten Kraftstoffs zu einer bakteriellen Verseuchung kommen konnte, die den Diesel verdickte. Aber dass nun ausgerechnet er davon betroffen war, ärgerte ihn über alle Maßen.

Skipper reinigte den Filter provisorisch so gut es ging. Jetzt würde es vielleicht wieder eine Zeitlang gehen, doch er war Realist genug, um zu wissen, dass er sich auf den Motor in diesem Zustand nicht mehr verlassen konnte. Niemals würde der bis Emden durchhalten. Nur eine Werkstatt konnte die Ursachen beseitigen, denn dazu mussten Tank und Motor komplett gereinigt werden, und das übertraf sogar seine zweifellos vorhandenen technischen Fähigkeiten.

Er ging wieder in den Steuerstand und blickte auf die elektronische Seekarte. Sein Schiff lag jetzt querab von Baltrum. Das empfand er bei allem Ärger als glückliche Fügung, denn in Neßmersiel, dem Baltrumer Fährhafen, betrieb ein Freund von ihm eine kleine Werkstatt, die sich auf Bootsmotoren spezialisiert hatte. Dort könnte er seine »Antje D.« in dessen liebevolle Hände übergeben. Kurzentschlossen steckte er den neuen Kurs ab. Es bereitete ihm keinerlei Sorgen, sich bei einsetzender Dunkelheit und schlechter Sicht durch das von vorgelagerten Sandbänken schwer zu passierende Seegatt zwischen Baltrum und Norderney zu schummeln. Die einzige Unbekannte in dieser Rechnung war der Motor, der durfte ihn nicht im Stich lassen. Skipper startete ihn mit den Worten: »Lass mich jetzt bloß nicht hängen, alter Kumpel!« Vielleicht erhörte der Motor seine Worte, oder er war sich seiner Verantwortung bewusst, zumindest sprang er prompt an. Er lief nicht völlig rund, doch immerhin, er lief. Skipper legte das Ruder auf Süd.

Der über dem Meer liegende Dunst und die inzwischen vollständig hereingebrochene Dunkelheit forderten seine volle Konzentration. Oft waren die Fahrwassertonnen erst im letzten Augenblick zu erkennen, doch nach einer Stunde Fahrt hatte er endlich das Seegatt hinter sich und nahm Kurs auf die schmale, aber schnurgerade Fahrrinne, die ihn direkt nach Neßmersiel bringen würde. Das Lichtzeichen, das die Einfahrt in die Fahrrinne anzeigte, war bereits zu erkennen, denn es war an einem Mast angebracht, der über den Dunst hinausragte. Skipper hätte nun aufatmen können, doch sein Motor präsentierte jetzt wieder sein zweites Ich, das aus Husten, Spucken und blauen Wolken bestand, die sich stinkend um das Boot herum ausbreiteten. Noch hatte er seinen Geist nicht völlig aufgegeben, aber was, wenn er genau das inmitten der Fahrrinne zum Hafen tat und Skipper zwang, dort zu ankern? Kein Fährschiff könnte am nächsten Morgen an ihm vorbeikommen, und er würde sich den Zorn der Baltrumer zuziehen. Von der Blamage, die der Küstenklatsch schnell bis nach Emden in seinen Segelclub tragen würde, mal ganz abgesehen. Also riss er kurzentschlossen das Ruder herum und fuhr in einen östlich abzweigenden Priel, um dort über Nacht liegen zu bleiben. Am nächsten Morgen konnte er mit erneut gereinigtem Kraftstofffilter und gutem Zureden den Motor vielleicht bewegen, ihn doch noch die letzte Seemeile hinein in den Hafen zu schieben.

Als habe der Motor seine Gedanken gelesen, riss er sich noch eine Viertelstunde lang zusammen, dann ließ er mit einem letzten Aufseufzen sein Grummeln verstummen und ging zur Nachtruhe über. Skipper fügte sich in sein Schicksal, ließ die Jacht nach Steuerbord auslaufen und stellte befriedigt fest, dass die »Antje D.« auf einer ausgedehnten Sandbank zum Stehen gekommen war. Das beunruhigte ihn keineswegs, denn bei seiner Jacht handelte es sich um einen sogenannten Kimmkieler, also eine Segeljacht, die mit zwei kurzen Kielen versehen war. Das gab ihr die Möglichkeit, sich im Watt bei Niedrigwasser aufrecht stehend trockenfallen zu lassen. Skipper hatte diese Eigenschaft oft ausgenutzt, und schon nach wenigen Minuten stellte er zufrieden fest, dass die Jacht bombenfest stand, während der Meeresspiegel um sie herum immer weiter sank. Morgen früh, bei Flut, würde die »Antje D.« wieder sanft aufschwimmen und ihn aus dem Schlaf wecken.

Skipper warf den Anker aus, dann zog er sich eine warme Jacke an und holte sich eine Flasche Bier aus der Kajüte. Er fasste notgedrungen den Entschluss, sich dieses »Einlaufbier«, wie es unter Seglern üblich und nach dem Erreichen eines Hafens geradezu Pflicht war, ausnahmsweise einmal auf der Sandbank zu genehmigen, und dabei die Ruhe der Nacht zu genießen. Er lehnte sich zurück, nahm einen tiefen Schluck und schaute in die Sterne. Der Anblick der Milchstraße, die man hier draußen in völliger Dunkelheit viel besser sehen konnte als auf dem Festland, verzauberte ihn jedes Mal aufs Neue.

Nachdem er sich sattgesehen und seine Augen sich restlos an die Dunkelheit gewöhnt hatten, ließ er seinen Blick schweifen. Nichts war zu hören, nur ab und an gluckerte das ablaufende Wasser in den Prielen oder ein verirrter Wasservogel gab Laut. Mit einem Mal erblickte er in der Dunkelheit, mitten im Watt auf halbem Wege zum Festland, ein schwaches Licht. Zuerst glaubte er an eine Täuschung, also nahm er sein Fernglas, um genauer hinzuschauen, doch er hatte sich nicht geirrt. Rund um das warme Licht zeichneten sich die schemenhaften Umrisse eines alten, hölzernen Plattbodenseglers ab, wie sie noch heute in den Niederlanden auf dem Wattenmeer weit verbreitet sind. Das Schiff schien, genau wie seine »Antje D.«, auf einer Sandbank zu liegen. Der schwache Lichtschein, den er zufällig wahrgenommen hatte, drang aus einem Kajütenfenster zu ihm herüber und spiegelte sich auf den schwarzen Wasserflecken, die die zurückweichende Nordsee hinterlassen hatte.

Skipper schaute auf die Uhr, es ging hart auf 22 Uhr zu. Vielleicht hatte die Besatzung des Schiffes sich das Einlaufen in die schmale Fahrrinne nach Neßmersiel bei Dunkelheit nicht zugetraut und wollte wie er erst am nächsten Tag den Hafen ansteuern. Das allerdings wäre eine glückliche Fügung, denn dann könnte er sich morgen von diesem Schiff einschleppen lassen, und wäre aller Sorgen um seinen unzuverlässigen Motor enthoben.

»Wer noch Licht in der Kombüse hat, schläft noch nicht!«, murmelte er, ging unter Deck und suchte in dem Chaos seine ausgelatschten Gummistiefel. Dann zog er seinen Ostfriesennerz über den warmen Pullover, schnappte sich Taschenlampe und Handy und schaltete das weiße Ankerlicht an seinem Mast ein. Zum einen war das Vorschrift, zum anderen konnte er dadurch seine Jacht auch bei Dunkelheit leicht wiederfinden. Er war gerade im Begriff, sein Boot zu verlassen, doch dann ging er noch einmal in die Kajüte zurück und steckte einen Handkompass ein. Skipper war ein ebenso erfahrener wie vorsichtiger Mann. Im Watt konnte sich die Sicht innerhalb von Minuten dramatisch verschlechtern. Deshalb peilte er das Kajütenlicht seines unbekannten Nachbarn an und merkte sich die Gradzahl. Erst danach machte er sich entschlossen auf den Weg.

Er hatte die Entfernung zu seinem Nachbarn auf etwas weniger als einen Kilometer geschätzt, musste aber schnell feststellen, dass er sich gründlich vertan hatte. Es waren fast zwei Kilometer, die er zu laufen hatte. Das Watt war in diesem Bereich sehr unterschiedlich strukturiert. Mal sackte er so tief im Schlick ein, dass er befürchten musste, sich nicht mehr befreien zu können, ohne seine Gummistiefel zu opfern, dann wieder erhoben sich feste Muschel- oder Sandbänke, die das Vorankommen erleichterten. Auf geschätzt halber Strecke blieb er stehen und blickte zurück. Das Ankerlicht seiner »Antje D.« war noch zu erkennen, das beruhigte ihn.

Endlich war er bis auf hundert Meter an das Plattbodenboot herangekommen. Gerade eben noch hatte er unter erheblichen Schwierigkeiten einen schlammigen Priel überqueren müssen. Die

Anstrengung des Marsches ließ ihn schwer atmen, darum verharrte er auf der festen Sandbank, um wieder etwas Luft zu holen. In diesem Augenblick meinte er, an Deck des Schiffes eine Bewegung wahrgenommen zu haben. »Ahoi!«, rief er, so laut er konnte, denn es schien ihm ratsam, sein Erscheinen rechtzeitig anzukündigen, um niemanden zu erschrecken. Die Person auf dem Deck verharrte kurz, und er bildete sich ein, dass sie zu ihm herübersah. Dann duckte sie sich im selben Moment herunter. Der Art der Bewegung nach glaubte Skipper, dass es sich um einen Mann handeln müsse. Er konnte sich ein Grinsen nicht verkneifen. »Was für ein Schisser, lässt sich von dem Ruf eines gestrandeten Segelkameraden dermaßen erschrecken.« So hielt er es für sinnvoll, gleich den Grund für sein nächtliches Erscheinen zu erklären: »Ich liege mit Motorpanne ganz in eurer Nähe und könnte Hilfe gebrauchen.«

Der Mann auf dem Deck kämpfte wohl immer noch mit seinen Ängsten und gab sich weiterhin nicht zu erkennen. Kurz kam es Skipper so vor, als habe der Unbekannte das Schiff auf der ihm abgewandten Seite verlassen, da sich auf dem Boden neben dem Schiff plötzlich etwas bewegte, doch genau war das in dem Dunst nicht auszumachen.

Skipper schüttelte unwillig den Kopf, denn das ungewöhnliche Verhalten des Unbekannten erschloss sich ihm nicht. Also setzte er seinen Marsch fort. Erst nachdem er das fremde Schiff erreicht hatte, konnte er Einzelheiten erkennen. Es war in der Form eines alten holländischen Ewers aus Holz gebaut und sehr gepflegt. Die braunen Segel des Zweimasters waren sauber verzurrt. Das Radargerät am Mast verriet ihm, dass sich das Schiff auf dem neuesten technischen Stand befand.

Noch immer brannte in der Kajüte Licht, doch die Vorhänge verwehrten ihm den Einblick. Er umkreiste das Boot einmal, und nun war er sicher, dass sich niemand mehr auf dem Oberdeck befand. Unschlüssig leuchtete er den Muschelsand ab, der sich um ihn herum befand. Der war so hart, dass keine Fußabdrücke zu erkennen gewesen wären, selbst wenn jemand gerade tatsächlich von Bord gegangen war.

Er ging zurück an die Seite und klopfte an das Kajütenfenster. »Ahoi, ich könnte Hilfe gebrauchen!« Doch auch diesmal führte seine Bitte zu keiner Reaktion. So allmählich wurde Skipper ärgerlich. Unter Seglern war es üblich, sich in jeder Lage zu helfen, aber das, was er hier gerade erlebte, war schwerlich unter dem Begriff Segelkameradschaft einzuordnen. So leicht wollte er sich dann jedoch nicht geschlagen geben. »Ich komm mal bei euch an Bord, wenn's recht ist!«, rief er. Ohne auf Antwort zu warten, reinigte er seine verdreckten Gummistiefel so gut es ging in einer Pfütze, dann setzte er seinen Fuß auf eine außenbords hängende Strickleiter und schwang sich auf das Deck.

Der zweite Eindruck bestätigte seinen ersten. Er befand sich an Bord eines historischen Ewers, der mit viel Liebe und noch mehr Geld aufwändig restauriert worden war. Leinen, die an Deck lagen, waren sauber aufgerollt, alles war piekfein angestrichen. »Tipptopp, der Kahn!«, dachte er anerkennend. Seine Taschenlampe konnte er nun getrost ausschalten, denn das aus der offen stehenden Kajütentür herausfallende Licht bot ihm genug Orientierung. Skipper war es leid, immer wieder zu rufen, also entschloss er sich, weiterzugehen.

Es waren fünf knarzige Holzstufen, die er herabstieg, dann empfing ihn das heimelige Licht der Kajüte. Er schaute sich um, doch zu sehen war niemand. Auf dem Holztisch, der seitlich stand und von zwei Bänken flankiert war, stand ein vorbereitetes Abendessens. Zwei unbenutzte Bestecke und zwei Teller waren zu sehen. Von dem Labskaus, das in einer Schüssel auf dem Tisch stand, hatte jemand auf jeden der Teller einen kräftigen Klacks aufgetürmt. Die Gurken und Bismarckheringe in der anderen Schale warteten indessen immer noch auf einen Abnehmer. Neben einem der beiden Teller stand eine Bierflasche. Sie war noch nicht geöffnet worden. Es sah so aus, als habe jemand das Abendessen von zwei Schiffern unmittelbar vor dem Beginn abrupt unterbrochen. Skipper wurde unsicher. War er etwa der Störenfried, der den beiden durch sein Erscheinen den Abend vermasselt hatte?

»Hallo!?«, zögerlich ging er einen weiteren Schritt voran, dann bemerkte er die Blutlache, die sich auf dem sorgsam gepflegten Teakholzboden ausgebreitet hatte. Es war der Instinkt eines erfahrenen Kriminalisten, der ihn augenblicklich spüren ließ, dass er in Gefahr war. Er musste so schnell wie möglich hier raus. Doch Harm Petersen war wiederum kein Mann, der leicht in Panik geriet und zu überstürzter Flucht neigte. Entschlossen nahm er seine Taschenlampe in die rechte Hand, um sie im Fall der Fälle als Schlagwerkzeug nutzen zu können, und ging vorsichtig zurück, wobei er darauf bedacht war, sich stets mit dem Rücken an der Wand zu halten, um böse Überraschungen von hinten auszuschließen. Ein kaum hörbares Geräusch ließ ihn angespannt verharren, doch es blieb ihm nicht einmal die Zeit, seinen Arm zu heben, um sich zu schützen. Den dumpfen Schlag auf den Kopf spürte er noch, dann wurde ihm schwarz vor Augen.

Autorenlesung

»Langsam, fast zögerlich ging Hannes auf die im Dunkel liegende, halb verfallende Villa zu. Alles war ihm vertraut und doch so fremd. Als Kind war er gelegentlich hier gewesen, doch das war schon so unendlich lange her.

Wäre er doch nur ein wenig aufmerksamer gewesen, dann hätte er sehen müssen, dass ganz in der Nähe das Gras niedergetreten war. Der Sommertau, der trotz des schwachen Mondlichts glänzte, war an diesen Stellen abgestreift, so wirkte die Spur seltsam tot im Glitzern der Umgebung. Eine Eingangstür zu dem Gebäude gab es nicht mehr, vermutlich hatte irgendwer sie schon vor Jahren eingetreten, so lag das alte Gemäuer offen vor ihm. Eindringlingen hatte es nun nichts mehr entgegenzusetzen.

Er ging hinein und sog die feuchte, muffige Luft ein. Erst jetzt traute er sich, Licht zu machen, denn niemand sollte von der Landstraße aus den Lichtschein sehen. Er nahm sein Handy aus der Tasche, schaltete die LED-Lampe ein und schaute sich um. Alles um ihn herum war marode und zerstört, das Holz schwarz und verfault. Dort, am Ende des Flurs, sah er die Treppe, die auf den Dachboden führte. Genau die hatte er gesucht. Niemals hatte Hannes dort hinaufgehen dürfen, das war ihm streng verboten gewesen, doch nun war es an der Zeit, diesen Weg zu gehen.

Das Metall der Stufen war angerostet, und vorsichtig prüfte er, ob er sich dieser Treppe anvertrauen konnte, doch ein erster Test machte ihm Mut. Das massive Treppengeländer gab ihm den letzten Rest an Vertrauen, denn es war aus dickem Metall gefertigt, das von Kupferpfählen getragen wurde, die an den Spitzen mit mattglänzenden Kugeln verziert waren. Interessiert betrachtete er das außergewöhnliche Konstrukt, es zeugte von dem Reichtum der früheren Bewohner, schien aber für eine simple Treppe bei aller Schönheit fehl am Platze.

Nachdem er endlich den Dachboden erreicht hatte, stellte er enttäuscht fest, dass dieser völlig anders aussah als erwartet. Hannes hatte gehofft, alte Möbel dort zu finden, an die er Erinnerungen knüpfen konnte, doch da war außer einigen Regalen, die mitten im Raum standen, gar nichts. Er hielt nach der Eichentür Ausschau, die ihn an das Ziel seiner Suche führen sollte, doch dann war da plötzlich ein Geräusch, das er nicht zuordnen konnte. Sofort ließ er das Licht seines Handys verlöschen, blieb starr stehen und traute sich nicht mehr zu atmen. Er war nicht allein in diesem Raum.

Diese Erkenntnis kam zeitgleich mit dem Angriff, auf den er überhaupt nicht vorbereitet war. Im Nachhinein konnte er nicht einmal sagen, ob es überhaupt ein Angriff gewesen war oder ob ihn nur jemand ansprang, um ihn zu Boden zu stoßen und sich so den Fluchtweg freizumachen, doch welche Rolle spielte das noch. In dieser Sekunde war er zu solchen Überlegungen nicht mehr fähig. Es gelang ihm noch, sich an einem der Regale festzuhalten und dadurch den Angreifer seinerseits zu Fall zu bringen. Bevor der Unbekannte sich wieder aufrappeln konnte, spürte er, dass sich die Holzstrebe, an der er sich zuvor festgeklammert hatte, löste. So schlug er damit zu, ohne nachzudenken. Erst einmal, dann immer wieder, bis das Stöhnen unter ihm erstarb. «

Jan Harmannus klappte das Buch mit einer einstudierten, theatralisch wirkenden Geste zu und rückte die runde Nickelbrille zurecht, die ihm bei all seiner Jugend und sportlichen Gestalt einen intellektuellen Anstrich verlieh. Nun strich er mit der Hand durch sein langes, weißblondes Haar und lehnte sich in Erwartung des kommenden Applauses entspannt zurück. Zuerst durchbrach nur vereinzeltes, leises Klatschen die atemlose Stille im Vortragssaal der Kreisvolkshochschule Aurich, doch dann wurde es immer lauter, und die ersten Besucher der bis auf den letzten Platz ausgebuchten Dichterlesung standen auf. Sogar vereinzeltes »Bravo!« war zu vernehmen.

Jan Harmannus, der neue Star unter den Autoren von Kriminalromanen und Begründer des von ihm selbst so bezeichneten »Investigativen Ostfrieslandkrimis« erhob sich gnädig und nahm die Ovationen seines Publikums mild lächelnd entgegen. Mit Wohlgefallen erkannte er, dass insbesondere die weiblichen Zuhörer bei seinem Anblick in Verzückung gerieten. Nun, das war nicht verwunderlich, denn sein muskulöser Körper, seine stahlblauen Augen und das volle, bis auf die Schultern fallende Haar machten den 35-jährigen Jungstar zu einem Hingucker. Das musste sogar Stefan Grote unwillig anerkennen, der missbilligend die Begeisterung um ihn herum zur Kenntnis nahm. Er selbst blieb lieber sitzen, und auch Stine blieb gelassen. Keine Frage, der Typ sah blendend aus und hatte Charisma, doch insgesamt trug er ziemlich dick auf. Das gefiel ihr nicht.

Sie schaute auf die Uhr: »21 Uhr, wollen wir los, Chef? Ich habe heute Abend noch etwas vor, und deine Familie möchte an einem Sonntagabend bestimmt auch noch etwas von dir haben, oder? Ich denke, wir haben unsere Pflicht und Schuldigkeit getan.« Ohne die

Antwort ihres Chefs abzuwarten, stand sie auf und drängte sich durch die Sitzreihe. Dabei konnte sie sicher sein, dass Grote ihr folgte, denn der hatte ihr schon während des Vortrags mehrfach gelangweilte Blicke zugeworfen. »Wir haben selbst tagtäglich mit Mord und Totschlag zu tun, da muss ich mir davon nicht auch noch am freien Wochenende erzählen lassen.« Zu dieser Auffassung stand er, trotzdem war er, wenn auch unfreiwillig, zu dieser Veranstaltung gekommen.

Der Leiter der Polizeiinspektion Aurich war am Freitag, kurz vor Feierabend, bei ihnen im Büro erschienen. »Jetzt will ich Ihnen mal was Gutes tun, Grote. Sie und Frau Lessing sind doch kulturinteressierte Menschen, da werden Sie viel Freude an dieser Veranstaltung haben!« Zwar hatte Grote noch hilfesuchend zu Stine hinübergeschaut, doch beiden war nicht schnell genug eine Ausrede eingefallen, um das Geschenk noch abwehren zu können. Also nahmen sie es notgedrungen unter geheuchelter Dankbarkeit an. Wer traute sich schon, ein Geschenk von »Oben« abzulehnen?

Jan Harmannus liest aus dem Entwurf
zu seinem im Frühjahr erscheinenden Thriller
»Die Gruft«

stand auf den Eintrittskarten. Der Chef war so schnell wieder verschwunden, dass Grote sich zu der Bemerkung hinreißen ließ: »So ein Gauner, jetzt ist er die Dinger los, hat seine Ruhe, und wir müssen zwei Stunden lang diesen Selbstdarsteller-Autor ertragen.«

Doch nun hatten sie es überstanden, und freuten sich auf den Restabend. Sie strebten über menschenleere Flure dem Ausgang zu, dann standen sie vor der Tür, genossen die kühle Abendluft und gingen über den Parkplatz. Stine lief zügig voraus, denn sie freute sich auf einen Spieleabend mit den Studenten der WG, die seit einigen Monaten in ihrem Haus wohnten und zu denen sie inzwischen einen freundschaftlichen Kontakt hielt. Umso überraschter war Grote, als sie plötzlich wie angewurzelt stehen blieb, so dass er auf sie auflief. Stine starrte sekundenlang auf einen schwarzen Mercedes mit niederländischem Kennzeichen, der auf dem Parkplatz stand. Er hatte sich nicht in die Parkboxen eingefügt, wie es sich gehörte, sondern parkte quer davor, als warte er nur kurz auf seinen Fahrgast, der jeden Augenblick erscheinen müsse.

»Gero!«, sagte Stine plötzlich leise und zeigte auf den Fahrer des Wagens, der in eine schwarze Chauffeuruniform gekleidet war und sich gelangweilt an die Motorhaube lehnte. Er hielt eine Zigarette in der Hand und schaute gedankenversunken dem Rauch nach, der sich in der Windstille nur langsam auflöste.

Grote betrachtete den Mann und war sich zuerst nicht sicher. Konnte das wirklich der junge Polizist sein, mit dem er und Stine vor zwei Jahren in den schicksalsschweren Dünenhaus-Einsatz auf Juist gegangen waren, der ihrer aller Leben so verändert hatte? Wenn es tatsächlich Gero Bakker war, der dort vor ihnen stand, so hatte er sich seit damals erheblich verändert. Grote hatte noch den schlaksigen, fast jungenhaft wirkenden Inselpolizisten aus Juist vor Augen, der nach dem Einsatz seinen Dienst bei der Polizei quittiert hatte. Dort allerdings stand ein Mann, der kräftiger, athletischer wirkte, dessen Gesicht dennoch verlebte Züge aufwies. Und, das fiel Grote sofort auf, die frühere Unbekümmertheit strahlte er nicht mehr aus. Deshalb war er sich noch nicht völlig sicher, doch Stine hegte keinen Zweifel.

»Er ist es«, sagte sie tonlos. »Ich habe ihn vor einigen Wochen schon einmal im Vorbeifahren gesehen, allerdings war ich mir da noch unsicher. Aber jetzt bin ich es nicht mehr.«

Ohne Grotes Erwiderung abzuwarten, ging sie mit langsamen Schritten schweigend über den Parkplatz. Erst jetzt wurde der Mann am Mercedes auf sie aufmerksam. Er schrak zusammen, warf die Zigarette fort und versuchte, sich in das Fahrzeug zu setzen, um sich Stines Blickfeld zu entziehen, doch sie war schneller. Sie machte einige lange Schritte, dann war sie heran, stellte sich direkt vor ihn und schaute ihm wortlos in die Augen.

Grote blieb stehen, obwohl er Gero Bakker gerne begrüßt hätte, doch er wollte die Rolle des Betrachters nicht verlassen. Er spürte, dass es ihm nicht zustand, in diese Konstellation einzubrechen. Sie ging ausschließlich die beiden etwas an, denn er wusste nur zu genau, dass sie damals Gefühle füreinander empfunden hatten, die vom Lauf der Dinge jedoch zerstört worden waren.

»Stine, mit dir habe ich nicht gerechnet.« Gero Bakker war irritiert, seine Stimme klang unsicher und gepresst. Es war ihm anzusehen, dass er am liebsten aus dieser Situation geflohen wäre, doch das war nicht möglich. »Du siehst toll aus!«, fügte er noch hinzu. Das war wohl das Unpassendste, was er in diesem Moment sagen konnte.

Stine schwankte zwischen Freude und Wut. »Warum hast du niemals etwas von dir hören lassen? Ich habe immer wieder nach dir gesucht, aber du hast Juist verlassen und bist untergetaucht, nachdem du den Dienst quittiert hattest.«

»Ich bin zweimal im Krankenhaus gewesen, aber man hat mich nicht zu dir vorgelassen, weil es dir so schlecht ging. Später lief bei mir einiges schief und … na ja, du weißt ja, wie das Leben manchmal spielt.« Es klang wie eine vorgeschobene Entschuldigung, doch Stine glaubte ihm.

Sie nickte so heftig, dass ihre roten Haare hin und her wippten. Dann strich sie sich mit einer wütenden Bewegung die Haare aus dem Gesicht: »Ja, ich weiß, wie das ist. Gerade darum hätte ich mir gewünscht, dass wir wenigstens noch einmal über den Abend am Dünenhaus geredet hätten. Ich hätte dir gerne gesagt, dass ich dir keine Vorwürfe mache, ja dass ich sogar verstehen kann, was du getan hast, aber du warst ja wie vom Erdboden verschluckt.«

Gero Bakker senkte schuldbewusst den Blick. »Ich weiß, das war nicht in Ordnung. Aber mein Leben ist dermaßen aus den Fugen geraten, dass ich nur schwer wieder zurückgefunden habe. Du konntest mich nicht finden, denn ich lebe schon seit langer Zeit in den Niederlanden, in Delfzijl, und bin froh, dass ich inzwischen als Chauffeur einer Mietwagenfirma einen guten Job bekommen habe. Der Schriftsteller, bei dessen Lesung ihr gerade wart, hat keinen Führerschein. Er lebt auf Borkum. Also mietet er sich ein Auto, wenn er Termine auf dem Festland hat, und ich bin der Fahrer. Er kann es sich leisten.«

Stine hätte tausend weitere Fragen gehabt, doch in diesem Moment kam Jan Harmannus, verfolgt von einigen unermüdlichen weiblichen Fans, über den Parkplatz. Nach einigen letzten Widmungen, die er im Stehen in die ihm hingehaltenen Bücher schrieb, ließ er sich in den Mercedes fallen und gab Gero Bakker unmissverständlich zu verstehen, dass er jetzt abzufahren gedenke.

Gero zuckte mit den Schultern. »Tut mir leid, ich muss los und Harmannus nach Emden bringen.«

Bevor Gero sich in das Auto setzte, zögerte er einen Moment. »Es wäre tatsächlich gut, wenn wir uns noch einmal treffen könnten, um in Ruhe miteinander zu sprechen. Mitte der Woche sind wir in Leer, vielleicht klappt es dann, ich würde mich freuen!« Dann stieg er ein und startete das Auto. Stine sah in seinen Augen, dass er trotz seiner versöhnlichen letzten Worte froh war, sich zumindest für den Augenblick weiteren Fragen entziehen zu können.

Das Auto verließ mit hoher Geschwindigkeit den Parkplatz, bog nach rechts in die Oldersumer Straße ein und ließ eine konsternierte Stine Lessing stehen. Grote ging auf sie zu und suchte nach den richtigen Worten, um sie aufzurichten, doch sie fielen ihm nicht ein.

Auf der Rückfahrt befiel Stine eine unerwartete Ernüchterung, die letztlich doch endlich Klarheit in ihrem Kopf schuf. Von dem, was zwischen ihr und Gero einmal im Begriff gewesen war, zu entstehen, war nichts mehr geblieben. Gero war nicht mehr der, an den sie sich zu erinnern meinte.

Montag - Totenschiff

Skipper wurde von einem heftigen Schmerz geweckt, der seinen Kopf wie ein Eisenring zu umklammern schien. Rund um ihn herum war es stockdunkel, so blieb er eine Zeitlang regungslos liegen und versuchte, einen klaren Gedanken zu fassen. Vorsichtig strich er sich mit der Hand über den Kopf und konnte eine Blutkruste ertasten. Sie schien von einer tiefen Platzwunde zu stammen, und der Umstand, dass die Blutung bereits getrocknet war, sagte ihm, dass er eine ganze Weile bewusstlos gewesen sein musste. Er blieb weiterhin still liegen, um sich die Zeit zu geben, seine Situation einzuschätzen. Befand er sich allein an Bord oder war der, der ihn niedergeschlagen hatte, immer noch in seiner Nähe? Lange lauschte er in die Stille, nachdem jedoch kein Geräusch zu hören war, setzte er sich aufrecht hin. Sekundenlang schossen flimmernde Lichtblitze durch seine Augen, dann wurde es langsam besser, doch so sehr er sich auch anstrengte, um ihn herum war nichts zu sehen.

Er erinnerte sich noch daran, dass er in die beleuchtete Kajüte gegangen war, doch das Licht war nun verloschen. Auch den Blutfleck auf dem Boden hatte er noch im Sinn, aber dann war da auch schon der Schlag auf den Kopf passiert. Mühsam kam er auf die Beine und wartete, bis die Schwindelattacke vorüber war, dann tastete er die Umgebung ab. Als er den Tisch unter seinen Fingern spürte, gelang es ihm, sich zu orientieren. Er suchte vergeblich nach einem Lichtschalter, da er seine Taschenlampe verloren hatte. Vermutlich lag sie irgendwo auf dem Boden. Also ging er wieder auf die Knie und begann, den Boden der Kajüte abzusuchen. Schon nach der ersten Wischbewegung stieg Ekel in ihm auf, denn seine Hände strichen nicht nur über den glatten Teakboden der Kajüte, sondern auch durch einen zähen Brei, bei dem ihm klar war, dass es sich um die Blutlache handelte.

Skipper wollte bereits aufgeben, als er endlich das kalte Metall der Lampe ertastete. Sie war unter eine der beiden Sitzbänke gerollt und ein auf dem Boden liegender Pullover hatte sie glücklicherweise aufgehalten, sonst hätte er sie wohl niemals gefunden. Er nahm die Lampe in die Hand, schaltete sie ein und wich entsetzt zurück. Nicht der Pullover hatte die Taschenlampe gestoppt, sondern der Arm eines toten Mannes! Von jedem anderen Menschen hätte wohl unter diesen Umständen Panik Besitz ergriffen, doch Skipper gelang es, Ruhe zu bewahren.

»Wind in Stärke 11, Welle gegen Strom, Navi ausgefallen. Alles schon gehabt und überstanden. Dagegen ist das doch ein Klacks!« Immer wieder flüsterte er diesen Satz vor sich hin, den er zur Selbstsuggestion nutzte, wenn es mal richtig dicke kam. Die Worte erinnerten ihn an einen schweren Gewittersturm, den er mit seiner »Antje D.« einmal in der Außenelbe »abgeritten« hatte. Damals hätte ihn das sein Leben kosten können, wenn er nicht so besonnen gehandelt hätte.

Dreimal sagte er still seinen Vers auf, dann hatte er sich endgültig wieder im Griff und ließ den Lichtstrahl seiner Lampe weiter kreisen. Er war nicht einmal überrascht, als er unter der anderen Sitzbank einen weiteren leblosen Körper entdeckte.

Skipper kannte sich mit jeder Art von Segelschiffen aus, also suchte er nach dem Sicherungskasten, der sich erfahrungsgemäß unter dem Navigationstisch befand. Wenige Sekunden später drückte er den Schalter der Hauptsicherung wieder hinein, den jemand gelöst hatte. Augenblicklich flammte das Kabinenlicht auf, und ein Summen erfüllte den Raum. Der Computer der elektronischen Seekarte sowie der Leuchtschirm des Radargeräts nahmen ihren Betrieb auf und verbreiteten den Eindruck von Normalität, was weiter zu Skippers Stabilisierung beitrug.

Bevor er sich um die beiden leblosen Körper kümmerte, entschloss er sich, das gesamte Boot abzusuchen, um weitere unliebsame Überraschungen auszuschließen, doch er stellte schnell fest, dass er sich ganz allein auf diesem Totenschiff befand.

Dass die beiden Menschen, die unter den Sitzbänken lagen, tot waren, erkannte er schnell, denn weder Puls noch Atmung waren feststellbar. Er hatte die Körper ein Stück weit unter den Bänken hervorziehen müssen und stellte nun betroffen fest, dass es sich um einen Mann und eine Frau handelte. Die beiden schienen sich im hohen Rentenalter zu befinden, und zumindest der Mann wies eine schwere Kopfverletzung auf, die Frau hingegen schien unverletzt.

Skipper war erfahren genug, um sich nicht weiter unkontrolliert an diesem Tatort zu bewegen. Da mussten die Fachleute ran. Er brauchte nicht lange zu überlegen, um zu wissen, wie er am schnellsten Hilfe bekommen konnte. Also ging er zum Funkgerät und setzte einen Notruf an die *Deutsche Gesellschaft zur Rettung Schiffbrüchiger* ab. In der Leitstelle der Gesellschaft, direkt an der Weser gegenüber der Bremer Innenstadt, wusste man dann, was zu tun war.

Kurz darauf meldete man ihm, dass das Rettungsboot »Neuharlingersiel« aus dem Nachbarhafen ihn gegen sieben Uhr morgens erreichen würde, um ihn, das Totenschiff und seine »Antje D.« nach Neßmersiel einzuschleppen. Dort würden die Kollegen der Spurensicherung und ein Vertreter der Staatsanwaltschaft auf ihn warten.

Skipper schaute auf die Uhr, er hatte noch drei Stunden Zeit, die er nicht ungenutzt verstreichen lassen wollte. Zuerst entschloss er sich, den Ärger mit den Kollegen der Spurensicherung in Kauf zu nehmen und in der Kajüte nach dem Erste-Hilfe-Kasten zu suchen. Sicherung eines Tatortes hin oder her, er benötigte dringend zwei Kopfschmerztabletten, denn so war es nicht lange auszuhalten. Seine Suche brachte schnellen Erfolg. Um am Tatort nicht unnötigerweise seine Fingerabdrücke zu hinterlassen, würgte er die beiden Tabletten trocken hinunter.

Danach ging er an Deck und stellte fest, dass es noch immer dunkel war. Lediglich im Osten war schwacher Lichtschein zu erkennen, doch das war nicht die Anmutung des heraufziehenden Tages, sondern die Lichtglocke über Wilhelmshaven, die die vereinzelten Wolken aufhellte. Der Dunst des gestrigen Abends hatte sich in flachen Nebel verwandelt. Selbst das Ankerlicht seiner »Antje D.« konnte er nicht ausmachen. Das Wasser der Nordsee war inzwischen im Begriff, das Watt wieder komplett zu überfluten. Er stieg über die Strickleiter hinab auf die Sandbank. Der Ewer, von dem er erst jetzt den Namen »Maria« an der Bordwand las, lag immer noch trocken.

Skipper ging der Schatten, den er gestern an Deck gesehen haben wollte, nicht aus dem Sinn. Er leuchtete Meter für Meter die Sandbank ab, die aus einer Mischung aus festem Sand und Muscheln bestand. Schnell musste er einsehen, dass dieser Untergrund wirklich nicht geeignet war, Fußabdrücke zu speichern. So suchte er einige Meter entfernt weiter, dort, wo die Muschelbank in das schwarze Watt überging, und wurde fündig. Tatsächlich erkannte er einige wenige Fußabdrücke, die in Richtung Festland zeigten, doch mehr Rückschlüsse ließen sie nicht zu. Das auflaufende Wasser begann bereits, sie mit Wasser zu füllen, und flachte dabei die Ränder ab. Deshalb musste jeder Versuch, etwas über die Schuhgröße des Verursachers zu erfahren, zur Spekulation werden. Nur eines war klar: Klein waren diese Abdrücke nicht.

Und doch war Skippers Bemühen nicht völlig erfolglos, denn im stetig steigenden Wasser eines Priels fand er eine Bierflasche von der Sorte, die auch auf dem Tisch in der Kajüte stand. Blutreste,

Fingerabdrücke oder gar DNA würden auf ihr wohl nicht zu finden sein, trotzdem war er davon überzeugt, hier das Tatwerkzeug gefunden zu haben. Vermutlich war mit dieser Flasche der alte Mann erschlagen worden und wahrscheinlich hatte auch sein eigener Kopf mit ihr Bekanntschaft gemacht. Der Täter schien gewusst zu haben, dass das Meerwasser für ihn die Arbeit übernehmen würde, alle Spuren zu beseitigen.

Hilferuf

Als Stine am Morgen über den Parkplatz zur Dienststelle hinüberging, öffnete sich das Rolltor der Tiefgarage und zwei schwarze Vans bogen mit eingeschaltetem Blaulicht auf die Straße. Stine erwiderte den flüchtigen Gruß der beiden Fahrer, sie kannten sich gut. Der Umstand, dass die Kollegen der Spurensicherung ausrückten, zeigte ihr, dass es einen aktuellen Tatort geben musste. Das allerdings hieß noch lange nicht, dass jener zwangsläufig »ihr« Tatort werden würde.

Nachdem sie die Kaffeemaschine in Betrieb gesetzt und wie üblich das Büro durchgelüftet hatte, rief sie bei der Leitstelle an, um Näheres über den Grund für das Ausrücken der Kollegen zu erfahren, doch auch dort waren bislang keine Einzelheiten bekannt. »Irgendwas in Neßmersiel, der Einsatz kam über die Rettungsleitstelle. Mehr wissen wir auch nicht.«

Also ging Stine zur normalen Tagesroutine über und erwartete das Eintreffen Stefan Grotes. Der kam wenige Minuten später, war erfreut, dass der Kaffee bereits fertig war und begann, mit Stine ein banales Gespräch über das Wetter zu führen. Dann versuchte er möglichst elegant, das Thema auf den gestrigen Abend zu lenken, allerdings machte er das wie üblich ziemlich ungeschickt.

»Durch das Knie ins Auge schießen!« So nannte Stine diese Versuche ihres Chefs, über Nebenwege auf den Kern der Sache zu kommen, doch sie machte es ihm leicht. »Also Stefan, wenn du wissen willst, wie es mir nach der Begegnung mit Gero geht, sage ich es dir gleich: Mach dir keine Sorgen, es ist alles okay.«

»Wirklich?« Grote schaute sie ebenso durchdringend wie ungläubig an.

»Ja, alles okay, versprochen. Das Gespräch mit Gero war für mich sehr ernüchternd und hat mir schnell gezeigt, dass ich Gedanken im Kopf hatte, die mit der Realität nichts mehr zu tun haben. Von daher bin ich geradezu erleichtert. Die Sache ist für mich erledigt. Ich möchte zwar noch irgendwann in Ruhe mit ihm sprechen, um das Kapitel gänzlich abzuschließen, aber es treibt mich nicht mehr um.«

Grote wollte es zuerst nicht glauben, doch als er Stine genauer betrachtete, erkannte er, dass sie die Wahrheit sagte. Sie war gut gelaunt und hatte sich an diesem Morgen ganz besonders herausgeputzt. Zu ihrer feuerroten Bob-Frisur trug sie einen perfekt sitzenden, lindgrünen Hosenanzug. Dazu Schuhe, deren Absätze ihm Angst machten. Alles in allem: Stine in Reinkultur.

Während sie sich über den Auftritt von Jan Harmannus unterhielten, läutete das Telefon. Stine nahm den Hörer ab. Grote sah, wie Stines unbekümmerter Gesichtsausdruck sich immer mehr veränderte. Sie hörte konzentriert zu, dann fragte sie: »Und was ist mit dir, Skipper? Bist du schwer verletzt?« Sie horchte angespannt, dann sagte sie abschließend: »Gott sei Dank! Natürlich helfen wir dir, du kannst auf uns bauen. Wir fahren sofort los!«

Die beiden Worte »Skipper« und »Hilfe« genügten Grote, schon hatte er die Autoschlüssel in der Hand und schwenkte sie ungeduldig hin und her. Einen Moment musste er sich dann doch noch gedulden, denn Stine huschte zu ihrem Spind und tauschte ihre einsatzuntauglichen Schuhe gegen ein anderes Modell aus, das für besondere Fälle stets bereitstand. Grote lächelte anerkennend: »Ich stelle mit Freude fest, dass du aus Erfahrungen gelernt hast.«

Das konnte Stine bei aller Eile nicht unkommentiert stehen lassen: »Ich zitiere die Schuh-Ikone Anna Yona: So wenig Schuh wie möglich, so viel wie nötig!« Dann lachte sie auf, denn vom Flur erklang Grotes Stimme so laut, dass es in allen umliegenden Diensträumen zu hören war: »Sie hat immer das letzte Wort, wirklich immer!«

Eine Stunde später, nach einer hektischen Alarmfahrt, standen sie am Anleger in Neßmersiel und sahen einen merkwürdigen Schleppverband, der aus dem Nebel heraus auf den Hafen zugekrochen kam. Vorneweg die »Neuharlingersiel«, die durch den üblichen grell-orangen Anstrich der Rettungsboote gut zu erkennen war. Dahinter das Totenschiff, und am Ende Skippers »Antje D.«.

*

Skipper sah den Menschenauflauf schon von weitem. Als er Stefan Grote und Stine Lessing erkannte, lächelte er. Es war gut, solche Freunde zu haben.

Die Kollegen von der Spurensuche hatten sich schon ihre weißen Anzüge übergestreift, direkt neben ihnen stapelten sich Koffer mit all den Ausrüstungsgegenständen, die sie gleich benötigen würden.

Mittendrin stand Staatsanwältin Siefken, diese war nicht zu übersehen. Die ungewöhnlich große und stattliche Frau, der man nachsagte, sie habe in ihren besten Jahren beim Klootschießen die Kugel mehrfach über 60 Meter weit geschleudert, stand direkt neben Stefan Grote und Stine Lessing und überragte alle Umstehenden deutlich. Der grüne Lodenmantel, zu dem sie einen passenden Jägerhut trug, hatte bei Stine tiefe Fassungslosigkeit ausgelöst.

Nachdem der Schleppverband angelegt hatte, stellte die Staatsanwältin klar, dass alle Anwesenden gefälligst an Ort und Stelle zu bleiben hatten, bis sie mit Skipper gesprochen habe und den Tatort freigebe. Es dauerte noch einige Minuten, bevor Skipper seine Jacht festgemacht hatte und sie verlassen konnte. Als er auf den Anleger sprang, war das lange nicht so drahtig und souverän, wie man es von ihm gewohnt war. Er wirkte unsicher und schien mit dem Gleichgewicht Schwierigkeiten zu haben. Der Schlag auf den Kopf hatte ganz offensichtlich Wirkung gezeigt.

»Ach, Skipper, Sie kann man ja nicht mal allein Segeln gehen lassen. Kommt der Typ doch prompt mit einem Schiff voller Leichen wieder zurück!« Theda Siefken fasste sich an den Kopf: »Und dann lässt er sich noch eins überbraten, nicht zu fassen.«

Kriminaloberkommissar Harm Petersen lächelte säuerlich. Er kannte »die Siefken«, mit der ihn eine innige Hassliebe verband, schon seit vielen Jahren. Beide nutzten jede sich bietende Gelegenheit, sich gegenseitig anzupflaumen. Und doch ließen sie, wenn man sie jeweils nach dem anderen fragte, nichts aufeinander kommen.

»Hätte ich gewusst, dass ausgerechnet Sie mich hier empfangen, hätte ich unterwegs noch einige Wasserleichen aufgesammelt, damit sich Ihr Kommen auch lohnt!«

Dann allerdings war Ende mit der Frotzelei, und das Gespräch wurde ernst und sachlich. Nachdem Skipper eine kurze Version dessen abgegeben hatte, was passiert war, sprach er eine Bitte aus: »Wenn es recht ist, Frau Staatsanwältin, würde ich gerne in die Ermittlungen involviert werden. Schließlich bin ich ja nicht gänzlich unbeteiligt.«

»Die Siefken« schaute gequält zum Himmel: »Jetzt auch noch das! Da hat die Bratpfanne, die ihm jemand über den Schädel gezogen hat, doch tatsächlich das Hirn durchgeschüttelt. Ich muss Ihnen doch nicht sagen, dass Sie nicht in eigener Sache ermitteln können.« Dann zeigte sie auf Grote und Lessing. »Wir lassen die beiden das machen. Von mir aus dürfen Sie sich, wenn Sie wieder richtig fit sind, beteiligen!« Widerspruch ließ sie nicht zu, doch der war auch nicht zu erwarten, denn Skipper hatte genau das erreicht, was er wollte.

Im Gehen bemerkte Theda Siefken noch: »Ihr drei habt bisher ganz anständig funktioniert, da werdet ihr diese Kleinigkeit ja wohl noch hinbekommen!« Dann pfiff sie schrill und gekonnt auf einem Finger, um die Kollegen der Spurensicherung auf sich aufmerksam zu machen. »Los jetzt, aber hopp hopp!« Schon zwängte sie sich in einen knallroten Mini-Cooper und verließ mit quietschenden Reifen den Hafen.

Grote und Stine standen lange sprachlos da, bis Grote es auf den Punkt brachte: »Oha, das ist vielleicht ein Dragoner!«

»Das kannst du laut sagen! Sie ist mal bei einer Geiselnahme in die Spielhalle marschiert, hat zum Geiselnehmer gesagt »Lass den Quatsch!« und hat ihn dann umgehauen.« Skipper grinste anerkennend. »Unkonventionell, aber irgendwie gut. Und was besonders wichtig ist, wenn mal was schiefläuft, kannst du auf sie bauen!«

Während des folgenden Gesprächs war mehrfach zu erkennen, dass Skipper erkennbar hin und her wankte. Stine bereitete das Sorgen. Ihr Kollege war ein echter Ostfriese und konnte ziemlich stur sein, deshalb bot sie all ihren Charme auf, nahm ihn in den Arm und sagte eindringlich: »Skipper, wir kennen dich gut genug, um zu wissen, dass du deine Kopfverletzung als Kleinigkeit abtust. Tu trotzdem Stefan und mir den Gefallen und setze dich in den Krankenwagen, der drüben bereitsteht. Lass vorsorglich einen Doktor auf deinen ramponierten Kopf schauen. Wir machen inzwischen hier weiter, und wenn der Doc grünes Licht gibt, stößt du wieder dazu, okay?«

»Mein Gott, Stine, was glaubst du denn, wie oft ich schon an Bord meiner »Antje D.« bei einer Halse den Mastbaum gegen den Kopf bekommen habe.«

»Ja, das hast du schon oft erzählt, aber jetzt steig ein und fahr ins Krankenhaus, mir zuliebe.« Stine blieb unnachgiebig und fügte dann noch drohend hinzu: »Wenn du dich nicht behandeln lässt, gibt es bei uns im Büro ab sofort wieder die billigen Teebeutel aus dem Supermarkt!« Skipper schaute sie entsetzt an, schüttelte unwillig den Kopf und brummte resigniert: »Dir kann man einfach nichts abschlagen. Bist und bleibst eine freche Göre!« Dann schwankte er mit unsicheren Schritten zum Krankenwagen und tippte sich, bevor er einstieg, wie üblich zum Gruß mit dem Finger seitlich an die Stirn. Stine warf ihm eine Kusshand zurück und war zufrieden. Grote hatte die Diskussion der beiden belustigt verfolgt, und als er sah, dass Skipper sich fügte, dachte er: »Stine hat ihre Männer fest im Griff!« Da lag er wohl richtig.

Die Tatortarbeit auf dem Totenschiff würde Stunden dauern, das war absehbar. Also machten sich Grote und Stine auf den Weg zum gegenüberliegenden Hafenrestaurant. Die Wirtin hatte bereits mitbekommen, dass sich am Anleger ungewöhnliche Dinge taten und stellte den beiden einen Nebenraum zur Verfügung, in dem sie ungestört ihre Arbeit aufnehmen konnten. Stines Laptop war noch gar nicht ganz hochgefahren, da erschien die Wirtin mit einem Tablett und baute vor ihnen Stövchen, Teekanne, Kandis und Sahnekännchen auf. »Geht aufs Haus! Ihr habt's ja auch nicht leicht. Tassen kommen gleich!« Dann war sie wieder verschwunden.

Während Grote mit dem Leiter der Spurensuche telefonierte, um sicherzustellen, dass die Leichen nicht abtransportiert wurden, bevor sie selbst den Tatort besichtigt hatten, war Stine bereits in das Schifffahrtsregister eingeloggt. Die an beiden Seiten der »Maria« angebrachten Kennungen führten sie schnell zum Eigner des Ewers. Thore Meiners hieß der Mann, war 77 Jahre alt und wohnte gemeinsam mit seiner Frau in Norddeich. Jetzt, nachdem Stine dies ermittelt hatte, breitete sich nach kurzer Suche im Internet dessen ganzes Leben vor ihr aus. Meiners' Ehefrau Wilka war zwei Jahre jünger als er, beide waren sie leidenschaftliche Segler. Heimathafen der »Maria« war Norddeich, und Meiners selbst war der Vorsitzende des dortigen Segelvereins.

Ein Anruf beim Hafenmeister in Norddeich brachte Stine interessante Erkenntnisse: »Thore und seine Frau haben den Hafen gestern am frühen Abend kurz entschlossen verlassen. Sie wollten sich im Watt trockenfallen lassen und die Nacht an Bord verbringen. Das haben sie oft tagelang so gemacht, weil sie die Ruhe da draußen so liebten.«

Aufgrund dieser Information und des Alters der beiden Toten gab es keinen vernünftigen Zweifel mehr daran, dass es sich bei den Leichen an Bord der »Maria« um das Ehepaar Meiners handelte.

Thore Meiners war ein erfolgreicher Geschäftsmann gewesen, dem ein seit Generationen in Familienbesitz befindliches Werk gehörte, das sich auf Spezialanstriche für Schiffe konzentriert hatte. Da es keine Erben gab, hatte er die »Meiners Farben« vor einigen Jahren an einen Konkurrenten verkauft und sich entschlossen, gemeinsam mit seiner Frau das Leben zu genießen. Nichts, aber auch gar nichts trübte das Bild eines erfolgreichen, bodenständigen Unternehmers, der einen erheblichen Teil seines Vermögens an wohltätige Einrichtungen spendete.

Auch die Fotos des Ehepaares Meiners, von denen sich einige im Internet finden ließen, bestätigten den positiven Eindruck. Thore Meiners trug einen weißen Kinnbart und hatte bei allen Fotos, die unter freiem Himmel entstanden waren, eine Prinz-Heinrich-Mütze auf dem Kopf. Diese Mütze, die dem Kaiserlichen Yacht-Club in Kiel zugeschrieben wird und durch Altbundeskanzler Helmut Schmidt zu

Berühmtheit gelangte, wurde von Seglern an Nord- und Ostsee gerne getragen. Kurzum, Thore Meiners und seine Frau waren rechtschaffene und lebensfrohe Menschen. Es schien unerklärlich, warum ausgerechnet sie Opfer einer brutalen Tat geworden waren.

Die verbleibende Zeit nutzte Stine wie immer zur Anlage einer digitalen Fallakte, während Grote mit Skipper telefonierte. Der war inzwischen in das Kreiskrankenhaus Norden gebracht worden und hatte beruhigende Auskünfte der Ärzte bekommen. Drei oder vier Tage sollte er zur Beobachtung bleiben, danach könne er mit der Auflage entlassen werden, draußen keine Bäume auszureißen. Mit dieser Perspektive konnte er leben, denn er hatte schon vom Krankenbett aus dafür gesorgt, dass sich sein Freund um die »Antje D.« kümmerte, um den Motor wieder instandzusetzen. Das würde zwei Tage dauern, also war ihm für diese Zeit ohnehin sein Wohnzimmer abhandengekommen. Nur aus diesem Grund hatte er das Angebot auf einige Tage Klinik-Vollpension angenommen. Zum Ende des Gesprächs kündigte Grote an, dass er gemeinsam mit Stine auf dem Rückweg von Neßmersiel in der Klinik vorbeikommen würde, um den neuen Fall, der sie wieder einmal verband, zu besprechen.

Erst um 14 Uhr läutete Grotes Handy, und der Leiter der Spurensicherung teilte ihm mit, dass seine Leute ihre Arbeit abgeschlossen hätten. Er könne jetzt herüberkommen und den Tatort selbst in Augenschein nehmen. Stine räumte ihr provisorisches Büro zusammen, dann liefen sie durch den inzwischen einsetzenden Nieselregen über den menschenleeren Anleger zum Totenschiff. Der Leiter der Spurensicherung wartete ungeduldig an der Gangway und kam angesichts des scheußlichen Wetters ohne Umschweife zur Sache.

»Bei den beiden Toten handelt es sich um das Ehepaar Meiners, aber das habt ihr ja inzwischen selbst rausbekommen, wie Stefan eben sagte. Wir haben ein Bestattungsinstitut angefordert, um die beiden Leichen nach Hannover zu Professor Hellinghaus bringen zu lassen. Ich denke, das ist in eurem Sinne. Ansonsten konnten wir Unmengen von fremden Fingerabdrücken sicherstellen. Auch DNA wird sich reichlich finden lassen. Das Schiff ist wohl regelmäßig von vielen Menschen besucht worden.«

Stine nickte: »Das passt in das Bild, welches ich von den beiden bekommen habe. Vermutlich war ihr Boot im Hafen ein Anlaufpunkt für die Mitglieder seines Segelvereins.«

»Dann wird euch ja klar sein, dass wir über diese Spurenträger wohl kaum einen Erfolg haben werden. Ich möchte euren Ermittlungen nicht vorgreifen, aber ich gehe davon aus, dass es sich nicht um einen Raubmord handelt. Wir haben erhebliche Mengen an Bargeld gefunden, das in einer Schublade lag. Wenn der Täter danach gesucht hätte, wäre er mit Sicherheit darauf gestoßen. Auch Kreditkarten und die Edeluhren, die beide noch am Handgelenk trugen, haben den Täter nicht interessiert.« Er rieb fröstelnd die Hände aneinander und erklärte: »Ich bin so weit durch. Wenn ihr fertig seid, gebt den Kameraden von der schwarzen Zunft ein Zeichen und versiegelt den Kahn!« Er wies dabei auf den Leichenwagen, der soeben vorgefahren war.

»Ich wünsche euch viel Erfolg! Den Bericht bekommt ihr wie üblich morgen.« Er klopfte Grote im Gehen noch kurz auf die Schultern, traute sich aber nicht, dasselbe auch bei Stine zu machen, die war ihm zu zierlich. Also beließ er es bei ihr bei einem freundlichen Lächeln. »Ich bin dann mal weg!« Nach einigen Schritten verharrte er, dann drehte er sich um und informierte die beiden noch: »Skipper hat im Watt eine Bierflasche gefunden. Der Doc meint, dass es sich tatsächlich um die Tatwaffe handeln könnte.« Anschließend sprintete er zu einem der beiden Vans hinüber, in dem seine Kollegen bei eingeschalteter Standheizung schon ungeduldig auf ihn warteten.

Tatortbesichtigungen waren noch nie Stines Sache gewesen. Grote gab sich in dieser Hinsicht wesentlich kaltschnäuziger. Entweder machte ihm der Anblick von Toten nichts aus, oder er verstand es blendend, seine Emotionen unter Kontrolle zu halten. Stine hingegen zog die Stimmung des Ortes herunter.

»Der Mann scheint niedergeschlagen worden zu sein, bei der Frau ist keine Fremdeinwirkung feststellbar.« Grote hatte die beiden Ermordeten hin und her gedreht und war schnell zu dieser Einschätzung gekommen.

Stine wurde immer stiller und antwortete nur noch einsilbig: »Ja, scheint so zu sein!« Mehr sagte sie nicht, denn angesichts der Sinnlosigkeit dieser Tat, die zwei brave, friedliche alte Menschen aus dem Leben gerissen hatte, verschloss sie sich immer mehr. Zu ihrem Gemütszustand trug der Anblick des noch auf dem Tisch stehenden, unberührten Essens bei. Sie malte sich aus, was in dem Augenblick passiert sein mochte, als die beiden sich gerade das Labskaus auftaten. Es musste schlagartig und völlig unerwartet etwas über sie hereingebrochen sein, etwas, dessen sie sich nicht erwehren konnten.

»Wie schrecklich!« Stine zog fröstelnd die Schultern hoch. »Ich warte im Auto auf dich, wenn es dir recht ist.«

Vom Auto aus beobachtete Stine, wie Grote die Mitarbeiter des Beerdigungsinstituts an Bord winkte. Kurze Zeit darauf wurden zwei schwarze Kunststoffsäcke an Land getragen, während Grote die Tür der Kajüte versiegelte. Nachdem er in das Auto gestiegen war, schaute er Stine mitfühlend an und fragte: »Ist nicht dein Ding, oder?«

»Nein, ganz und gar nicht. Wenn es um Kinder oder alte Menschen geht, die sich nicht wehren können, legt sich bei mir ein Schalter um, ob ich will oder nicht.«

»Kann ich gut verstehen!« Dann klopfte er aufmunternd auf das Lenkrad. »Los geht's, wir fahren in die Klinik nach Norden, Skipper wartet auf uns.«

Die Ablenkung durch die Autofahrt tat Stine gut, und als sie das Zimmer betraten, in dem ihr Kollege Asyl gefunden hatte, hatten sich die dunklen Wolken in ihrem Kopf wieder verzogen. Skipper saß aufrecht in seinem Bett und war nur mäßig guter Laune. Er trug eines der wohl in allen Krankenhäusern der Welt üblichen kleingemusterten Bekleidungsstücke, die eine Mischung aus Nachthemd und Kittel waren und bei jeder Bewegung spannten oder verrutschten.

»Erst haben sie mir die Schwarte mit drei Stichen genäht und dann so ein Teil angezogen. Das Ding macht mich kirre!«, schimpfte er sofort los, als seine Besucher das Zimmer betraten. »Ich wollte meine Jeans und den Troyer anbehalten, den ich immer trage, aber das haben die nicht zugelassen.« Schmollend verschränkte er die Arme.

»Das wundert mich nicht, Skipper, aber als modebewusste Frau sag ich's so, wie es ist: Wenn jemand ein solches Hemd tragen kann, dann doch du!«

»Raus!!« Skipper wies auf die Tür, erntete jedoch nur Stines Lachen. »Komm lieber zur Sache und erzähl in aller Ruhe, was geschehen ist.«

Skipper berichtete über den Ablauf des Abends, insbesondere über die Minuten, in denen er einen Schatten erblickt hatte, zuerst auf dem Deck und dann neben dem Schiff.

»Ich weiß, das lässt sich nicht begründen, aber von der Art der Bewegung her bin ich mir sicher, dass es ein Mann war, den ich gesehen habe. Er kann nicht sehr alt gewesen sein, denn die Bewegungen waren geschmeidig, fast elegant. Für eine Frau war diese Person gewiss zu groß.«

»Und dann war der Typ plötzlich verschwunden?«, fragte Grote.

»Ja. Ich kann mir das nur so erklären: Als ich ihn anrief, hat er sich erschrocken und an Deck versteckt. Mit meinem Erscheinen konnte er schließlich nicht rechnen. Da ich aber näherkam, hat er noch versucht, das Schiff zu verlassen, um in Richtung Festland zu fliehen, doch das hat er nicht geschafft, denn ich war schon zu dicht herangekommen.«

»Ja, das macht Sinn, also musste er umkehren. Bist du sicher, dass es sich nicht um zwei Täter gehandelt hat?« Grote versuchte, einen Sinn in dem Verhalten des Täters zu finden.

»Nein, es war ganz sicher nur einer.« Skipper machte eine kurze Pause und lehnte sich zurück, weil ihm wieder schwindelig wurde. »Für mich wäre es besser gewesen, wenn ihm die Flucht gelungen wäre, denn dann hätte ich heute keinen Brummschädel. Im Übrigen deckt sich das ja auch mit den Spuren im Watt, die ich gefunden habe, als ich aus meiner Bewusstlosigkeit aufgewacht bin. Nachdem der Täter mich niedergeschlagen hatte, konnte er doch noch entkommen. Seine Spuren führten direkt in Richtung Festland. Am nahen Priel habe ich die Bierflasche gefunden, meiner Meinung nach das Tatwerkzeug.« Dann fügte er zur Bekräftigung hinzu: »Ganz sicher, er wollte auf das Festland. Wo sollte er auch sonst hin? Außer meiner lädierten »Antje D.« und der »Maria« gab es weit und breit keine anderen Schiffe. Und rüber nach Baltrum, in völliger Dunkelheit? Nee, unmöglich. So dumm ist niemand.«

»Die Spurensuche sagt, dass ein Raubmord mit hoher Wahrscheinlichkeit auszuschließen ist«, erklärte Stine nachdenklich. »Warum ist es dann zu diesem Mord gekommen?«

»Genau darüber habe ich auch schon nachgedacht«, meinte Skipper. »Niemand schleicht nachts im Watt umher und ist auf der Suche nach Beute. Da hat sich jemand ganz gezielt auf den Weg zur »Maria« gemacht.«

Nun wurde Stine munter. »Genauso sehe ich das auch. Ich habe mir die Gegend mal auf dem Satellitenbild angeschaut. In dem Bereich hinter dem Deich gibt es weit und breit keine Bewohner, und die klassische Touristengegend ist es sicher auch nicht, schon gar nicht in dieser Jahreszeit.«

Grote war nicht sicher. »Wie konnte denn jemand überhaupt wissen, dass die »Maria« zu diesem Zeitpunkt dort draußen im Watt liegen würde? Stine hat doch ermittelt, dass die Meiners sich spontan zum Auslaufen entschlossen hatten.«

Skipper sandte einen gequälten Blick zum Himmel. »Ihr habt echt keine Ahnung! Reich mir mal mein Handy, Stine!« Dann öffnete er eine App, vergrößerte die angezeigte Karte und reichte das Handy

Grote hinüber. »Schau mal, meine »Antje D.« liegt jetzt an einem anderen Anleger als heute Morgen, ein Stück weiter oben im Hafen. Mein Freund hat sie zu seiner Werkstatt gefahren. In der Fahrrinne siehst du eine Jacht, die gerade auf dem Weg nach Baltrum ist, eine andere kommt ihr entgegen. Sie werden sich gleich begegnen. Alles wird in Echtzeit angezeigt.«

Grote war fasziniert. »Ich wusste nicht, dass es sowas überhaupt gibt. Doch sicher nur für Seeleute, oder?«

Skipper musste lachen, verzog aber gleich wieder schmerzhaft das Gesicht, denn die Wunde spannte bei jeder Bewegung. »Ach was, diese App heißt »Schiffsradar« und kann von jedermann, sogar kostenlos, heruntergeladen werden.«

»Dann konnte also jemand zu Hause, gewissermaßen vom Sofa aus, nachschauen, wo sich die »Maria« in dem Moment gerade befand?« Stine starrte gebannt auf das Handy.

»Jepp, genauso ist es, ihr Landratten!«

Grote schaute auf die Uhr, es war Zeit, zur Dienststelle zurückzufahren, doch Stine drängte darauf, sich vor Einbruch der Dunkelheit den Tatort zumindest vom Deich aus einmal anzuschauen. »Ich erinnere dich an dcinen eigenen Spruch, Chef: Der Blick in die Karte ersetzt nicht den Blick ins Gelände.« Sie schaute Grote triumphierend an und war darauf gefasst, wie so häufig eine seiner Spontanreaktionen erleben zu müssen, mit der er die Schlaumeierei seiner jungen Kollegin bestrafte, aber stattdessen sah sie ihren Chef gnädig lächeln. »Siehst du, Skipper, sie ist gelegentlich vorlaut, aber klug genug, um von ihrem Meister zu lernen.«

Es war von Norden aus keine halbe Stunde zu fahren, dann standen die beiden auf dem mächtigen Deich und schauten in Richtung Baltrum über das Meer. Das Watt versank gerade in der allmählich einsetzenden Dämmerung, nachdem der Regen des Nachmittags sich verzogen hatte. Stattdessen begann sich nun wieder feuchter Dunst auszubreiten. Ihnen gegenüber, in ca. 1,5 km Entfernung, hatte nach Skippers Angaben die »Maria« gelegen. Sie schauten im Kreis herum und sahen ihre frühere Einschätzung bestätigt. Jetzt, im späten Oktober und zu dieser Tageszeit, waren weit und breit keine Menschen zu sehen. Es waren nirgendwo mehr Urlauber mit ihren Fahrrädern unterwegs, selbst Autoverkehr war nicht zu beobachten. Das nächste bewohnte Anwesen war ein Bauernhof, der zwei Kilometer entfernt zwischen Deich und Wiesen lag. Danach kam wieder lange Zeit nichts.

Obwohl das Gras nass und von Schafsköteln übersät war, entschlossen sie sich, den Deich hinunterzugehen, um sich den Übergang vom unteren Deichweg zum Watt anzuschauen. Das brachte ihnen unerwartete Erkenntnisse, denn die Flut war in den letzten Tagen wegen des schwachen Windes nicht so weit aufgelaufen wie üblich. So fanden sie unterhalb der Steinpackung, die den Deichfuß zum Meer hin schützte, verwaschene Fußabdrücke im Schlamm. Sie waren nur wenige Meter weit zu verfolgen, führten jedoch, das war eindeutig zu erkennen, einmal in das Watt hinein und ganz in der Nähe einmal wieder hinaus. Oberhalb der Steinbefestigung hatte sich jemand auf dem Betonweg den zähen, schwarzen Schlamm von den Füßen getrampelt. Trotz des vergangenen Regens waren die dunklen Flecken noch zu erkennen.

Die beiden verließen zufrieden den Deich über den langen, schrägen Weg, auf dem sie gekommen waren. An der dem Land zugewandten Deichstraße gingen sie durch ein selbstschließendes Metalltor, das dafür sorgte, dass kein unaufmerksamer Tourist den Schafen den Fluchtweg öffnete. An dieser Stelle befand sich ein kleiner geteerter Vorplatz, auf dem sie ihr Auto hatten abstellen können, ohne die schmale Deichstraße zu blockieren.

»Wenn unsere These stimmt, und jemand hat ganz bewusst diesen Ort aufgesucht, um im Dunkel der Nacht zur »Maria« zu gelangen, dann kann er eigentlich nur hier geparkt haben, wo wir stehen. Das deckt sich mit der Spurenlage im Watt. Und wie anders als mit dem Auto, Motorrad oder Fahrrad könnte er hierhergekommen sein?« Stine maß mit einigen Schritten die Fahrbahn ab. »Zwar fahren hier nur selten Autos, trotzdem wäre das Risiko für den Täter zu groß, sein Auto einfach auf der Straße stehen zu lassen. Er konnte tatsächlich nur hier parken!« Dann fügte sie noch hinzu: »Wenn er wirklich mit einem Auto gekommen ist.«

»Ja, du hast recht.« Grote ging suchend auf dem Asphaltplatz hin und her, auf dem auch sie ihr Auto abgestellt hatten. Sogar ein weiteres Fahrzeug hätte dort noch Platz gehabt, doch voran brachte sie diese Erkenntnis nicht. Selbst wenn in der gestrigen Nacht ein Auto dort gestanden hätte, auf Reifenabdrücke konnten sie auf dem harten Asphalt nicht hoffen. Trotzdem gab es Spuren früherer Besucher, denn im Gras neben dem Asphalt fand sich achtlos weggeworfener Abfall. Einige leere Getränkedosen waren dabei, Keksverpackungen, Zigarettenstummel und angelutschte Lollis, eben all das, was die Menschen so loswerden wollten.

Grote zeigte zuerst kein näheres Interesse für diese Dinge, doch dann setzte sich die ihm eigene Gründlichkeit durch. Er holte einen Plastikbeutel aus dem Auto und begann akribisch, alles einzusammeln. »Es macht eigentlich keinen Sinn, und der Regen des Tages hat ohnehin alle Spuren abgewaschen, aber ich kann einfach nicht aus meiner Haut. Die Kriminaltechnik sollte auf jeden Fall mal draufschauen.«

Stine beteiligte sich sofort an dieser Arbeit. »Auch wenn es vergeblich ist, haben wir wenigstens der Umwelt einen Dienst erwiesen.« Zwischendurch blieb sie nachdenklich stehen und schaute zu dem weit entfernten Bauernhaus hinüber. »Meinst du nicht, dass wir, wenn wir schon mal hier sind, noch kurz zu dem Bauernhaus rüberfahren sollten? Sicher ist hier das Ende der Welt, aber vielleicht ist gestern Abend jemand dorthin gefahren und hat ein parkendes Fahrzeug an dieser Stelle bemerkt. Es würde einem doch bestimmt auffallen, oder?«

Grote nickte. »Zumindest sollten wir diese Möglichkeit nicht ausschließen, so gering sie auch ist.«

Der Bauernhof erwics sich als stattliches Anwesen. Neben der Milchwirtschaft, die man dort betrieb, wurden auch zwei Ferienwohnungen vermietet. Die Schilder an der Einfahrt verrieten dem Besucher, dass eine der beiden Wohnungen noch frei, die andere somit belegt war.

Nachdem Stine die Türglocke geläutet hatte, öffnete ein kleines Mädchen mit strohblonden Haaren und wilden Locken und begann sofort loszuplappern: »Hallo, ich bin Swantje! Wenn ihr eine Ferienwohnung haben wollt, könnt ihr gleich einziehen. Eine ist noch frei, in der anderen wohnen schon Jonas und Marc. Die sind gerade nicht da, aber sehr nett. Das sind meine Freunde. Ihr könnt sie morgen bestimmt beim Frühstück kennenlernen.«

Stine gelang es nur schwer, den Redeschwall des kleinen Quirls zu unterbrechen. »Nein, Swantje, einziehen wollen wir nicht. Aber gerne mal mit Mama oder Papa sprechen.«

Die Kleine drehte sich enttäuscht um, und nach einem langen »Maamaaaa!« erschien eine junge Frau, die sich die Hände an ihrer Schürze abwischte. Sie hörte sich die Fragen der beiden Kriminalbeamten geduldig an, konnte aber nicht helfen.

»Mein Mann war gestern beim Landhandel in Wittmund, ist aber noch vor Einbruch der Dunkelheit wieder hier gewesen. Um spätestens 22 Uhr sind wir immer im Bett, dann haben die Kühe im Stall und unsere Tochter uns gemeinsam geschafft.« Sie strich Swantje liebevoll über das Haar. »Am Morgen müssen wir ja auch schon früh raus. Die Viecher warten und die kleine Madam muss zur Schule.«

»Schade!« Grote war enttäuscht. »Und Ihre Feriengäste, könnte denen ein am Deich parkendes Auto aufgefallen sein?«

»Da kann ich nichts zu sagen, denn die beiden sind mit ihren Motorrädern viel unterwegs, so auch gestern Abend. Ich habe keine Ahnung, wann sie zurückgekommen sind. Sie haben einen Schlüssel für ihre Wohnung, und die befindet sich vorne im Anbau. Da hören wir nicht, wenn die beiden kommen oder gehen. Eigentlich sehen wir sie nur beim Frühstück. Aber Sie können morgen gerne anrufen und sie selbst fragen.«

Die aufgedrehte Swantje begleitete die Besucher noch unter Dauerbeschallung zum Auto, dann flitzte sie mit einem lauten »Tschüü-üß!« zurück zu ihrer Mutter.

Stine startete das Auto mit einem Lächeln auf den Lippen. »Dass die Eltern bei **dieser** Tochter abends fix und fertig sind, glaube ich gerne.«

Auf der Rückfahrt nach Aurich legte Grote den Fahrplan für den kommenden Tag zurecht. »Wir sollten mehr über das Ehepaar Meiners wissen. Schließlich muss es einen Ansatz geben, der auf den Täter schließen lässt. Gibt es da in ihrem Umfeld jemanden, der von ihrem Tod profitiert? Vielleicht potenzielle Erben? Oder haben die beiden Feinde, Leute, mit denen sie sich angelegt haben? Ich glaube, Stine, das wird morgen ein langer Computertag für dich.«

Grotes Worte waren geradezu prophetisch gewesen, denn bis zum Mittag gelang es Stine nicht, auch nur für einen Augenblick ihren Arbeitsplatz zu verlassen. Zuerst rief sie auf dem Bauernhof hinter dem Deich an, um die beiden Biker zu sprechen. Der Zeitpunkt des Anrufs war gut gewählt, denn tatsächlich saßen die beiden wie erwartet beim Frühstück. Die Bauersfrau drückte einem der beiden mit den Worten »Eine nette Polizistin hat da einige Fragen an euch!« das Telefon in die Hand.

Stine wollte eigentlich nur wissen, ob die beiden vorgestern Abend mit ihren Motorrädern am Deich unterwegs gewesen waren, war dann aber über den Verlauf des Gesprächs irritiert. Sie hätte auf diese einfache Frage ein klares »Ja« oder »Nein« erwartet, doch vom ersten Augenblick an begann ihr Gesprächspartner zu mauern. Er bestritt sogar, überhaupt am Sonntagabend mit seinem Freund unterwegs gewesen zu sein. Das machte Stine endgültig misstrauisch.

»Ich muss mich über Sie wundern. Ich weiß ganz genau, dass Sie beide vorgestern Abend noch mit Ihren Maschinen unterwegs waren, das hat mir Ihre Vermieterin bestätigt. Ich möchte nur von Ihnen wissen, ob Ihnen am Deich ein Auto aufgefallen ist. Warum erzählen Sie mir jetzt diese Märchen?«

Erneut wich der Biker aus und behauptete nun, sie seien zwar in jener Nacht unterwegs gewesen, aber von der anderen Seite zum Bauernhof gekommen. Somit hätten sie auch nichts sehen können.

Stine ließ nicht locker: »Wieso behaupten Sie nun, Sie wären von der »anderen« Seite gekommen? Dabei habe ich Ihnen noch gar nicht gesagt, an welcher Stelle dieses Auto, das wir suchen, gestanden haben könnte. Ich kann mich des Eindrucks nicht erwehren, dass Sie mir etwas verschweigen.« Stine wurde allmählich ärgerlich. »Nun gut, dann machen wir es eben anders. Betrachten Sie dieses Gespräch als offizielle Vorladung. Wir erwarten Sie beide«, Stine schaute kurz auf die Uhr, »um 13 Uhr an unserer Dienststelle.«

Zum Abschluss des Gesprächs ließ sie sich die Personalien der beiden Biker geben, dann lehnte sie sich nachdenklich zurück. »Irgendetwas stimmt nicht mit den Burschen. Da sollten wir mal genauer hinschauen.«

Grote war bereits aufmerksam geworden, als sich Stines ansonsten freundliche Gesprächsführung so plötzlich geändert hatte und amtlich geworden war. Das war so gar nicht ihre Art. »Ja, mach das! Ich kann dir leider im Moment nicht helfen, denn ich habe einen wichtigen Termin.«

Stine grinste unverhohlen. »Lass gut sein, Stefan. Ich hab inzwischen kapiert, dass du es mit einem Leitspruch aller Computerfeinde hältst: Wenn der Computer alles kann, dann kann er mich mal kreuzweise!«

Grote wollte sich auf eine Diskussion zu diesem Thema nicht einlassen, sondern beschloss zu fliehen. Computer waren ihm so fremd wie langsames Radfahren. »Ich hab ja gar nichts gegen die Dinger und hätte dir wirklich gerne geholfen, aber die Kriminaltechnik erwartet dringend mein Erscheinen.« Schon stand er auf dem Flur und atmete tief durch. Dieser Kelch war an ihm vorbeigegangen.

Stine tätschelte derweil liebevoll ihren Laptop und konstatierte: »Er mag euch einfach nicht, also müssen wir uns alleine durch die Arbeit wühlen.« Bevor sie sich mit den Bikern befassen konnte, wollte sie sich noch einmal intensiv mit dem Leben des Ehepaars Meiners beschäftigen. Sie sammelte alles Wissenswerte in einem separaten Ordner und druckte die wichtigsten Informationen aus, um Grote berichten zu können.

Nach zwei Stunden war sie damit fertig und wollte sich nun endgültig den Personalien der Biker zuwenden. Wer waren die beiden, was für ein Leben führten sie? Stine schien es wichtig, sich auf das Gespräch mit ihnen vorzubereiten, doch in diesem Moment poppte auf dem Bildschirm ihres Laptops ein Fenster auf. Sie wurde zu einem Videogespräch mit Professor Hellinghaus, dem Leiter der Pathologie des LKA, eingeladen.

Stine nahm die Einladung an und ließ gnädig lächelnd die Charmeoffensive des Pathologen über sich ergehen.

»Kaum erscheint Ihr Gesicht in meinen düsteren Hallen, da geht hier die Sonne auf!«

»Danke, Herr Professor, ich tu halt, was ich kann!«

»Ich weiß, Frau Lessing! Aber ist da nicht noch meine Einladung zu einer gemeinsamen Obduktion offen?«

»Stimmt, Herr Professor, ich würde ja so gerne, aber im Moment ist hier so einiges los, wie Sie mit Blick auf Ihre Seziertische sicherlich feststellen können.«

»Allerdings«, der Professor wurde ernst, »da haben Sie und Ihr Chef mir gleich ein Doppelpack rübergeschickt. Damit wäre ich auch bei dem Grund meines Anrufs, denn wie fast immer habe ich eine kleine Überraschung parat.«

»Sie machen mich neugierig!« Stine beugte sich gespannt nach vorne, was sie im selben Moment bereute, denn der Professor schwenkte die Optik seiner Kamera ohne Vorwarnung direkt in das bleiche Gesicht von Thore Meiners.

»Die Todesursache ist ein heftiger Schlag mit einem harten Gegenstand. Wenn ich sage *heftiger Schlag*, dann meine ich das auch. Da muss jemand unfassbar brutal vorgegangen sein.«

Bevor der Professor fortfahren konnte, unterbrach ihn Stine: »Unserer Meinung nach könnte eine Bierflasche die Tatwaffe sein, stimmen Sie dem zu?«

Hellinghaus dachte kurz nach, dann meinte er: »Ich würde Ihnen das unter *einem* Vorbehalt unterschreiben: Diese Flasche muss noch verschlossen und gefüllt gewesen sein. Ansonsten wäre sie vermutlich zerbrochen und Sie hätten Scherben am Tatort finden müssen.«

»Das passt, der Täter hat im Watt eine ungeöffnete Flasche fortgeworfen.«

»Sehen Sie, Frau Lessing, so fügt sich in unserer harmonischen Zusammenarbeit alles zusammen. Nun aber zu meiner Überraschung.« Er ging mit der Kamera noch dichter an das Gesicht der Leiche und zeigte kurz die vom Blut gereinigte Schlagstelle, die zum Tode geführt hatte. Dann fuhr er über einige kleine Wunden und Prellungen, die das Gesicht übersäten.

Grote war mittlerweile zurückgekehrt und stellte leise einen Teller mit belegten Brötchen auf den Tisch, den er wegen seines schlechten Gewissens als Wiedergutmachung aus der Kantine geholt hatte. Dann rückte er sich seinen Stuhl zurecht und schaute Stine über die Schulter.

»Die Verletzungen deuten darauf hin, dass es zuvor einen Kampf zwischen dem Opfer und dem Täter gegeben hat. Die Auseinandersetzung war aber recht moderat, denn schwere Verletzungen hat das nicht hervorgerufen, und ein Schlagwerkzeug war dabei auch nicht im Spiel. Irgendwann allerdings muss die Auseinandersetzung völlig eskaliert sein, denn nun kam die Flasche ins Spiel, und der Täter hat mit voller Kraft zugeschlagen.«

Stine stand unter dem Eindruck der schrecklichen Bilder und fragte leise: »Und die Frau, ist es ihr ebenso ergangen?«

»Nein, und das ist die zweite Überraschung: Das Blut am Körper der Frau stammt von ihrem Mann. Sie selbst ist gänzlich unverletzt und starb, halten Sie sich fest, an einem Herzinfarkt. Entweder ist sie auf ihn drauf gefallen oder hielt ihn im Moment seines Todes im Arm. In Anbetracht der Blutspuren an ihrer Kleidung würde ich auf letztere Variante tippen. Ich könnte mir vorstellen, dass sie die Qualen ihres

Mannes mit ansehen musste und letztendlich dem nicht gewachsen war.«

Stine stand auf, denn das war eine der Situationen, mit denen sie nicht gut umgehen konnte. Dadurch gab sie für Professor Hellinghaus den Blick auf Grote frei:

»Herr Grote, schön Sie mal wieder zu sehen!«

Grote nickte und nutzte die Gelegenheit, um sich bei dem Professor zu bedanken: »Das war wieder mal gute Arbeit, die Sie gemacht haben. Es bringt uns gewiss weiter.«

In dem Moment, als der Professor gerade das Gespräch beenden wollte, fügte er noch an: »Da ist noch eine Sache, für die ich Ihnen mehr als ein banales Dankeschön schulde. Ihrer gründlichen Arbeit und dem daraus resultierenden Gutachten im letzten gemeinsamen Fall habe ich viel zu verdanken!«

»Ach, Herr Grote«, Hellinghaus lächelte gönnerhaft, »ich habe lediglich meinen Job gemacht. Wenn Sie aber unbedingt Ihre Dankbarkeit zeigen wollen, ein oder zwei Fläschchen »2017er Château Moulin de Tricot« würden Ihrer Wertschätzung angemessenen Ausdruck verleihen. Sie müssen sich dafür ja nicht extra nach Hannover bemühen. Legen Sie den Wein doch bei Ihrer nächsten Lieferung einfach bei. Dann finde ich ihn schon!« Der Professor lachte polternd über seinen makabren Scherz.

Grote fand das ebenfalls lustig. »Genauso machen wir das, Professor, verlassen Sie sich drauf.«

Stine hingegen wusste nicht, ob sie lachen oder weinen sollte. Sie schätzte den Professor durchaus, sein Humor jedoch war zuweilen mehr als grenzwertig. »Männer!«, stammelte sie fassungslos.

Nachdem das Gespräch beendet war, hielt Grote seiner Kollegin den Brötchenteller hin. »Friedensangebot! Kein Mett, keine Zwiebeln. Nur Bio-Käse mit Gurke!«

Stine nahm das Essen dankbar an, erst jetzt wurde ihr bewusst, dass sie bislang außer einigen Tassen Kaffee nichts im Magen hatte. Mit großem Appetit kauend begann sie, die bisherigen Erkenntnisse zusammenzufassen.

»Tschuldigung, Chef, wenn ich mit vollem Mund rede, doch ich möchte das loswerden, bevor die beiden Biker in der Tür stehen!«

Stine zeigte auf, dass die Meiners eine völlig weiße Weste hatten. Es deutete nichts darauf hin, dass jemand etwas hätte gegen sie haben können. Verwandtschaft, die auf ihr Erbe hätte spekulieren können, gab es nicht. Zudem war bekannt, dass das gesamte Meiners-Vermögen nach ihrem Tode in eine wohltätige Stiftung fließen würde.

Aus dem Alltagsgeschäft seiner Firma hatte Meiners sich schon lange vor dem Verkauf verabschiedet. Ein ehemaliger leitender Angestellter von »Meiners Farben« war zum Geschäftsführer aufgestiegen und hatte das für ihn übernommen. Dieser Mann führte das Werk auch heute noch, nachdem Meiners seine Firma an einen Konkurrenten verkauft hatte, um sich zur Ruhe zu setzen.

»Dann sollten wir morgen nach Emden fahren und mit diesem Mann reden. Er scheint einer der wenigen Menschen zu sein, die uns etwas über Thore Meiners' Leben erzählen kann«, sagte Grote entschlossen und schaute auf die Uhr. »Über die Biker hast du noch nichts im Internet rausfinden können, oder?«

»Nein.« Stine schnappte sich inzwischen das zweite Brötchen. »Ich wollte gerade beginnen, da rief der Professor an.«

»Okay, dann berichte ich mal. Die Spurensuche war, wie befürchtet, wenig ergiebig. Die Bierflasche, die Skipper im Watt gefunden hat, stammt aus derselben Charge wie die Flasche auf dem Tisch in der Kajüte. Es handelt sich also um die Tatwaffe, die nach dem Mord an Thore Meiners wohl auch Skipper über den Kopf gezogen wurde. Auf seiner Flucht über das Watt hat sie der Täter entsorgt. Spuren natürlich, wie erwartet, Fehlanzeige.«

»Das sagt uns zumindest, dass der Täter nicht bewaffnet war, als er an Bord ging. Also war er nicht auf eine Auseinandersetzung mit Thore Meiners eingestellt. Die Flasche hat er dann wohl im Affekt gegriffen.«

»Genauso sehe ich das auch, Stine. Der Abgleich der vielen DNA-Spuren in der Kajüte läuft noch, aber wir sollten da nichts erhoffen. Es sind so viele, dass die Kollegen sagen, die »Maria« muss eine Art schwimmendes Vereinsheim des Segelklubs gewesen sein. Der Müll, den wir am Parkplatz vor dem Deich gefunden haben, bringt uns auch nicht weiter. Der Regen hat eventuelle Spuren vernichtet. Zumindest haben die Kollegen alles fein säuberlich aufgelistet, was wir da im Schweiße unseres Angesichts eingesammelt haben.«

Grote wollte sich gerade ein zweites Brötchen nehmen, doch Stine war schneller und schnappte es ihm weg. »Wer viel arbeitet, der viel isst!«, sagte sie und biss herzhaft ab.

»Ich fasse es nicht!«, stöhnte Grote frustriert. »Wie kann ein so kleiner, zierlicher Mensch wie du solche Mengen verdrücken, ohne wie ein Hefekloß auseinanderzugehen?«

»Im Gegensatz zu dir mache ich ja regelmäßig Sport, da sind die wenigen Kalorien schnell wieder weg!«, erwiderte sie ungerührt, ging aber vorsorglich in Deckung, denn sie rechnete mit einer spontanen Attacke ihres Chefs, schließlich war Grote im Gegensatz zu ihr die personifizierte Sportlichkeit, doch das Klopfen an der Tür rettete sie.

Um Stine Gelegenheit zu geben, in Ruhe ihr drittes Brötchen zu verdrücken, öffnete Grote die Tür. Wie erwartet standen die beiden Motorradfahrer davor. Es dauerte eine Weile, bis sie sich umständlich aus ihrer Lederkluft geschält hatten. Mangels einer geeigneten Garderobe warfen sie die Jacken einfach auf den Boden, und obendrauf legten sie ihre schwarzen Helme.

Grote führte das Gespräch, und nach wenigen Minuten wurde deutlich, dass die beiden erneut blockten. Jedes Wort musste ihnen aus der Nase gezogen werden, erinnern konnten sie sich angeblich an gar nichts. Grote war drauf und dran, die Geduld zu verlieren.

»Ich sage es Ihnen jetzt mal in aller Deutlichkeit: Wir vernehmen Sie hier ganz formell als Zeugen. Wenn Sie mir etwas verschweigen, kann das strafrechtliche Konsequenzen haben.«

Die Biker rutschten unruhig auf ihren Stühlen hin und her, doch auch Grotes Drohung reichte nicht, um ihre Zungen zu lösen.

Stine betrachtete das Schauspiel, während sie sich den letzten Krümel aus dem Mundwinkel wischte. Dann fiel ihr Blick auf die Helme. An beiden Helmen waren seitlich Action-Kameras angebracht, wie sie bei Abenteurern, Extremsportlern und auch Bikern häufig zu finden waren. Beide Helme zierte der aus flammenden Buchstaben zusammengesetzte Schriftzug *northernbikepower.eu*.

Während sich Grote weiter mit den beiden Männern herumärgerte, gab sie einer Eingebung folgend diese Adresse in ihren Laptop ein und wurde prompt auf eine Webseite geleitet, auf der zwei Motorradfahrer waghalsige Stunts auf öffentlichen Straßen ausführten. Die Kennzeichen ihrer Maschinen waren dabei abgedeckt, so dass Fahrer und Fahrzeuge nicht zu identifizieren waren.

Stine startete einen der Filme, der ihr besonders interessant vorkam. Dann stellte sie den Ton laut. Dumpfes Motorgedröhn erfüllte plötzlich den Raum, und zwischen dem Heulen des Fahrtwindes erklang eine Stimme: »Tempo 160, 180, 200, 230! Wow, und das bei Sichtweite von 100 Metern!«

Zwei hochmotorisierte Motorräder waren im Bild, die ohne Rücksicht auf mögliche Gefahren über schmale, nächtliche Straßen rasten.

Von dem einen war nur der Lenker mit grün leuchtenden Armaturen zu sehen, das andere Motorrad fuhr voraus. Stine drehte den Laptop so, das Grote und die Biker es sehen konnten. Schon bei den ersten Geräuschen des Videoclips bemerkte Grote, dass die beiden jungen Männer zusammenzuckten. Unauffällig nickte er Stine zu. Damit konnte er die beiden weichkochen. Er wartete, bis der kurze Film beendet war, dann setzte er sie unter Druck.

»Ich denke, die Karten liegen jetzt offen auf dem Tisch. Meine Kollegin und ich wissen nun, warum wir bisher vergebens auf Ihre Kooperation hofften.«

Stine stand auf und ging zu den Bikern hinüber. Jetzt mussten die richtigen Worte gefunden werden, bevor die beiden völlig dicht machten.

»Also, Jungs, ich sag euch mal, wie es ist. Das, was ihr dort macht, outet euch als völlig durchgeknallte Adrenalin-Junkies. Es ist nicht nur euer Leben, mit dem ihr spielt. Es könnte jederzeit Unbeteiligte treffen. Ich möchte gar nicht wissen, wie viele Verkehrsverstöße ihr allein bei dieser Fahrt hier begangen habt. Sicherlich würde es genügen, euch den Führerschein an Ort und Stelle abzunehmen und eure Feuerstühle sofort einzuziehen. Doch das interessiert uns im Augenblick nicht. Wir ermitteln in einem Mordfall, und da brauchen wir eure Hilfe.«

Die beiden Männer sahen sich unschlüssig an, dann entschloss sich der ältere der beiden, auszupacken. »Okay, ich gebe es zu. Die Ferienwohnung haben wir angemietet, um auf den einsamen Straßen in der Gegend unsere Videos zu drehen. Nachts ist hier doch eh kein Mensch unterwegs, da können wir das machen. Wir haben bisher gelogen, weil wir dachten, dass wir in der Nacht einen anderen Autofahrer in Schwierigkeiten gebracht hätten und Sie deshalb gegen uns ermitteln.«

»Ich sagte doch, wir wollen einen Mordfall aufklären. Ihr seid lediglich Zeugen, sonst nichts. Außerdem, was hast du gerade gesagt? Nachts ist keiner unterwegs? Und wenn doch?« Stine verdrehte die Augen. »Egal, geschenkt! Wart ihr am Sonntagabend auch unterwegs, vielleicht auf der Straße zwischen Neßmersiel und Dornumersiel, direkt am Deich?«

Beide Männer nickten. »Ja, unter anderem. Auf der Straße waren wir zuletzt, dann sind wir zurück in die Ferienwohnung gefahren.«

»Ja, und?« Grote wurde ungehalten. »Ist Ihnen dort ein parkendes Auto aufgefallen?«

»Nö, wir fahren dort immer um die 200 km/h, da sieht man nicht mehr viel.«

Grote war geneigt, mit der Faust auf den Tisch zu hauen, da schob der andere nach: »Wir können allerdings sicherheitshalber mal nachschauen.« Dann ging er zur Helmkamera, öffnete sie und entnahm eine Speicherkarte. »Hier sind alle Fahrten der letzten Tage drauf.«

Stine schob die Speicherkarte in ihren Laptop, suchte die passende Datei mit dem Datum der Nacht von Sonntag auf Montag heraus und startete den Film. Er stellte sich ähnlich dar wie die Sequenz, die sie vorher abgespielt hatte. Wieder rasten zwei Motorräder durch die dunstige Nacht. Das vorausfahrende wurde vom Lichtkegel des ihm folgenden in grelles Licht getaucht, dann war wieder die Stimme zu hören. Die Geschwindigkeit wurde hochgezählt, und als die 200 km/h überschritten waren, nahm der Fahrer der ersten Maschine die Füße hoch und legte sich bäuchlings auf den Sitz seines Gefährtes. Selbst Grote, den nichts so leicht erschüttern konnte, stockte der Atem. Als dann der Fahrer noch den Arm hob, die Hand ausstreckte und triumphierend die Faust ballte, entfuhr ihm kopfschüttelnd ein empörtes: »Ihr seid doch völlig irre! Liegend einhändig mit über 200 km/h durch die Nacht, wenn euch da jemand entgegenkommt, gibt's Tote, das ist mal klar!«

Die beiden Motorradfahrer schwiegen betreten, nur der eine traute sich zu erklären: »Darum machen wir es doch dort am Deich, da ist nachts keine Sau.«

»Ich bin wirklich versucht, diesen Film zu beschlagnahmen und der Verkehrspolizei zu überstellen. Dann ist Schluss mit der Raserei!« Grote stieß das mit einer gehörigen Portion Wut hervor, doch Stine ging dazwischen.

»Mein Chef hat recht, aber wir haben euch ja versichert, dass wir nicht in Verkehrsdelikten, sondern in einem Mordfall ermitteln. Darum würde es mir genügen, wenn ihr uns versprecht, in Zukunft diesen Wahnsinn zu unterlassen. Ich werde allerdings von Zeit zu Zeit das Internet durchforsten. Sehe ich noch einmal so einen Film von euch, dann gilt unser Wort nicht mehr, okay?«

Die beiden nickten schuldbewusst und als Stine ihnen die Hand hinhielt, schlugen sie mit einem gequälten Lächeln ein.

Nun ließ Stine mehrfach den Film hin- und herlaufen, mal schnell, mal langsam. Irgendwann begannen sich die Augen an die Bilder zu gewöhnen, manchmal waren sogar die Schemen des Deiches zu erahnen, doch ein Auto war nicht in dem Film auszumachen.

Stine wollte bereits aufgeben, als einer der Biker beschloss, das Schweigen gänzlich zu brechen. »Spul mal zurück! Wenn du fair bist, sind wir es auch. Da war tatsächlich etwas. Ich habe es in der Nacht nur aus dem Augenwinkel gesehen, und es war der Grund, warum wir dann unsere Aufnahmen beendet haben.« Er starrte konzentriert auf den Bildschirm und gab Stine Anweisungen: »Weiter, weiter zurück, jetzt langsam! Da, das ist es!«

Tatsächlich war da am Straßenrand ein schwarzer Schatten zu erkennen, der sich allerdings kaum vom Dunkel des Deiches abhob. Stine ließ den Bildausschnitt immer wieder vor- und zurücklaufen. Es brauchte viel Fantasie, um aus diesem schwarzgrauen Nichts, das in einem Sekundenbruchteil durch das Bild wischte, ein Auto zu erkennen. Erst als sie beim genauen Betrachten zwei winzige, bunte Lichtblitze erkannten, einer rot, der andere schwachgelb, waren sie sicher, die Reflektoren eines abgestellten Autos zu sehen. Der Fahrzeugtyp war nicht einmal ansatzweise zu erahnen, selbst die Frage, ob es sich um ein großes oder ein kleines Fahrzeug handelte, war nicht zu beantworten.

Stine fuhr den Laptop herunter, während Grote den beiden Bikern nun erlaubte zu gehen. »Die Speicherkarte allerdings wird beschlagnahmt, denn das BKA muss versuchen, mehr Informationen aus den Bildern herauszubekommen.«

Mit einem kleinlauten: »Trotzdem danke, dass ihr uns nicht in die Pfanne haut!«, schnappten sie sich ihre Jacken und Helme und schlichen mit hängenden Köpfen davon. Nur einer der beiden traute sich noch zurückzuschauen, Stine kess zuzublinzeln und ihr mit dem ausgestreckten Daumen zu danken.

Stine konnte ein Lachen nicht unterdrücken: »Haut bloß ab, ihr Helden, und denkt an euer Ehrenwort!«

Grote mochte es kaum glauben: »Erst liefern die beiden Typen hier so eine schräge Nummer ab, und dann erdreistet sich der eine auch noch, dich anzubaggern!«

Wenige Minuten später landete die Speicherkarte mit einem Anschreiben versehen in einem Umschlag, um die Spezialisten des BKA mit den Aufnahmen zu beschäftigen.

Nebellauf

Eicke Jansen ging unschlüssig ans Fenster und schaute hinaus auf die nassen Wiesen. Zwei Seelen kämpften in seiner Brust. Da war eine Stimme, die sagte: »Denk nicht drüber nach, sondern lass den Unsinn. Setz dich gemütlich in dein Auto und fahr zur Firma. Dort wartet ein Berg von Arbeit auf dich. Außerdem, schau mal in den Spiegel, soo schlecht siehst du doch gar nicht aus.«

Und dann war da die andere Stimme: »Sei ehrlich, du hast mindestens 20 Kilo Speck auf den Rippen, bist für dein Gewicht 30 Zentimeter zu klein und hast mit 50 Jahren die Kondition eines 80-jährigen. Wenn du nicht schnellstens abnimmst, liegst du schon bald unter der Erde.«

Er atmete gequält auf, doch dann schlich er unlustig ins Ankleidezimmer, zog sein Sportzeug an und war mit den Worten: »Ich dreh mal meine Runde!« aus der Tür.

Nele Jansen schaute ihm mitleidig nach. Seit Monaten zwang sich ihr Mann dazu, jeweils dienstags und donnerstags eine Weile zu joggen. Die Runde führte ihn den Burgweg entlang aus Rysum heraus, dann ein Stück am Emsdeich lang und über die Kiebitzstraße wieder zurück nach Hause. Die Strecke maß nicht einmal vier Kilometer, stellte aber für Eicke Jansen die absolute Grenze seiner Leistungsfähigkeit dar.

Schnaufend wie eine Dampflok schleppte Jansen sich die einsame Straße entlang, kämpfte mit Kreislaufproblemen, und nach wenigen Minuten war er schon durchgeschwitzt. Er hasste sich dafür, dass er nicht der anderen Stimme gefolgt war. Selbst bei schönem Wetter empfand er diesen Lauf als Zumutung, aber jetzt, im Morgennebel? Er hatte den Emsdeich noch nicht erreicht und soeben den Entschluss gefasst, den Lauf vorzeitig abzubrechen, als hinter ihm aus Richtung Rysum eine Gestalt aus dem Nebel auftauchte. »Noch so ein Verrückter, der meint, seine Kilos ablaufen zu müssen«, dachte er, zwang sich nun aber, seinen Lauf fortzusetzen. Es war ihm peinlich gegenüber dem anderen Läufer, seine Schwäche einzugestehen, also rang er den inneren Schweinehund nieder und lief weiter. Alle paar Meter blickte er sich um und stellte triumphierend fest, dass der andere Läufer nicht schneller war als er. Der Abstand blieb gleich, und Eicke Jansen begann, Siegesgefühle zu entwickeln. Er hätte besser genauer hinschauen sollen, dann wäre ihm aufgefallen, dass der andere Läufer ungleich eleganter lief als er. Der ganz in Schwarz gekleidete Mann konnte sehr wohl, wollte aber nicht schneller laufen – noch nicht!

Nachdem Eicke Jansen den Emsdeich erreicht hatte, bog er nach rechts ab und sah, dass der Nebel hier erheblich dichter war als in Ortsnähe. Wieder schaute er zurück und stellte zufrieden fest, dass sein Rivale entweder in die andere Richtung abgebogen war, oder, und zu dieser Ansicht neigte er, dass er ihn abgehängt hatte. Er konnte seinen Triumph nur kurz genießen, da hörte er Schritte hinter sich. Als er sich umdrehte, war der andere Läufer nur noch 30 Meter hinter ihm und holte mit großer Geschwindigkeit, offenbar ohne besondere Anstrengung, Schritt für Schritt auf. Jansen versuchte, noch einmal zuzulegen, doch als er sich Sekunden später umdrehte, war der Mann nur noch drei Meter hinter ihm. Dass der unbekannte Läufer dunkel gekleidet war, hatte er schon bemerkt, dass er aber zu dem schwarzen Trainingsanzug eine schwarze Sturmhaube über dem Kopf trug, erschreckte ihn.

Eicke Jansen blieb keine Zeit, um irgendwelche Erkenntnisse aus seiner Feststellung zu ziehen, denn der Unbekannte war heran und brachte ihn mit einem Fußfeger zu Fall. Er stürzte hart auf den Asphalt und schlug mit dem Kopf auf. Noch bevor er sich berappeln konnte, zerrte der Unbekannte ihn von der Straße herunter in ein seitliches Gebüsch. Dann ließ er sich mit einem Knie auf seinem Brustkorb nieder.

»Hör zu, du Schwein! Ich will nur eines von dir wissen: Wo hast du die zweite Ladung von dem Dreck hinbringen lassen?«

Eicke Jansen wusste sofort, worauf der andere anspielte, doch er hielt es für besser, sich ahnungslos zu stellen. »Ich habe nicht die geringste Ahnung, was Sie überhaupt wollen. Von welchem »Dreck« reden Sie?«

Sicherlich war es die falsche Entscheidung, denn der Mann ergriff seine Hand und sagte ungerührt: »Du hast die Wahl: Ich bin großzügig und gebe dir Zeit zum Nachdenken. Allerdings kosten dich fünf Sekunden des Nachdenkens einen Finger. Du kannst es dir selbst ausrechnen, fünf Finger, fünfundzwanzig Sekunden. Aber lass dich nicht drängen, du hast ja noch eine zweite Hand.«

Dann ergriff er blitzschnell die rechte Hand seines Opfers, bog den kleinen Finger zurück und zählte bis fünf. Als die Sekunden abgelaufen waren, riss er den Finger mit einem Ruck nach hinten und brach ihn.

Eicke Jansen brüllte vor Schmerzen auf und wäre, selbst wenn er gewollt hätte, gar nicht in der Lage gewesen, zu antworten, doch der Mann hinter der Maske zählte ungerührt weiter, und 20 Sekunden später waren alle Finger seiner rechten Hand gebrochen.

Eicke Jansen konnte nicht einmal mehr schreien, denn der unerträgliche Schmerz begann ihm die Sinne zu rauben. Der Unbekannte wiederholte seine Frage, und als keine Antwort kam, nahm er Jansens linke Hand mit der Bemerkung: »Ich sehe schon, du brauchst noch einmal Bedenkzeit!«

Gerade als er wieder zu zählen begann, drang aus dem Nebel das tuckernde Motorgeräusch eines Treckers zu ihnen durch und wurde von Sekunde zu Sekunde lauter. Der Unbekannte blickte zur Seite, und als sich allmählich die Umrisse des Fahrzeugs abzeichneten, stand er auf. »Glaub nur nicht, dass die Sache damit erledigt ist, wir sehen uns wieder!« Dann war er im Nebel verschwunden.

»Na endlich!« Als es an der Haustür schellte, legte Nele Jansen erleichtert die Morgenzeitung zur Seite und eilte zur Tür. Ihr Mann war schon viel zu lange unterwegs gewesen und hatte damit den engen Zeitrahmen, den seine Kondition ihm vorgab, schon weit überschritten, und das bereitete ihr Sorgen. Sie öffnete die Tür, ohne näher hinzuschauen, und drehte sich gleich wieder um, denn es wurde Zeit, sich endlich in aller Ruhe dem Kreuzworträtsel zuzuwenden. Dann hörte sie hinter sich ein schmerzvolles Stöhnen, das sie herumfahren ließ.

»Eicke, was ist denn mit dir passiert?« Sie machte einen Schritt nach vorne und konnte ihren Mann gerade noch abstützen, bevor er entkräftet zu Boden sank. Sein Gesicht war von Schürfwunden überzogen, die Oberlippe aufgeplatzt. Am schlimmsten aber sah seine rechte Hand aus. Sie war stark angeschwollen, und einige Finger sahen unnatürlich schief aus. Nele Jansen schob ihren Mann vorsichtig in den Flur und zog mit dem Fuß einen Stuhl heran, auf den er sich erschöpft fallen ließ. Sie hätte jetzt eine Erklärung erwartet, stattdessen stieß er nur mit gepresster Stimme hervor: »Mach die Haustür zu!«

Nele Jansen war völlig durcheinander. Ihr Mann kam von einem Jogginglauf zurück, sah aus, als sei er gerade von einer Lokomotive überrollt worden, und seine größte Sorge schien zu sein, dass die Haustür geschlossen werden musste.

Eicke Jansen stöhnte laut auf: »Hol einen kalten Umschlag für meine Hand und ruf beim Orthopäden in Emden an, dass wir gleich vorbeikommen.«

»Ich mache jetzt erst einmal gar nichts, bevor du mir nicht sagst, was mit dir passiert ist.«

»Mein Gott, schau mich doch an! Was soll denn schon passiert sein? Ich bin unglücklich gestürzt. Ein Bauer kam mit dem Trecker vorbei, hat mich gefunden und in den Ort zurückgebracht.« Dann schaute er ängstlich über die Schulter: »Ist die Haustür verschlossen?«

»Ja, sie ist zu. Warum ist das jetzt so wichtig? Sie ist doch sonst auch meistens offen.« Hier, am Rande der kleinen Stadt, gewissermaßen auf dem Lande, war das allgemein üblich.

»Ich möchte aber nicht, dass das weiterhin passiert! Türen und Fenster gehören grundsätzlich geschlossen. Und jetzt mach schnell und hol mir den Umschlag! Die Schmerzen sind kaum auszuhalten.«

Seine Frau ging in die Küche, kehrte mit einem feuchten Handtuch zurück und legte es vorsichtig um die immer weiter anschwellende Hand. Mit seiner Erklärung, wie es zu den Verletzungen kommen konnte, war sie lange noch nicht zufrieden. »Ich kann einfach nicht verstehen, wie man so unglücklich fallen kann, dass man sich die Hand bricht.«

Eicke Jansen war nicht willens, seiner Frau die Wahrheit zu sagen, stattdessen wurde er aggressiv: »Hör auf, mir Löcher in den Bauch zu fragen! Die Hand ist ja gar nicht gebrochen, nur alle Finger!« Gleichzeitig schrie er auf, denn er war aus Versehen mit einem der lädierten Finger an der Stuhlkante hängengeblieben.

»Woher willst du wissen, dass alle Finger gebrochen sind?« Zweifel schwangen in ihrer Stimme.

»Ich weiß es! Sei jetzt endlich ruhig und hol das Auto aus der Garage! Ich brauche schnellstens eine Schmerzspritze, sonst halte ich das nicht aus.«

Eine Stunde später saß Eicke Jansen dem Orthopäden gegenüber. Der wollte ihn direkt in das Klinikum Emden einweisen, doch Jansen sträubte sich. Nachdem seine Hand geröntgt worden war, klipste der Arzt die Röntgenbilder an den Lichtkasten, betrachtete sie nachdenklich und meinte: »Ich muss gestehen, dass ich noch niemals eine solch seltsame Sturzverletzung gesehen habe. Allerdings habe ich auch eine positive Nachricht: Alle fünf Finger sind zwar gebrochen, aber alle an der gleichen Stelle und so glatt, dass eine Operation nicht nötig ist. Ich werde die Finger richten und tapen, danach gibt es einen Verband obendrauf, damit sie ruhiggestellt sind. Wenn die Schwellung zurückgegangen ist, verpasse ich Ihnen für einige Wochen einen Gipsverband.«

Zum Abschluss verabreichte der Doktor ihm eine Schmerzspritze, verordnete ihm starke Schmerztabletten und entließ dann einen erschöpften Patienten, der immer noch in seiner durchgeschwitzten Joggingbekleidung steckte.

Am frühen Nachmittag kam das Ehepaar Jansen endlich zurück nach Rysum. Als sie wieder im Flur standen, war der erste Satz, den Eicke Jansen sagte: »Schließ die Haustür ab!«

Seine Frau tat kopfschüttelnd, was ihr aufgetragen wurde. Sie erkannte ihren Mann nicht wieder.

Grote hatte an diesem Morgen schon einen langen Lauf hinter sich, denn auch dieser Fall, an dem sie gerade arbeiteten, war für ihn kein Grund, sein strenges Trainingsprogramm zu vernachlässigen. Er hatte sich entschlossen, Ende November noch einen Marathon zu laufen, da konnte er sich keine Nachlässigkeiten erlauben. Nach dem Duschen holte er aus der Kantine die Morgenzeitung und las jetzt Stine vor, die sich derweil um den Kaffee kümmerte. Das tat sie immer als Erstes, bevor ihr Chef auf die Idee kam, ihr diese Arbeit abzunehmen. Der stand nämlich mit der Bedienung der Kaffeemaschine auf Kriegsfuß, vertat sich regelmäßig mit der Dosierung des Kaffeepulvers und konnte damit den Start in den Tag zu einem Desaster ersten Grades werden lassen.

Die Zeitung brachte den umfassenden Bericht über Thore und Wilka Meiners Tod gleich auf der zweiten Seite. Zwar hinter der Weltpolitik, aber noch vor den Regionalmeldungen. Der Mann war im ganzen Nordwesten als erfolgreicher Unternehmer und Mäzen bekannt, entsprechend groß war die Resonanz.

Der Kaffee begann gerade durchzulaufen, als die Tür ohne Vorwarnung aufgerissen wurde.

»Da komme ich ja gerade zur rechten Zeit! Stine, wenn du schon dabei bist, mach mir gleich mal einen anständigen Tee. Den im Krankenhaus konnte man wirklich nicht trinken. Irgendwie schmeckte er immer nach Pfefferminze.«

Stine drehte sich erfreut um und strahlte über das ganze Gesicht. »Skipper, wie schön, dass man dich entlassen hat!« Sie sprang auf ihn zu und nahm ihn in den Arm. »Gut schaust du aus!«

Auch Grote war aufgestanden und klopfte ihm freudig auf die Schulter. »Alter Seeräuber! Solltest du nicht etwas länger in der Klinik bleiben?«

Skipper schüttelte energisch den Kopf. »Du hast doch selbst gesehen, in was für einem Nachthemd die mich dort gefangen gehalten haben. Da verliert ein echter Mann jegliches Selbstwertgefühl. Als mein Freund gestern Mittag anrief, um mir zu sagen, dass meine »Antje D.« wieder fit ist, habe ich mich sofort selbst entlassen, bin rüber nach Neßmersiel und habe mein Schätzchen nach Emden gesegelt. Heute Nacht habe ich endlich wieder an Bord geschlafen. Deshalb bin ich so fit und sehe blendend aus.«

Während Stine den Tee zubereitete, konnte sie sich eine freche Bemerkung nicht verkneifen: »Ja, du siehst aus wie immer: verschlissene Jeans, dunkelblauer Troyer und Ostfriesennerz. Hast du überhaupt noch andere Klamotten im Schrank?«

Skipper stellte sich unwissend: »Weiß ich jetzt gar nicht, müsste ich mal scharf drüber nachdenken. Eins allerdings weiß ich sicher, solche Schuhe wie du sie gerade trägst, hab ich ganz gewiss nicht.«

Grote und Stine nahmen sich nun viel Zeit, um ihren Freund und Kollegen über den aktuellen Stand der Ermittlungen ins Bild zu setzen. Skipper gelang es kaum, seine Enttäuschung zu verbergen. »Wenn ich die Lage richtig einschätze, haben wir außer einem dünnen Verdacht bezüglich des Autos am Deich keinen echten Ansatzpunkt.«

Grote zuckte mit den Schultern. »Das muss ich eingestehen. Gleich will ich mit Stine nach Emden fahren, um mich in Thore Meiners' ehemaliger Firma umzuhören. Wenn es im privaten Bereich der Opfer keinen Ansatz gibt, dann vielleicht im geschäftlichen.«

Stine nutzte die Gelegenheit und wollte wissen: »Fühlst du dich schon wieder so fit, dass du in die Ermittlungen einsteigen könntest?« Sie schaute Skipper fragend an.

»Hallo, junge Frau!? Was glaubst du denn, weshalb ich hergekommen bin – nur zum Teetrinken? Wenn ich auch zugeben muss, dass er wieder mal hervorragend schmeckt. Du hast eindeutig dazugelernt.« Damit spielte er auf den schauderhaften Teebeutel-Tee an, den Stine ihm bei ihrem ersten Zusammentreffen serviert hatte.

Grote schob Skipper einen Wohnungsschlüssel zu. »Das sind die Schlüssel zum Appartement der Meiners in Norddeich. Die Adresse steht auf dem Anhänger. Es würde uns viel Zeit und Weg ersparen, wenn du dich dort einmal umschautest.«

»Mach ich gerne, bin ja nun gut erholt und voller Tatendrang.« Als er aufstand, geriet er kurzzeitig wieder ins Schwanken.

»Oh, oh, Skipper, das sieht noch nicht perfekt aus!« Stine war besorgt.

»Ach was, Mädchen. Manchmal schwankt der Boden noch leicht unter mir, so in Windstärke zwei bis drei. Wird aber immer besser. Außerdem bin ich schon bei Windstärke 11 auf der Nordsee rumgetobt. Da lassen mich solche Kleinigkeiten völlig kalt.« Dann tippte er sich zum Abschied an die Stirn und war verschwunden.

*

Das Werk der »Meiners Farben« lag in einem Gewerbegebiet im Westen Emdens, am Ende der Stedinger Straße. Stine parkte das Auto auf dem Wendeplatz und meinte damit, lange Diskussionen mit dem Pförtner zu umgehen, der in seinem Häuschen neben der heruntergelassenen Schranke saß und interessiert die bunten Blätter beobachtete, die der steife Herbstwind über den Platz trieb. Ein LKW stand an der Laderampe, ansonsten war wenig Bewegung zu erkennen.

»12.30 Uhr, vermutlich ist gerade Mittagspause.« Grote befürchtete, dass sie zur falschen Zeit gekommen waren. »Hoffentlich treffen wir überhaupt jemanden an.«

Der Pförtner schien nicht glücklich darüber, dass die beiden Besucher seine Studien über das Flugverhalten von Lindenblättern unterbrachen.

»Und?« Mehr äußerte er nicht und hielt es nicht einmal für erforderlich, sich den Besuchern zuzuwenden.

Diese Unfreundlichkeit genügte, um bei Grote für ein Aufrichten der Nackenhaare zu sorgen. Stine schob ihn sanft zur Seite, um einen Eklat zu vermeiden. Wenn der Pförtner sich querstellte, gab es angesichts der Schranke kein Vorbeikommen.

»Mein Name ist Stine Lessing, das ist mein Chef, Hauptkommissar Grote. Wir sind von der Kripo Aurich und möchten gerne die Geschäftsleitung sprechen.«

»Leitung gibt's hier nicht!« Damit schien die Sache für ihn erledigt. Er wandte sich von seinen Flugstudien ab, griff in die neben ihm stehende Aktentasche und holte eine Thermoskanne heraus. »War's das?«

Stine ließ sich nicht aus dem Konzept bringen. »Hab ich verstanden, eine Geschäftsleitung gibt es hier nicht, aber irgendeinen Chef wird das Werk ja wohl haben?«

Der Mann atmete gequält durch. »Ja, ist aber heute nicht im Haus.«

Grote reichte es. Er schob die Glasscheibe des Pförtnerhauses beiseite, nahm seinen Dienstausweis und drückte ihn dem überraschten Mann platt auf die Nase. »Jetzt hören Sie mal genau zu, Sie Held der Arbeit! Sie öffnen jetzt augenblicklich die Schranke und sagen mir, an wen wir uns wenden müssen, um Auskunft zu bekommen, sonst zerre ich Sie eigenhändig aus Ihrem Bau heraus.«

Der Pförtner drückte eingeschüchtert den roten Knopf neben sich und stammelte: »Graues Gebäude, erster Stock, Frau Oldewurtel.«

»Na, geht doch!«, sagte Grote und setzte sich in Bewegung. Stine konnte kaum hinterherkommen und meinte beeindruckt: »Heute scheint mal wieder ein Tag zu sein, wo die Brutalität über die Psychologie triumphiert.«

»Stimmt!«, grinste Grote zufrieden. »Diese Tage muss es auch geben, das wirkt ungemein befreiend.«

Der Pförtner hatte sich inzwischen wieder beruhigt und murmelte leise vor sich hin: »Die jungen Leute sind einfach unhöflich heutzutage.« Dann goss er sich Tee ein und wandte sich wieder den fliegenden Blättern zu.

Auch wenn gerade Mittagszeit war, den Zustand des Werkes, das in einem Dornröschenschlaf zu liegen schien, konnte das nicht erklären. Alles wirkte etwas heruntergekommen, altmodisch und still. Menschen waren kaum zu sehen, auch Betriebsgeräusche ließen sich aus der Fabrikhalle nicht vernehmen. Die vom arbeitsunlustigen Pförtner benannte Frau Oldewurtel jedoch saß brav an ihrem Schreibtisch und wartete auf die Dinge, die in diesem Werk offensichtlich nicht mehr allzu oft geschahen. Sie war eine ältliche Dame, trug ein mausgraues Kostüm und hatte die ebenso grauen Haare streng hochgesteckt. Im Gegensatz zu ihrem Pförtner war sie jedoch über die Besucher erfreut. »Was kann ich denn für Sie tun?«

»Wir würden gerne jemanden von der Geschäftsleitung sprechen, es ist wichtig.«

»Wenn Sie damit Herrn Jansen meinen, dann muss ich Sie leider enttäuschen. Er hat sich für heute und die nächsten Tage krankgemeldet.«

Stine war tatsächlich enttäuscht. »Einen Vertreter hat der Herr Jansen nicht?«

»Nein, schon lange nicht mehr. Er führt das Unternehmen allein.« Die Sekretärin schaute sich um, ob jemand in der Nähe war, dann ergänzte sie mit verschwörerischem Blick: »Sie sehen es doch selbst, hier ist nicht mehr viel los.«

Stine bat um die Adresse des Geschäftsführers, und Frau Oldewurtel schrieb sie ihr umständlich auf. »Das ist in Rysum, ganz in der Nähe.«

Grote wollte die Wartezeit nutzen und fragte: »Kennen Sie eigentlich noch den alten Chef, Herrn Meiners?«

»Oh ja, Herr Meiners war ein ganz feiner Mensch. Ich habe sehr gerne für ihn gearbeitet. Damals war hier noch richtig viel Betrieb, aber nachdem er das Werk verkauft hatte, ging es ständig bergab. Ich war sehr traurig, als ich hörte, dass er und seine Frau ermordet wurden. Schrecklich!«

»Wissen Sie, warum es mit der Firma niedergegangen ist?«

Frau Oldewurtel schob den Zettel mit der Adresse über den Tisch. »Nein, so viel verstehe ich von dem Farbengeschäft nicht. Tut mir leid!«

»Hatte Herr Meiners jemals Probleme mit Geschäftspartnern oder Mitarbeitern? Wurde er vielleicht bedroht?«

»Wo denken Sie hin? Mit Herrn Meiners konnte man gar nicht zusammengeraten. Er war immer ehrlich und korrekt.«

Sie bedankten sich bei der Sekretärin für die Informationen, und Stine steckte den Zettel mit Jansens Anschrift ein. Während sie das stille Werksgelände verließen, konnte Grote es sich nicht versagen, noch einmal kräftig gegen die Scheibe des Pförtnerhauses zu klopfen. »Und immer schön die Schranke aufmachen, wenn Besuch kommt, okay?«

Der Pförtner erschrak so sehr, dass ihm die volle Teetasse auf die Hose kippte. Grote sah das, grinste diabolisch und erklärte Stine: »Das musste jetzt einfach mal sein, ab jetzt bin ich wieder brav!« Dann bemühte er sich, wieder sein seriöses Chefgesicht aufzusetzen. Als Stine nichts sagte, stutzte er: »Was ist los Stine, kommt jetzt kein Spruch von dir?«

»Natürlich«, antwortete sie kess, wartete damit aber, bis sie ihr Auto erreichten. Dann rief sie lachend: »Auch den lahmen Gaul sticht mal der Hafer!«, schlug schnell die Tür zu und verriegelte von innen, bis Grote um Einlass bettelte.

*

Das Appartement der Meiners befand sich im obersten Geschoss eines großen Hotels, direkt neben dem Kurpark von Norddeich. Das Ehepaar hatte gegen eine hohe Abschlagszahlung eine komplette Hotelsuite auf Lebenszeit gemietet und sich dadurch das Recht erwirkt, diese nach ihren Wünschen umbauen zu lassen.

Skipper war mit seinem inoffiziellen Wohnsitz auf der »Antje D.« im Emder Hafen äußerst zufrieden, doch als er das Appartement betrat, nickte er beeindruckt und murmelte: »Nicht schlecht, hier haben es die beiden gut aushalten können.«

Er durchschritt den großen Wohnraum und ging an das beeindruckende Panoramafenster. Der Blick schweifte von dort aus direkt auf die Nordsee. Wenn Meiners gewollt hatte, hatte er von hier aus seine »Maria« im Hafen sehen können. Skipper löste sich von dem faszinierenden Ausblick und begann nun systematisch, die Wohnung zu durchsuchen. Im gesamten Appartement herrschte große Sauberkeit, alles war bestens aufgeräumt, alles hatte seinen Platz. Nach einer halben Stunde wandte er sich einem Schrank zu, der verschlossen war. Wertsachen schien er nicht zu beinhalten, denn der Schlüssel lag recht offensichtlich auf einer Anrichte daneben. Der Schrank entpuppte sich nach dem Öffnen als gut versteckter Arbeitsplatz. Eine Holzplatte ließ sich ausklappen und ergab dadurch einen Schreibtisch. Im Schrank selbst befanden sich Unmengen von Ordnern, die sorgsam beschriftet waren. Er schaute sie alle nacheinander durch, aber es war nichts dabei, was für ihre Ermittlungen hätte interessant sein können. Es ging meist um Geldanlagen, Korrespondenz mit sozialen Einrichtungen, die Meiners unterstützte, sowie das, was er als Vorsitzender seines Segelvereins zu bearbeiten hatte. Alles in allem Dinge, die in Meiners' Leben wichtig gewesen waren, gewiss aber kein Motiv bargen, ihn zu töten.

Interessanter hingegen schien Skipper der hinter einer Klappe verborgene Papierschredder zu sein. Der Auffangkorb für die zerschnittenen Dokumente war nur gering gefüllt, trotzdem blinkte eine rote LED und zeigte eine Störung an. Skipper stellte schnell fest, dass Meiners versehentlich eine dicke Büroklammer durch das Gerät gejagt hatte. Nun war die Mechanik komplett festgesetzt und ließ sich so ohne weiteres auch nicht mehr reparieren. Offensichtlich hatte der Mann keine Lust gehabt, sich um dieses Problem zu kümmern, denn auf dem Regal darüber stapelte sich ein Berg von Papieren, die auf ihre Vernichtung warteten. Ein Blick auf die Daten zeigte ihm, dass sich diese Papiere über einen Zeitraum von vielen Wochen angesammelt hatten.

Obwohl nicht zwingend zu erwarten war, dass sich unter diesen Dokumenten interessantere Dinge verbargen als in den bereits gesichteten Akten, setzte er sich an den Tisch und schaute den Stapel durch. Seine 30-jährige Erfahrung als Ermittler sagte ihm, dass er es sich nicht leisten konnte, darauf zu verzichten.

Meiners hatte die Angewohnheit gehabt, alle Schreiben, die zur Vernichtung anstanden, auf eine besondere Art zu markieren. Mal strich er sie kommentarlos mit einem dicken Filzstift durch, mal fanden sich Vermerke wie »erledigt« oder »bezahlt« darauf. Es war eine langweilige Arbeit für Skipper. Er legte Seite für Seite neben sich und bildete damit einen neuen Stapel der Belanglosigkeit. Plötzlich allerdings stieß er auf ein Schreiben, das schlagartig sein Interesse weckte. Es stammte vom Anfang des Monats und wirkte wie eine unterschwellige Drohung:

»Sehr geehrter Herr Meiners! Dieses ist mein zweiter und letzter Versuch, mit Ihnen in Verbindung zu treten. Sie wissen, dass es in Ihrer Firma zu Unregelmäßigkeiten gekommen ist, die nicht hinnehmbar sind. Rufen Sie unter dieser Nummer an, und vereinbaren Sie einen Gesprächstermin!«

Es folgte lediglich eine Handynummer, ein Absender stand nicht darunter.

Meiners hatte mit einem Filzstift »Spinner« quer über den Brief geschrieben und ihn dann dem Schredder zugeordnet.

Skipper musste nicht lange suchen, um auch das erste Schreiben zu finden. Es lag einige Zentimeter weiter unten im Stapel und enthielt einen ähnlichen Text. Auch hier hatte Meiners den Text mit dem Vermerk »Spinner« versehen und anscheinend keine Veranlassung gesehen, darauf einzugehen.

Skipper steckte die beiden Schreiben in eine Plastiktüte. Danach schaute er noch den restlichen Stapel durch, fand jedoch nichts Interessantes mehr.

Zum Abschluss genoss er noch einmal den Rundblick über das graue Wasser der Nordsee und machte sich auf den Weg zur Dienststelle.

Donnerstag - Anschluss verloren

Der marode Eindruck, den die »Meiners Farben« auf Stefan Grote und Stine Lessing gemacht hatte, war Anlass genug, sich mit der Firma näher zu beschäftigen. Deshalb hatte Grote am gestrigen Tag Stines Vorschlag, gleich von der Farbenfabrik aus nach Rysum zum erkrankten Geschäftsführer zu fahren, abgelehnt.

»Wir sollten nicht unvorbereitet in dieses Gespräch gehen. Also lass uns uns die Zeit nehmen, morgen den Hintergrund des Niedergangs dieses einstmals so angesehenen Unternehmens zu durchleuchten. Da muss etwas gründlich schiefgegangen sein, vielleicht liegen da Ursache und Motiv für die Tat.«

Es war klar, wen Grote damit meinte, wenn er »wir sollten das mal durchleuchten« sagte, aber das störte Stine überhaupt nicht. Diese Art von Ermittlungen machte ihr ja gerade Spaß. Doch selbst wenn er gewollt hätte, Grote hätte seiner Kollegin gar nicht helfen können, denn Staatsanwältin Siefken rief an. »Schwingen Sie sich auf Ihren Gaul und kommen Sie nach Emden geritten, Grote. Ich brauche einen aktuellen Zwischenstand der Ermittlungen. Die Medien sitzen mir im Genick und wollen Ergebnisse sehen.«

Als Grote versuchte, ihr zu erklären, dass es zwar schon Ansätze gäbe, diese aber noch nicht für die Öffentlichkeit geeignet seien, erhielt er nur die Antwort: »Schwatzen Sie nicht, sonst hole ich Sie mit meiner Bockflinte ab und treib Sie persönlich in mein Büro!«

Während Grote auflegte, entfuhr ihm nur ein gequältes: »Oh Gott!« Dann schaute er zu Stine, die sich vor Lachen krümmte, und fragte: »Wollen wir tauschen? Du reitest nach Emden, und ich ermittele am PC?« Doch das meinte er natürlich nicht ernst. Der Anruf der Staatsanwältin war ärgerlich, brachte er doch die gesamte Tagesplanung durcheinander.

»Den Besuch in Rysum müssen wir zwangsläufig auf den Nachmittag verschieben. Ich habe keine andere Wahl. Die Frau bringt es sonst fertig und kreuzt hier mit dem Gewehr im Anschlag auf, wenn ich nicht Folge leiste.« Dann machte er sich mit einem tiefen Seufzer auf den Weg.

Stine hatte sich gerade dem Computer zugewandt, da rief Skipper an. »Die Durchsuchung gestern in Norddeich hat etwas Interessantes zu Tage gebracht. Seid ihr heute im Büro? Dann bringe ich das gleich vorbei.«

»Den Weg kannst du dir sparen, Skipper. Rufe doch bitte Stefan per Handy an. Er ist auf dem Weg nach Emden, die Siefken hat ihn vorgeladen. Danach kann er bei dir vorbeikommen.«

»Oh, der arme Kerl! Das tut mir leid für ihn. Das hat selbst er nicht verdient, noch vor dem Mittagessen dort antanzen zu müssen. Aber okay, ich rufe deinen Chef an.«

Nach diesem Gespräch trat endlich die Ruhe ein, die Stine benötigte, um konzentriert zu arbeiten.

Als Grote um 15 Uhr wieder zur Tür hereinkam, wirkte er unerwartet entspannt.

»Ich bin überrascht, Chef, dich so aufgeräumt zu sehen. Soo schlimm scheint es ja gar nicht gewesen zu sein.«

Grote griente: »Also für einen romantischen Kuschelabend auf einer Düne bei Sonnenuntergang wäre Theda Siefken nicht meine erste Wahl, aber was sie sagt und tut hat Hand und Fuß. Ich denke, sie bekommt die neugierigen Reporter schon in den Griff und verschafft uns noch einige Tage Luft.«

Damit legte er die beiden Zettel auf den Tisch, die er auf dem Rückweg bei Skipper abgeholt hatte. »Aber jetzt schau dir das mal an! Da scheint ein Unbekannter Thore Meiners für irgendetwas verantwortlich zu machen.«

Stine betrachtete die beiden Schreiben mit großem Interesse. »Das liest sich tatsächlich so! Meiners Reaktion darauf«, sie spielte auf die Vermerke »Spinner« an, »deutet allerdings darauf hin, dass er gar keine Ahnung hatte, worum es in dem Brief geht.«

Grote wurde nachdenklich. »Wenn das stimmt, was du sagst, wäre es geradezu tragisch. Denn sollte sich das Motiv für den Mord tatsächlich hinter diesen Schreiben verbergen, könnte das bedeuten, dass Thore Meiners für etwas bezahlen musste, für das er gar nicht verantwortlich war, ja, von dem er nicht einmal etwas wusste.«

»Ja, so sehe ich das!« Die These, die sie selbst ins Spiel gebracht hatte, schien Stine ebenso plausibel wie erschreckend. »Alles, was ich bisher über diesen Mann zusammentragen konnte, zeigt ein Bild von Verantwortungsbewusstsein und Redlichkeit. Dass Meiners in krumme Dinge verwickelt war, kann ich mir beim besten Willen nicht vorstellen.« Stine überprüfte die in dem Drohbrief angegebene Handynummer, indem sie sie wählte, doch wie erwartet kam die Meldung, dass der Teilnehmer nicht erreichbar sei.

»Alles andere hätte mich auch überrascht. Wir lassen die beiden Briefe auf Fremd-DNA untersuchen. Vielleicht bringt uns das weiter«, entschied Grote. »Doch bevor wir uns gleich gemeinsam auf unser Pferd setzen und nach Rysum reiten, verrate mir bitte, was du inzwischen über die »Meiners Farben« rausbekommen hast.«

Er rückte sich den Stuhl so zurecht, dass er gut auf die Pinnwand schauen konnte, und nickte seiner Kollegin auffordernd zu.

»Hast du eine Ahnung, was »Antifouling« ist?«, begann Stine ihren Bericht.

Grote schüttelte den Kopf.

»Ich bisher auch nicht, aber ich habe vorhin mit Skipper telefoniert, denn er kennt sich als Segler bestens aus und hat es mir erklärt: Es handelt sich dabei um einen Schutzanstrich für Boote oder Schiffe. Egal ob klein oder groß, wenn der Unterboden nicht mit einem solchen Schutzanstrich versehen ist, besiedeln schon nach wenigen Wochen im Wasser Muscheln, Seepocken, sowie Tang und andere Lebewesen den Rumpf. Das Schiff oder Boot wird langsamer und ist schwer zu manövrieren. Es handelt sich also um ein echtes Sicherheitsproblem. Bei Holzbooten kann sogar der ganze Rumpf zerstört werden.«

»Und was hat das mit »Meiners Farben« zu tun?« Grote war bislang nur mäßig beeindruckt.

»Gemach, gemach, Chef. Dieser Anstrich ist alles andere als umweltfreundlich, gewissermaßen eine Giftbombe. Auch bei »Meiners Farben« wurde das Zeugs hergestellt und war ein Verkaufsrenner, dann aber kam das Jahr 2003, und Bootsanstriche auf der Basis von Tributylzinn, kurz TBT, wurden in Europa verboten, wenige Jahre später sogar weltweit. Die Anstriche von »Meiners Farben« basierten aber genau auf diesem TBT. Die Firma hatte sich unter Thore Meiners Führung nicht rechtzeitig auf die neue Situation eingestellt und war deshalb nicht in der Lage, die Produktion schnell auf ein umweltfreundlicheres Produkt umzustellen. Und jetzt rate mal, wann Thore Meiners seine Firma verkauft hat?«

Grote tippte auf das Jahr 2003, lag aber knapp daneben.

»Nein, er hat sie Anfang 2002 verkauft, da wiesen seine Bücher noch brillante Umsatzzahlen auf. Ein Jahr später war es damit vorbei und ein Ersatzprodukt war immer noch nicht entwickelt, von da an ging's bergab. Thore Meiners war zwar wenig vorausschauend, denn er hat den umweltpolitischen Kurswechsel verschlafen, dumm aber war er nicht. Er hat das Desaster kommen sehen und noch vor dem dicken Ende seine Firma abgestoßen, da war er noch keine 60 Jahre alt.

Seitdem lebte er als wohlhabender Privatier glücklich in den Tag hinein und genoss gemeinsam mit seiner Frau das Leben.«

»Dann hat also der Käufer der »Meiners Farben« ein handfestes Motiv. Schließlich hat er eine Firma kurz vor dem Niedergang gekauft.«

»Theoretisch ja, praktisch nicht. Die Firma wurde von dem Marktführer übernommen, einem Konzern, der europaweit agiert. Für die war »Meiners Farben« eine Kleinigkeit. Sie haben wohl viel mehr Interesse an einigen Patenten der Firma gehabt, die mit Antifouling nichts zu tun haben. Diese Patente haben sie übernommen. Solche Leute schicken keine Killer auf die Reise, um nach fast 20 Jahren einen alten Mann und seine Frau zu ermorden.«

»Das leuchtet ein, also muss noch etwas anderes dahinterstecken. Ich glaube, wir sind jetzt zwar auf dem richtigen Weg, müssen aber noch die entscheidende Abzweigung finden. Lass uns nach Rysum fahren, Stine.«

Stine schaute aus dem Fenster und stellte fest, dass wieder einmal hartnäckiger Nieselregen aus tiefhängenden Wolken fiel. Also öffnete sie den Spind und tauschte ihre hochhackigen Schuhe gegen Regenschuhe aus. Dazu zog sie einen Friesennerz in passender Farbe über. Sowohl von Regenschuhen als auch Friesennerzen hatte sie genug Auswahl, um stets die passende Kombination wählen zu können. Grote wartete still und geduldig, bis Stines Kleiderwahl zu ihrer Zufriedenheit abgeschlossen war. Er hatte sich längst daran gewöhnt, dass er mit der bestgekleideten Kriminalpolizistin nördlich des Küstenkanals unterwegs war, so etwas hatte nun mal seinen Preis.

Die Entfernung zwischen Aurich und Rysum betrug nur 30 Kilometer, trotzdem zog sich die Fahrt hin, denn einen direkten Weg von A nach B gab es nicht, wie so oft in Ostfriesland. Stattdessen mussten sie in einem weiten Bogen fahren. Das unangenehme Nieselwetter, das die Sicht beeinträchtigte, sowie eine endlos lange Baustelle trugen ihren Teil dazu bei, dass sie Rysum erst zur besten Teezeit erreichten.

»Dort drüben steht die älteste bespielbare Orgel Deutschlands. Und wer hat sie gebaut? Du wirst es nicht glauben, Stefan, das war ein Urahne unseres holländischen Starautors.«

Grote blickte auf die gedrungene, fast unscheinbare Kirche in der Ortsmitte, an der sie gerade vorbeifuhren. »Du veräppelst mich doch, oder?«, fragte er.

»Nein, bestimmt nicht. Jan Harmannus gibt damit auf seinem Internetprofil an, und ich habe es überprüft, es stimmt tatsächlich. Der Erbauer der Orgel hieß tatsächlich Harmannus.«

»Wieso hast du denn diesen extravaganten Schriftsteller gegoogelt? Warst du so beeindruckt von ihm?«

»Nein, ganz und gar nicht, aber ich wollte schauen, wann er in unserer Gegend seine nächste Lesung abhält. Heute Abend ist er in Leer. Dort werde ich hinfahren und noch einmal mit Gero sprechen. Ich möchte das spontane Ende unseres letzten Gesprächs nicht so im Raum stehen lassen und in Freundschaft mit ihm auseinandergehen. Nur darum geht's mir.«

Grote erwiderte nichts, sondern machte sich so seine Gedanken. Juist, das Dünenhaus, Stine und Gero Bakker, all das saß wohl viel tiefer, als sie es sich eingestehen wollte.

»Wir sind da!« Stine fuhr an den Straßenrand und zeigte auf das Fachwerkhaus auf der gegenüberliegenden Seite. Es war nicht besonders groß, jedoch gepflegt und von einem Garten umgeben, von dessen Beeten das Laub der umliegenden Bäume gründlich abgeharkt worden war.

Nachdem sie geläutet hatten, geschah erst einmal gar nichts. Dann war zu erkennen, dass sich die Linse des Türspions für einen Augenblick verdunkelte. Das war ein sicheres Zeichen, dass jemand im Haus war und sie in Augenschein nahm. Nun verging eine kurze Zeit, während der im Hintergrund Stimmen zu hören waren. Erst dann wurde die Tür zögerlich geöffnet.

Als Grote sich und Stine vorgestellt und dabei Nele Jansen seinen Ausweis entgegengestreckt hatte, entschuldigte sich die Frau: »Das ist eigentlich nicht meine Art, aber mein Mann ist der Meinung, dass wir nicht vorsichtig genug sein können.«

»Was grundsätzlich auch nicht falsch ist, die Zeiten werden ja nicht besser.« Nach diesem banalen Einstieg nannte Grote ihr den Grund ihres Besuches. »Ich hoffe, wir kommen nicht ungelegen, denn in der Firma sagte man uns, dass Ihr Mann erkrankt sei.«

»Ja, ein Sportunfall. Er ist beim Joggen ganz unglücklich gestürzt, aber das kann er Ihnen besser selbst sagen.«

Eicke Jansen saß im Wohnzimmer in einem Sessel, von dem aus er einen Blick in den Garten hatte. »Bitte nehmen Sie Platz!«, forderte er Stine und Grote auf. »Ich habe schon gehört, es geht um den alten Herrn Meiners. Fürchterlich, was man ihm und seiner Frau angetan hat!«

Dann stand er mühsam auf und bat seine Frau, den Sessel so zu drehen, dass er seinen Besuchern gegenübersaß. Entschuldigend wies er auf seine bandagierte Hand. »Sie sehen ja selbst, im Moment bin ich ziemlich gehandicapt, nachdem ich beim Joggen gestürzt bin.«

Grote sah Eicke Jansen mitfühlend an. »Oh, das tut mir leid! Ich laufe selbst auch sehr viel, und ein oder zweimal im Jahr lege ich mich dabei auf die Nase. Wo gehobelt wird, da fallen Späne. Allerdings habe ich mir dabei noch nie die Hand gebrochen, toi, toi, toi!«

Eicke Jansen wollte das Thema aus gutem Grunde nicht weiter vertiefen, seine Frau jedoch sah Anlass zur Klarstellung.

»Es ist ja gar nicht die Hand, sondern er hat sich alle fünf Finger gebrochen, können Sie sich das vorstellen? Eicke hat allerdings Glück im Unglück gehabt. Erstaunlicherweise sind alle Finger ganz glatt an den gleichen Stellen gebrochen. Er muss nicht operiert werden." Bei diesen Worten streichelte sie ihrem Mann liebevoll die Schulter, der jedoch schob ihre Hand ungnädig zur Seite.

»Sie sind ja gewiss nicht hier, um eine medizinische Diskussion mit mir zu führen, worum geht es denn?«

Während Nele Jansen sprach, hatte Grote unauffällig zu Stine hinübergeblickt. Dabei zeigte er auf seine Finger und schüttelte unmerklich mit dem Kopf. Sie verstand sofort, was Grote ihr damit sagen wollte: Ein Sturz sollte zu solch seltsamen Verletzungen geführt haben? Das nahm er Jansen nicht ab.

»Wir beleuchten derzeit Thore Meiners' Vergangenheit. Bislang konnten wir keinen Grund finden, warum ihm jemand nach dem Leben trachten sollte. Sie haben ihn doch gut gekannt, fällt Ihnen dazu etwas ein?«

Grote führte das Gespräch weiter, während Stine sich im Hintergrund hielt und Jansen genau beobachtete. Das war ein seltener Rollentausch, denn üblicherweise hielten sie es genau umgekehrt, doch hier ging es nicht um Einfühlungsvermögen, sondern um eine schlichte Befragung.

»Nein, ich habe selbst schon nach einer Erklärung gesucht. Mit dem alten Chef bin ich wie alle anderen immer bestens ausgekommen. Er hat mich aufgebaut und dann zum Geschäftsführer gemacht, um sich zu entlasten. Nach dem Verkauf der Firma musste der neue Eigentümer, ein Farbenkonzern, mich in dieser Funktion belassen, dafür hatte der Chef vertraglich gesorgt.«

»Meine Kollegin hat ein wenig recherchiert. Die goldenen Jahre für die »Meiners Farben« waren kurz nach Meiners' Ausscheiden vorbei, richtig?«

Stine war eine aufmerksame Beobachterin, sie bemerkte sofort die winzigen Veränderungen in Jansens Körpersprache, die ein aufkommendes Unbehagen signalisierten.

»So würde ich es nicht unbedingt sagen, es gab halt gewisse Umstellungsprobleme.«

»Sie sprechen vom TBT-Verbot, oder?« Stine beteiligte sich jetzt an dem Gespräch und behielt Jansen genau im Auge. Hatte sie gerade einen wunden Punkt berührt?

»Ja, das hat uns zugegebenermaßen kalt erwischt. Ich hatte den Chef immer gewarnt, dass sich die Umweltschützer in dieser Frage eines Tages durchsetzen würden, aber er behauptete, Unterbodenanstriche ohne TBT seien nicht machbar.«

Grote blieb jetzt still, denn auch er bemerkte, dass Stine mit dem Thema TBT etwas in Jansen auslöste. Und sie setzte nach: »Dann hat Ihr Chef sich ja gerade noch rechtzeitig aus dem Geschäft zurückgezogen, und Sie mit dem Problem allein gelassen. Was hat das für Sie eigentlich bedeutet?«

Jansen wurde zusehends unruhiger, zupfte an seinem Verband herum und begann zu schwitzen.

»Na ja, ich war natürlich froh, dass er vertraglich meine Zukunft abgesichert hatte, aber es war schon eine Last, die mir auf die Schultern gelegt wurde. Wir haben ja auf seine Entscheidung hin quasi bis zum letzten Tag große Mengen TBT-Anstriche produziert, die dann niemand mehr kaufen wollte. Der neue Eigentümer hat gewaltig Druck aufgebaut und gedroht, dass er die »Meiners Farben« schließen würde, sobald wir in die roten Zahlen rutschen. Vorher ist ihm das nicht möglich, denn auch das hat der alte Meiners in die Verträge schreiben lassen. Er wollte unbedingt die Firma erhalten.«

»Und?«, jetzt kam Grote wieder aus der Reserve. »Haben Sie es geschafft, schwarze Zahlen zu schreiben?«

»Ja, zumindest haben wir die schwarze Null gehalten. Wir konnten einen neuen Anstrich auf den Markt bringen, doch eigentlich kamen wir damit zu spät. Wir hätten trotzdem Gewinne erzielt, wenn der neue Besitzer unsere Patente nicht aus den »Meiners Farben« abgezogen und auf andere Firmen im Konzern übertragen hätte. Wir sind gewissermaßen ausgetrocknet worden. So steht die Firma nun seit Jahren mit dem Rücken an der Wand.«

Eicke Jansen war heilfroh, als seine Frau mit einem Tablett erschien und zum Tee einlud, so konnte er weiteren Druck vorerst verhindern. Nachdem jedoch die letzten Kandisstücke geschmolzen und alle

Sahnewölkchen aufgelöst waren, ging Grote nach einer kurzen Höflichkeitspause sofort wieder zum Angriff über.

»Sind Sie im Nachhinein nicht auf ihren Ex-Chef bitterböse, dass er Sie in eine solche Situation gebracht hat? Schließlich stehen Sie permanent am Rande des wirtschaftlichen Absturzes.«

Jansen schien mit dieser Frage im Unterschied zu den vorherigen wenig Probleme zu haben. »Ach so, Sie wollen jetzt für mich ein Mordmotiv konstruieren? Da liegen Sie gründlich daneben. Ich bin Thore Meiners dankbar für alles, was er für mich getan hat. Natürlich hat er mir ein schweres Erbe hinterlassen, aber der neue Besitzer ist an der schwierigen Lage ebenso schuld wie er. Und um das gleich klarzustellen«, er drehte sich zu seiner Frau, »wo waren wir am letzten Sonntag, Nele?«

Die Antwort kam wie aus der Pistole geschossen: »In Hamburg, auf Oma Herthas 95. Geburtstag. Die Feier ging bis in den späten Abend. Wir sind über Nacht in Hamburg im Hotel geblieben und erst am Montagvormittag zurückgekommen.«

Eicke Jansen nickte bestätigend. »Es waren über 50 Gäste dort, die das bestätigen können.«

Grote winkte ab: »Geschenkt, das glauben wir Ihnen auch so.«

Danach drehte sich das Gespräch noch um Thore Meiners und sein Leben, aber ein Motiv für die Bluttat war nicht zu finden.

Als Grote und Stine wieder im Auto saßen, um die Rückfahrt nach Aurich anzutreten, zogen sie vor Abfahrt noch ein kurzes Resümee. »Hast du es auch bemerkt, Stefan? Sobald die Frage auf die Umstellung vom gifthaltigen zum umweltfreundlicheren Antifouling kam, wurde er nervös.«

Grote nickte heftig. »Genau, das ist mir auch aufgefallen. Erinnerst du dich an seine Worte? *»Wir haben bis zum letzten Tag große Mengen TBT-Anstriche produziert, die dann niemand mehr kaufen wollte.«* Da stellt sich doch eine Frage: Wo sind diese giftigen Anstriche geblieben?«

Er stieg kurzentschlossen wieder aus, ging zur Haustür zurück und läutete erneut. Frau Jansen öffnete, und Grote war so unhöflich, einfach an ihr vorbeizugehen. Eicke Jansen saß immer noch in seinem Sessel und war geradezu erschrocken, als Grote plötzlich wieder vor ihm stand.

»Eine letzte Frage, Herr Jansen. Was geschah eigentlich mit den unverkäuflichen Anstrichen? Wurden sie illegal weiterverkauft?«

Eicke Jansen traten erneut Schweißperlen auf die Stirn. Dann spielte er wenig überzeugend den Entrüsteten. »Natürlich nicht! Sie wurden ordnungsgemäß durch eine Spezialfirma entsorgt. Die Belege kann Ihnen Frau Oldewurtel sicher heraussuchen«

Grote sah, dass Jansen angeschlagen war, beließ es aber bei dem Hinweis, dies am nächsten Tag zu veranlassen, und ging. Als die Haustür zuschlug, rief Jansen seiner Frau aufgebracht zu: »Hast Du abgeschlossen?«

*

Nachdem Stine ihren Chef wieder an der Dienststelle abgesetzt hatte, fuhr sie sofort weiter nach Leer. Grote hatte ihr erlaubt, den Dienstwagen zu benutzen. »Nimm ruhig unser Auto, schließlich hat dein Gespräch mit Gero einen gewissen dienstlichen Hintergrund, auch wenn er nun schon eine Weile zurückliegt.«

Kurz nach 20 Uhr erreichte sie den »Kulturspeicher« in der Leeraner Innenstadt. Die Veranstaltung hatte bereits begonnen, und nachdem die letzten verspäteten Besucher unter ihren Regenschirmen durch den Nieselregen gehuscht waren, lagen die umliegenden Straßen wie ausgestorben da. Stine suchte den schwarzen Mercedes direkt vor dem Veranstaltungsort, doch die wenigen Parkplätze waren schon von den Besuchern belegt. Sie zog sich die Kapuze ihres Friesennerzes über den Kopf und wollte gerade die umliegenden Straßen absuchen, da sah sie in einiger Entfernung auf einem Parkplatz ein schwarzes Auto. Es war unter einem Baum abgestellt, der nur noch wenig Laub trug. Dem Fahrer des Wagens schien es aber zu genügen, um ihm beim Rauchen einer Zigarette wenigstens einen gewissen Regenschutz zu geben.

Stine wusste sofort, dass es sich um Gero Bakker handelte, denn genau wie an dem Sonntagabend in Aurich lehnte er auch hier wieder an der Motorhaube seines Autos.

Gero hatte Stine nicht herankommen hören und erschrak, als sie ihm wortlos ihre Hand auf die Schulter legte. Er fuhr herum, starrte Stine an und sagte zuerst kein Wort. Schon beim letzten Zusammentreffen hatte Stine bemerkt, dass er durch ihr Erscheinen verunsichert war, doch am Ende hatte sie den Eindruck gewonnen, in seinen Augen zumindest einen kleinen Ausdruck von Freude gesehen zu haben. Diesmal war das völlig anders. Gero Bakker machte auf Stine den Eindruck, als ob er Angst vor ihr habe. Dann brach es unvermittelt aus ihm heraus: »Was willst du hier?« Seine Worte klangen laut und ablehnend.

»Aber wir wollten doch noch einmal in Ruhe miteinander reden.» Stines Stimme klang enttäuscht. Sie hatte sich ihr Zusammentreffen anders vorgestellt.

Gero schien mit sich selbst zu kämpfen. Seine Augen flackerten unruhig hin und her, während er seine Zigarette fortwarf und hektisch mit dem Hacken zertrat. »Es gibt nichts zwischen uns beiden zu bereden.« Einen Augenblick meinte Stine, in Geros Augen Hilflosigkeit gesehen zu haben, doch dann wurde sein Blick wieder hart. »Unsere Wege haben sich nun mal getrennt, akzeptiere das und lass mich in Ruhe!« Dann stieg er in das Auto, schlug die Tür lauter als erforderlich zu und fuhr davon.

Stine starrte dem Wagen fassungslos hinterher. Warum hatte er seine Haltung ihr gegenüber plötzlich geändert? Schließlich war der Vorschlag, sich noch einmal zu treffen, von ihm gekommen. Und nun? Warum jetzt die schroffe Ablehnung? Ziellos lief sie durch den Regen, und erst als sie spürte, dass sie völlig durchgefroren war, ging sie zurück zu ihrem Auto. Auf der Rückfahrt konnte sie ihre Tränen zuerst nicht unterdrücken, doch dann fing sie sich wieder und begriff, dass mit diesem Abend das Kapitel Gero Bakker endgültig abgeschlossen war.

Die Idee, noch in der Nacht zur alten Ziegelei an der Jümme zu fahren, kam ganz spontan. Maike Okken war anfangs nicht begeistert, ließ sich dann aber vom Enthusiasmus ihres Mannes anstecken.

»Das klingt doch großartig, was wir eben im Dorfkrug gehört haben. Wenn der alte Bauer nicht übertrieben hat, ist das ein fotografisch hochinteressantes Objekt für uns«, meinte er. »Wenn es uns gefällt, kommen wir morgen bei Tageslicht mit der kompletten Fotoausrüstung zurück und schießen beeindruckende Bilder.«

Ubbo Okken wartete die Antwort seiner jungen Frau gar nicht erst ab, sondern bog von der Landstraße auf den gepflasterten Wirtschaftsweg ab. Dem folgte er, bis der Lichtkegel der Scheinwerfer im Nieseldunst einen matschigen Feldweg auftauchen ließ, der von hier ab den Wirtschaftsweg ersetzte. Er hätte noch ein ganzes Stück weiterfahren können, doch das wollte er lieber nicht. Die Vorstellung, in dieser Einsamkeit stecken zu bleiben, war keine angenehme Perspektive. Also stellte er das Auto lieber am Wegesrand ab, und beide stiegen aus. Sie schlüpften in ihre Gummistiefel, die stets im Kofferraum bereitlagen und zogen sich ihre Windjacken über. Als begeisterte Hobbyfotografen, die sich auf die Ablichtung alter und verfallener Gebäude spezialisiert hatten, waren sie immer wetterfest ausgerüstet. Da, wo ihr Hobby sie hintrieb, war es meist nass, kalt, faulig und marode. Genau das machte für sie den Reiz aus.

»Wir laufen quer über die Wiese. Als erfahrene »Lost-Place-Fotografen« lassen wir uns von feuchtem Gras doch nicht abhalten«, rief Ubbo aufmunternd. Dabei umfasste er übermütig seine Frau, sprang mit ihr über einen schmalen Graben und ging auf die Baumgruppe zu, hinter der sich die alten Gebäude versteckt hielten.

Maike war solch ungewöhnliche Ausflüge gewohnt, doch je dichter sie an ihr Ziel kamen, umso unbehaglicher wurde es ihr. Solange nur die Bäume zu sehen waren, schien alles ganz normal, als dann aber zwischen zwei Schauern der Mond durch eine Wolkenlücke schien und die Mauern des Gebäudes in einem silbrigen Licht aufleuchten ließ, wurde ihr unheimlich. »Lass uns doch lieber morgen wiederkommen, mir ist es hier nicht geheuer!« Sie klammerte sich dabei an Ubbos Arm, doch der zog sie unbekümmert weiter.

»Na komm, du bist doch sonst nicht ängstlich. Lass uns nur einen Blick darauf werfen, dann fahren wir zurück, versprochen.«

Maike gab ihren Widerstand auf, um die Sache schnell hinter sich zu bringen. Die gelben, schon angerosteten Schilder mit der Aufschrift »Betreten verboten« schreckten sie nicht, sie standen an jedem Objekt, das sie in den letzten Jahren betreten hatten.

Ubbo half ihr durch ein Loch im Zaun, und dann standen sie auch schon vor der Eingangstür zu der Halle, in der die Brennöfen standen. Die Metalltür war lediglich angelehnt, auch das kannten sie. Irgendwann im Laufe der Jahre hatte jemand sie wohl aufgebrochen. Das war keineswegs ungewöhnlich, schließlich waren sie nicht die einzigen Menschen, die sich für solche Gebäude interessierten. Mal waren es Vandalen, die dann alles kurz und klein schlugen, mal Jugendgruppen, die ungestört ihre Partys feiern wollten.

Die Tür ließ sich überraschend leise öffnen, und Ubbo ließ den starken Kegel seiner Taschenlampe durch die Halle kreisen. Die Brennöfen hatten eine beeindruckende Größe, und Ubbo wäre zu gerne näher herangegangen, doch ein Blick auf das Dach hielt ihn davon ab. Teile des Gebälks waren eingebrochen, an einigen Stellen schwankten sie bereits bedrohlich im Wind.

»Es ist viel zu gefährlich, Ubbo, lass uns zum Auto gehen. Selbst die besten Fotos sind es nicht wert, dafür Kopf und Kragen zu riskieren.«

Ubbo nickte, seine Frau hatte natürlich recht. Er wollte bereits umdrehen, da fiel sein Blick auf die Eisentreppe am Rande der Halle, die in den Keller hinabführte. »Wir gehen gleich, Ehrenwort! Doch lass uns noch einmal kurz in den Keller gucken. Wer weiß, was wir dort finden.«

Maike wäre am liebsten in der Halle stehen geblieben, doch allein mochte sie nicht in der Dunkelheit auf ihren Mann warten. Eine eigene Taschenlampe hatte sie nicht dabei, und die stöhnenden, fast menschlichen Geräusche, die der Wind dem Gebäude entlockte, ließen sie schaudern.

Ubbo spürte ihren Widerstand und musste sie sanft die Treppe herunterziehen, bis sie im Keller standen.

Der Raum war mit ausrangierten Geräten vollgestellt, deren frühere Aufgabe sich ihnen nicht erschloss. Ubbo war begeistert: »Siehst du, Maike, gut dass wir hergekommen sind! Das sieht doch toll aus, und gefährlich ist es hier nicht. Wir kommen morgen mit unserer Ausrüstung zurück. Ich sehe die Fotos, die wir schießen werden, schon förmlich vor mir.«

Maike interessierte das alles nicht, sie wollte nur wieder aus dem Gebäude heraus. Darum forderte sie nun Ubbos Versprechen ein. »Nun komm endlich, du hast gesehen, was du wolltest. Wir gehen jetzt, schließlich hast du mir dein Ehrenwort gegeben.« Sie drehte sich um und ging schon in Richtung Treppe, während sich Ubbo noch einmal umwandte. Eine Tür an der Rückwand hatte sein Interesse geweckt, und er ging Schritt für Schritt darauf zu. Plötzlich erfolgte der Angriff, auf den er nicht gefasst war. Zuerst erhielt er einen heftigen Stoß, den er noch halbwegs abfangen konnte, dann jedoch ließ ihn ein Schlag auf den Kopf benommen auf die Knie sinken. Er bemerkte zwar noch einen dunklen Schatten, der sich blitzschnell an ihm vorbei drängte, dann jedoch war der Angreifer verschwunden. Solange Ubbo noch die Taschenlampe in der Hand gehalten hatte, war der Keller halbwegs ausgeleuchtet worden, doch die war ihm bei dem Angriff aus der Hand gefallen und hinter eine der alten Maschinen gerollt. So blieb nur ein schwacher Lichtschein, der kaum mehr als eine grobe Orientierung zuließ.

Ubbo Okken spürte schnell, dass er selbst keine nennenswerte Verletzung davongetragen hatte, doch was war mit Maike? Er hatte einen kurzen Aufschrei vernommen, und nun sah er sie leise wimmernd am Boden hocken. So schnell es das schwache Licht zuließ, lief er zu seiner Frau hinüber, half ihr auf die Beine und nahm sie in die Arme. »Was ist geschehen, Maike? Bist du verletzt?«

Maike Okken stand erkennbar unter Schock, doch so viel er erkennen konnte, schien seine Frau zumindest auf den ersten Blick unverletzt. »Ich weiß nicht, was passiert ist«, stammelte sie. »Ich habe einen Schlag oder einen Stoß abbekommen und wurde dabei im Auge getroffen. Es tut mir nun höllisch weh und tränt sehr stark.«

So sehr Ubbo Okken um seine Frau besorgt war, schien es ihm doch, dass sie Glück im Unglück gehabt hatten. »Wenn wir zu Hause sind, waschen wir das Auge gründlich aus und kühlen es. Danach wird es dir bestimmt wieder besser gehen. Am Morgen fahren wir zur Polizei und erstatten Anzeige«

Maike nickte wortlos und unterdrückte ihre Tränen. Sie wollte ihrem Mann keinen Kummer bereiten, doch ahnte sie, dass diese Augenverletzung schwer, sogar sehr schwer war.

Freitag – Sondermüll

An diesem Morgen war es Stine, die als Zweite zum Dienst erschien. Das kam selten genug vor, doch Grote war schon früh aus den Federn gekrochen, und hatte in der morgendlichen Dunkelheit einen 15-Kilometer-Tempolauf absolviert. Der bevorstehende Marathon bereitete ihm Sorgen, denn der Fall, an dem sie arbeiteten, ließ weniger Trainingszeit, als er es sich wünschte. Wie er unter diesen Umständen die angepeilte Bestzeit schaffen sollte, stand in den Sternen.

So saß er frisch geduscht und hellwach an seinem Schreibtisch und empfing Stine mit unverhohlener Neugier. »Na? Wie ist dein Treffen mit Gero verlaufen?«

Zuerst wollte Stine seine Frage mit einem lapidaren »Gut« beantworten, doch dann entschloss sie sich, bei der Wahrheit zu bleiben. »Inzwischen hab ich mich wieder berappelt, doch gestern Abend ging es mir nicht besonders gut. Gero hat ein Gespräch verweigert und mich eiskalt abblitzen lassen. Dann ist er förmlich vor mir geflohen und mit dem Wagen Hals über Kopf davongefahren.« Sie schüttelte traurig den Kopf. »Ich kapiere es einfach nicht, er war völlig abweisend, fast feindselig zu mir.«

Grote zuckte mit den Schultern. »Das verstehe, wer will. Der Vorschlag zu einem Gespräch kam schließlich von ihm, oder?«

»Ja, doch irgendwas muss in den letzten drei Tagen geschehen sein, was seine Meinung verändert hat.« Dann sagte sie entschlossen: »Nun, wenn er es so will, dann ist es eben so!« Dann pustete sie sich zornig die roten Haare aus dem Gesicht, richtete sich auf, als sei eine neue Schulstunde angebrochen, und blickte ihren Chef erwartungsvoll an. »Und was gibt es bei dir zu berichten?«

»Ich habe soeben mit unserer neuen Lieblingsstaatsanwältin Theda Siefken telefoniert und sie um einen Durchsuchungsbeschluss für die Geschäftsräume der »Meiners Farben« gebeten. Wir haben zwar keine Ahnung, was der Verbleib der Fässer mit dem giftigen Anstrich mit Meiners' Tod zu tun haben könnte, und wir wissen nicht einmal, ob es tatsächlich zu Unregelmäßigkeiten bei der Entsorgung gekommen ist. Trotzdem lässt Jansens merkwürdige Reaktion darauf schließen, dass da etwas verdeckt werden soll. Ich muss allerdings zugeben, dass es nicht mehr ist als ein Gefühl.«

Stine schaute ihn ungläubig an. »Ich teile dein Gefühl voll und ganz, aber dass die Siefken auf so einen vagen Verdacht hin einen Beschluss erlässt, wundert mich schon sehr.«

»Ich habe selbst nicht damit gerechnet. Sie meinte, als Ermittlungsansatz für einen Mord sei ihr das im Moment noch zu dünn, aber dann hat sie ganz pragmatisch zu mir gesagt: »Ermitteln Sie doch wegen des Verdachts eines Umweltverstoßes, das kann ich verantworten!« Wenig später hat sie mir den Durchsuchungsbeschluss rübergemailt. Druck das Schreiben mal aus, dann fahren wir los.«

*

Als der Pförtner die beiden Polizisten auf das Werksgelände zusteuern sah, sprang er auf, betätigte die Schranke und blieb in beinahe militärischer Grundstellung stehen, bis die Besucher durchgefahren waren. Grote grüßte den Pförtner im Vorbeifahren salbungsvoll, als sei er auf einem Staatsbesuch und provozierte dadurch bei Stine einen Lachanfall, den sie erst unter Kontrolle brachte, als sie der farblosen Frau Oldewurtel gegenüberstanden.

»Oh, Sie schon wieder bei uns?«

Grote wollte der Sekretärin den Durchsuchungsbeschluss vorlegen, doch die interessierte das gar nicht. »Sagen Sie einfach, wonach Sie genau suchen, dann werden wir das schon irgendwie klären.«

Mit dem Begriff »TBT-Antifouling« konnte sie jedoch nicht viel anfangen. »Ich bin nur für den kaufmännischen Bereich und die Termine des Chefs zuständig, bei solchen Dingen muss ich passen. Aber ich rufe mal unseren Herrn Brink an, der muss schließlich wissen, wo die Sachen abgeblieben sind. Er dokumentiert als Lagerverwalter den Ein- und Ausgang an der Rampe.«

Der genannte Herr Brink ließ sich bis zu seinem Erscheinen Zeit, die Frau Oldewurtel nutzte. Sie stellte fest, dass es 2003 einen Restbestand von 250 Fässern dieses Antifouling-Mittels gegeben hatte. Endlich klopfte es an der Tür. Herr Brink trat ein und sorgte bei Stefan Grote und Stine Lessing für Verblüffung. Brinks rechte Hand befand sich, genau wie bei seinem Chef, in einem Verband, aus dem nur die Fingerspitzen herausragten. Diese dick bandagierte Hand stand im krassen Widerspruch zu seiner zierlichen, fast kindlichen Figur und wirkte wie ein überdimensioniertes Anhängsel.

Grote fand zuerst Worte und zeigte auf die Hand: »Sind Sie, genau wie Ihr Chef, begeisterter Jogger?« Der kleine Herr Brink sah ihn aus seinem schmalen Mausgesicht heraus verwirrt an. »Wie kommen Sie darauf, dass ich jogge?«

»Nun«, lächelte Grote amüsiert, »ich dachte, weil Ihr Chef im Moment so ähnlich aussieht wie Sie!«

Das Mausgesicht verstand immer noch nicht. »Ich habe mich beim Basteln verletzt, so etwas passiert schon mal.«

Grote bereitete das Spiel Vergnügen: »Lassen Sie mich raten, alle fünf Finger sind sauber gebrochen und eine Operation war nicht erforderlich?«

Herbert Brink spürte, dass sich Unheil über ihm ausbreitete und beschloss, vorerst zu schweigen. Woher konnte der Kripo-Beamte das wissen? Grote ließ die Sache im Moment auf sich beruhen. Er würde zu einem geeigneten Zeitpunkt darauf zurückkommen, aber erstmal wollte er den Mann nur verunsichern, noch nicht restlos demontieren. Das war eine gerne von ihm angewandte Taktik, mit der er oft Erfolg hatte.

»Dann können Sie uns vielleicht in einer anderen Angelegenheit behilflich sein. Bis zum Jahre 2003 sind in diesem Werk noch große Mengen TBT-Antifouling produziert worden. Wenn Frau Oldewurtel sich nicht irrt, müssen es mehr als 200 Fässer gewesen sein, die nicht mehr verkauft werden konnten, da der Handel damit inzwischen verboten wurde. Wo sind diese Fässer geblieben? Einen Ausgangsbeleg dafür konnte Ihre Kollegin nicht finden.«

Der kleine Herr Brink lief feuerrot an und stotterte herum wie ein Schulkind, das man während der Mathearbeit beim Schummeln erwischt hatte. »Müsste ich mal nachgucken«, stammelte er und biss sich vor Angst auf die Lippen.«

Stine bekam Mitleid mit dem eingeschüchterten Mann. Ihr Chef war ein gewiefter Ermittler und erfahrener Vernehmer, dem es spielend leicht gelang, Menschen unter Druck zu setzen, doch wenn er Brink weiterhin dermaßen durch die Mangel drehte, würde der bald gar nichts mehr sagen oder eine Herzattacke erleiden. Deshalb entschloss sie sich dazwischenzugehen. »Gibt es eine Räumlichkeit, wo wir uns ungestört mit Herrn Brink unterhalten können, Frau Oldewurtel?«

Die Sekretärin führte die drei zu einem Besprechungsraum und stellte ungefragt Kaffee und Kekse auf den Tisch. Dann schenkte sie jedem ein und war wieder verschwunden.

Brink nahm ungeschickt seine Tasse und balancierte sie mit seiner verbundenen Hand an den Mund. Stine ließ ihm die Zeit, um sich zu beruhigen, denn sie konnte eins und eins, oder besser: Hand und Hand zusammenzählen. Brink und seinen Chef verband offensichtlich das gleiche Schicksal, sie musste ihn nur zum Reden bringen, also griff sie zu einem Trick.

»Herr Brink, Sie sind ein netter, umgänglicher und im Grunde sicher ehrlicher Mensch. Doch befinden Sie sich momentan in einer denkbar schlechten Position. Mit Ihrem Chef haben wir bereits gesprochen, er hat ausgepackt und uns alles gebeichtet. Auch, wie das mit seiner Hand geschehen ist. Wir nehmen an, dass es Ihnen und Ihrer Hand ebenso ergangen ist. Wenn Sie jetzt mit uns sprechen, kann das nur zu Ihrem Vorteil sein.« Dann fügte sie noch schicksalsschwer hinzu: »Sie wissen ja, vor Gericht ist immer derjenige im Vorteil, der geständig ist.«

»Stine pokert heute verdammt hoch«, dachte Grote. »Wir haben keine Ahnung, was gelaufen ist, sie aber spielt die Wissende!« Gespannt lehnte er sich zurück, schließlich rechnete er mit einer zähen Befragung, doch er überschätzte die Widerstandskraft eines Herbert Brink total. Der schien froh zu sein, sich der Polizistin anvertrauen zu dürfen.

»Also hat der Mistkerl unserem Chef genauso wie mir die Finger gebrochen?« Brink war ehrlich erschüttert. »Dabei habe ich dem Kerl doch verraten, wo wir die Fässer hingebracht haben. Ich bin nun mal kein Held. Als er drohte, mir auch noch die andere Hand kaputtzumachen, habe ich ausgepackt.«

Stine machte nicht den Fehler, den gerade aufkeimenden Redefluss des Lagerverwalters zu unterbrechen. Sie ließ ihn einfach in dem Glauben, die Polizei sei bereits über die krummen Dinge informiert, an denen er mehr oder weniger freiwillig beteiligt gewesen war. Daher forderte sie ihn nur auf: »Erzählen Sie doch einfach Ihre ganze Geschichte, in Ruhe und von Anfang an!«

Brink spülte mit hastigen Schlucken den Kaffee hinunter, stellte die Tasse ab und begann: »Es ist schon fast 20 Jahre her, der alte Chef war gerade fort, da habe ich den neuen Chef, Herrn Jansen, gefragt, was mit den vielen Fässern mit TBT-Antifouling passieren soll, die immer noch im Lager herumstehen. Damals war ich noch einfacher Lagerarbeiter. Der Chef sagte mir, die Fässer müssten an eine Spezialfirma geliefert und teuer entsorgt werden, das könne sich die Firma derzeit finanziell aber nicht leisten. Am liebsten sei es ihm, wenn die Fässer verschwinden würden. Wenn die Zeiten besser würden, könne man sie ja wieder zurückholen und ordnungsgemäß entsorgen. Er fragte, ob ich nicht eine Idee hätte, wo man die Sachen »zwischenlagern« könne. Es solle mein Schaden nicht sein, denn die Stelle des neuen Lagerverwalters sei vakant, und er suche nach einer geeigneten Vertrauensperson. Da fiel mir die alte Ziegelei an der Jümme ein.«

Brink bemerkte, dass die beiden Polizisten mit dem Namen nichts anfangen konnten. »Die Jümme ist ein kleiner Fluss, unterhalb von Leer. Er zweigt von der Leda ab und hat dadurch Anschluss an die Ems. Mein Opa erzählte einmal, in Ostfriesland habe es um die Jahrhundertwende viele Ziegeleien gegeben, die durch Frachtkähne mit Ton beliefert wurden. So war es wohl auch bei dieser Ziegelei. In den 50er Jahren wurde sie geschlossen.«

Er ließ sich von Stine dankbar Kaffee nachschenken und sprach weiter.

»Ich bin in Filum aufgewachsen. Als Jungs sind wir oft zur alten Ziegelei geradelt, das war für uns ein riesiger Abenteuerspielplatz. Inzwischen ist das Gebäude marode und fast eingewachsen. Da kam niemand mehr hin, also habe ich vorgeschlagen, die Fässer dort im Keller der alten Ziegelei unterzustellen. Sie befindet sich in der Nähe des Schöpfwerks Holtland, die Jümme macht dort einen scharfen Knick.

Über die Zufahrtsstraße des Schöpfwerks kommt man da einigermaßen gut hin, also haben zwei Kollegen und ich in einer Nacht-und-Nebel-Aktion 200 Fässer in mehreren Fuhren dort hingebracht. Am Ende haben wir die eiserne Kellertür so verschweißt, das niemand hineingelangt. Aber eigentlich war das überflüssig, denn wer soll sich schon dahin verirren?«

Stine nickte verständnisvoll: »Und zur Belohnung sind Sie zum Lagerverwalter aufgestiegen?«

»Ja, der Chef hat Wort gehalten. Meine beiden Kollegen und ich haben jeder einen Tausender als Schweigegeld bekommen, und alles war gut.« Brink schaute schuldbewusst auf den Boden.

»Doch dann passierte die Sache mit der Hand!« Grote konnte sich nicht mehr zurückhalten und forderte Brink auf, weiterzusprechen.

»Die Angelegenheit war schon beinahe vergessen, und ich hab auch fast 20 Jahre lang den Mund gehalten, doch ich gebe zu, ab und an habe ich mit dieser Aktion rumgeprahlt, natürlich ohne Einzelheiten zu verraten. Das war dumm von mir, denn es muss jemanden geben, der davon erfahren hat und genau an diesen Einzelheiten interessiert ist.

Vor einigen Wochen jedenfalls bin ich nach Feierabend überfallen worden. Ich war mit dem Fahrrad auf dem Weg nach Hause und wurde auf der Landstraße angegriffen. Jemand kam aus dem Gebüsch gesprungen, riss mich vom Rad und wollte wissen, wo genau diese Giftfässer sich befinden. Ich stellte mich dumm, doch dann begann er, mir die Finger zurückzubiegen, bis sie gebrochen waren.«

»Wann ist das passiert?«

»Auf den Tag genau heute vor drei Wochen.«

»Können Sie uns den Mann näher beschreiben?« Stine schrieb die ganze Zeit aufmerksam mit.

»Nein, ich hatte nur Angst um mein Leben. Er war in schwarz gekleidet, trug eine schwarze Sturmhaube und schien trainiert, denn er war mir körperlich überlegen.«

Grote musste sich zwingen, nicht zu lachen. Vermutlich waren 99 % der männlichen Einwohner diese Landes Herbert Brink überlegen, dazu gehörte wahrlich nicht viel. »Gab es bei der Stimme irgendwelche Auffälligkeiten?«

»Nein, der Mann sprach Deutsch und war völlig ruhig und entspannt, als bereite ihm das Spaß, was er tat.«

Stine ließ sich nun auf der Landkarte zeigen, wo genau sich die alte Ziegelei befand, und als sie Brinks Angaben im Internet mit den Satellitenbildern abglich, stellte sie fest, dass das Gebäude unter hohen Bäumen stand und im Laufe der Jahre anscheinend völlig zugewachsen war. Auf neueren Bildern jedenfalls war von dem Gebäude fast gar nichts mehr zu erkennen.

Als Brink nach einer halben Stunde aus dem Gespräch entlassen wurde, blieb er vor der Tür unschlüssig stehen. »Und was wird jetzt mit mir? Muss ich ins Gefängnis?«

Grote konnte ihn beruhigen. »Ich glaube, Sie brauchen sich keine Sorgen zu machen. So wie Sie die Sache schildern, war die Angelegenheit spätestens nach 10 Jahren verjährt. Sie sind also aus dem Schneider.«

Herbert Brink machte noch einen linkischen Diener, knüpfte seinen blauen Kittel geschickt mit der gesunden Hand zu und verschwand mit einem gequälten Lächeln.

Grote und Stine setzten sich wieder an den Tisch und nahmen sich die Zeit, um ungestört über das zu sprechen, was Brink ihnen erzählt hatte. Bevor Grote sich die Keksschachtel greifen konnte, hatte Stine sie schon in Beschlag genommen. »Nee, lass mal Chef. Du bist im Vorbereitungstraining für den Marathon, da ist zu viel Süßes nur schädlich. Ich esse die Kekse jetzt nur, um dich zu schützen.« Dann schob sie ihm aber doch noch gönnerhaft einige Waffeln über den Tisch, da er die am liebsten mochte.

Grote wirkte unzufrieden, und das lag nicht an den wenigen Keksen, die ihm von Stine zugestanden wurden. »Das ist ja alles ganz schön, wir haben nun einen Umweltskandal aufgeklärt, doch das bringt uns in dem Mordfall keinen Schritt voran.«

Stine kaute vergnügt einen Keks nach dem anderen und schien das anders zu sehen. »Ich denke, wir müssen nur genauer hinschauen. Es geht nicht nur um die Fässer, jemand will mehr, verfolgt andere Ziele. Wenn es nur um diesen Giftmüll ginge, hätte der Täter die Presse informieren können und wäre ein Held. Aber er will mehr wissen. Er will alle Details und die Täter kennen, um dann etwas mit seinem Wissen anzufangen.«

»Du meinst, es geht um Erpressung?«

Stine nahm den letzten Keks aus der Schachtel. »Das wäre eine Möglichkeit, doch es scheint überhaupt keinen Versuch in dieser Richtung gegeben zu haben. Vermutlich geht es dem Täter um etwas völlig anderes.«

Grote nickte, zog die leere Keksschachtel zu sich herüber und pickte mit dem Finger in Gedanken versunken die letzten Krümel heraus. »Warum, warum macht er das nur?«

Auf der Rückfahrt nach Aurich rief Grote bei Eicke Jansen an und setzte ihn davon in Kenntnis, dass sein Lagerverwalter soeben eine umfassende Aussage gemacht hatte. Er kündigte an, diese Informationen an das für Umweltdelikte zuständige Kommissariat weiterzuleiten. Jansen schwieg lange, dann sagte er: »Sie werden das vermutlich nicht verstehen, aber ich hatte keine andere Wahl. Die ordnungsgemäße Entsorgung der Fässer hätte die Firma in die roten Zahlen getrieben, es ging einschließlich Transport und Verbrennung um beinahe 200.000 Euro Gesamtkosten, und die waren damals einfach nicht da. Wir wären in die roten Zahlen gerutscht, und der Konzern hätte mit Freude die Firma dichtgemacht, das konnte ich einfach nicht zulassen.«

»Von Ihrem Lagerverwalter hat der Unbekannte Informationen über 200 Fässer bekommen. Da frage ich mich, warum er Sie trotzdem nach dem Verbleib der Fässer gefragt hat. Gab es denn noch mehr als diese 200?«

»Ja, es gab weitere 50 Fässer, die allerdings habe ich fachgerecht entsorgen lassen, um wenigstens einige Belege in den Büchern zu haben, falls es zu Betriebsprüfungen kommt. Das hat der Typ offensichtlich nicht gewusst.«

Grote musste sich eingestehen, dass er ein gewisses Verständnis für Jansens Handlungen hatte, ohne sie deshalb gutzuheißen. Der Mann war gewiss mit der Führung des Betriebes unter den genannten Rahmenbedingungen überfordert gewesen und hatte dennoch versucht, die Firma zu retten. Aber das würde ihm nicht helfen. »Strafrechtlich ist die Sache vermutlich für Sie ausgestanden, doch die Fässer stehen immer noch dort im Keller der Ziegelei und werden nun geborgen werden. Das wird Ihre Firma bezahlen müssen.«

Jansen antwortete resigniert: »Das würde dann das Ende der »Meiners Farben« bedeuten.«

»Ich befürchte, so wird es kommen.« Grote bedauerte den Mann ein wenig, doch eine andere Perspektive konnte er ihm nicht aufzeigen. Zum Abschluss ließ er sich noch Einzelheiten des Überfalls am Emsdeich berichten, über den Jansen nun bereitwillig sprach, aber andere Erkenntnisse als aus dem Bericht des Lagerverwalters Brink waren daraus nicht zu erlangen, denn den Täter konnte auch er nicht genauer beschreiben.

Sonnabend – Die alte Ziegelei

Gleich am nächsten Morgen rief Stine in Leer an und versuchte, Frauke Hattinga und Sören Gueres zu erreichen. Die beiden kannten sich in der Gegend um Leer gut aus, darum konnte ihre Unterstützung für sie hilfreich sein. Stine hatte gehofft, dass die Kollegen sich zufällig im Dienst befänden, musste sich dann aber vom Schichtleiter auf den Nachmittag vertrösten lassen. »Frauke und Sören haben heute Spätdienst, sind also ab 14 Uhr zu erreichen. Ich sorge dafür, dass die beiden gar nicht erst auf Streife fahren, sondern auf Sie warten, ist das okay? Dann können Sie gemeinsam zur Ziegelei fahren.«

Stine war mit dieser Regelung einverstanden und wollte schon auflegen, da fragte der Schichtleiter noch einmal nach: »Sie sprachen doch von der alten Ziegelei an der Jümme, habe ich das richtig verstanden?«

»Ja, so wurde es uns gesagt.«

Stines Gegenüber murmelte leise: »Da war doch was, irgendwas ist dort kürzlich passiert ...« Dann legte er mit einem geistesabwesenden »Tschüss« auf.

Nach dem Mittag wollten Grote und Stine sich auf den Weg machen. Sie hatte bereits den Wagenschlüssel in der Hand, während Grote noch mit den Kollegen vom Umweltkommissariat sprach, als auf ihrem Computer eine Nachricht vom BKA auflief. Also ging sie noch einmal zu ihrem Schreibtisch zurück und öffnete die Mail. Mit einer so schnellen Rückmeldung hatte sie überhaupt nicht gerechnet, doch der Kollege aus Wiesbaden schrieb, es sei mit ihrer neuen Software kein großes Problem gewesen, die von den Bikern aufgenommene Bildsequenz aufzuhellen. Zum Beweis war ein Foto beigefügt, welches deutlich erkennbar zeigte, dass tatsächlich in der Sonntagnacht ein Auto an dieser Stelle geparkt hatte. Es war schwarz und groß, mehr war allerdings bei bestem Willen nicht erkennbar, denn die Umrisse waren durch die hohe Geschwindigkeit der schweren Motorräder in Längsrichtung verwischt. Stine schüttelte ernüchtert den Kopf. Sie hatte mehr erhofft, dann öffnete sie die zweite Seite der Mail.

Da schrieb der Kollege, es sei ihnen gelungen, die perspektivische Verzerrung der Aufnahme auszugleichen. Es folgte ein weiteres Foto, unter dem stand: »Wir sind uns hier einig, dass es sich um einen Mercedes der neuen S-Klasse handelt. Zwar sind nachts alle Katzen grau, aber dieser Wagen dürfte nach Auswertung der Bildkontraste schwarz gewesen sein.« Dann folgte noch ein lockerer Gruß vom

Rhein an die Nordsee, aber den las Stine schon nicht mehr, denn eine Ahnung befiel sie. Zu gerne hätte sie sich die Bilder noch einmal in aller Ruhe angeschaut, doch dann musste sie abbrechen, denn Grote drängte zum Aufbruch. Von dem Verdacht, der in ihr aufgekommen war, wollte sie ihm vorläufig nichts erzählen, er erschien ihr völlig abwegig. Doch die innere Unruhe blieb.

*

Auf der Fahrt nach Leer war Stine ruhiger als gewöhnlich, das fiel Grote sofort auf, doch er sprach sie nicht darauf an. Erst als sie sich an der Polizeidienststelle in Leer mit Frauke und Sören trafen, war sie wieder wie immer, und er glaubte, sich geirrt zu haben. Stine alberte mit den beiden gleichaltrigen Kollegen herum, so wie es auch auf ihren regelmäßigen Dart-Abenden üblich war, doch dann räusperte Grote sich vernehmlich, und es wurde wieder dienstlich.

Sören Gueres zog die Kopie einer Strafanzeige aus der Tasche. »Unser Schichtleiter hat uns noch etwas für euch mitgegeben. Es geht um einen Vorfall vom vergangenen Donnerstag. In der Nähe der Ziegelei kam es zu einem Angriff auf ein junges Paar. Frauke und ich waren an dem Fall nicht beteiligt, denn wir hatten an jenem Tag dienstfrei. Aber werft mal einen Blick darauf, es ist ein seltsamer Zufall, dass ihr ausgerechnet jetzt nach dieser Örtlichkeit fragt.«

Grote las die Kopie einer Strafanzeige wegen gefährlicher Körperverletzung durch. Mehrmals schüttelte er ungläubig den Kopf, einmal murmelte er: »Ein Angriff auf ein Pärchen, mitten in der Nacht? Auf einem Feldweg, umgeben von Wiesen?« Er reichte den Ausdruck an Stine weiter. Kurze Zeit später stand sein Entschluss fest: »Bevor wir zur Ziegelei fahren, müssen wir unbedingt mit den beiden Opfern dieser ominösen Körperverletzung sprechen. An der Sache ist etwas faul.« Stine nickte, sie sah das ganz genauso.

*

Maike und Ubbo Okken wohnten in Nortmoor. Der Ort lag zwar nicht auf dem kürzesten Weg zur Ziegelei, es war aber auch kein großer Umweg. Die beiden Jungvermählten hatten sich ein kleines Häuschen auf dem von einem Onkel geerbten Anwesen gebaut.

Als die Polizisten Nortmoor erreichten, schlugen Frauke und Sören vor, mit ihrem Streifenwagen an der Straße stehen zu bleiben, um den Besuch bei den Okkens nicht unnötig aufzubauschen. Das war ganz in

Grotes Sinne. Während er mit Stine zusammen auf das Haus zuging, sahen sie einen Kleinwagen, der vor dem Eingang parkte. Die Beifahrertür war noch geöffnet. Ein junger Mann hatte eine ebenso junge Frau im Arm und geleitete sie vorsichtig zur Haustür. Die Frau schien sehr unsicher auf den Beinen zu sein, deshalb verzögerten die beiden Polizisten ihren Schritt, um das Paar nicht zu erschrecken. Es musste sich um Maike und Ubbo Okken handeln, das war ihnen klar. Der Mann schloss die Eingangstür auf und führte die Frau ins Haus. Erst als er allein zurückkehrte, um die Autotür zu schließen, bemerkte er die beiden Polizisten. Grote ahnte angesichts des Bildes, das sich ihnen gerade bot, dass sie auf eine emotionale Befragung hinsteuerten, genau das, was nicht sein Ding war. So überließ er es diesmal Stine, zu sprechen.

Ubbo Okken schien nicht erfreut zu sein, gerade jetzt ein Gespräch mit den Polizisten führen zu müssen, doch Stine ließ nicht locker. Also gab er auf. Er ging voraus, gab ihnen ein Zeichen, ihm zu folgen, und erklärte dabei: »Heute ist kein guter Tag. Ich habe Maike gerade aus der Augenklinik abgeholt. Sie hat eine unangenehme Untersuchung über sich ergehen lassen müssen. Das Ergebnis war niederschmetternd. Sie wird gerade einmal 10 Prozent Sehkraft behalten, ist also auf dem linken Auge fast blind.«

Dann sagte er leise, damit seine Frau ihn nicht hören konnte: »Maike hat vor einigen Tagen die Aufnahmeprüfung für die Verkehrsfliegerschule bestanden und sollte im Frühjahr mit der Ausbildung beginnen. Können Sie sich vorstellen, was diese Diagnose für meine Frau bedeutet? Pilotin war ihr Traumberuf, damit ist es jetzt vorbei.«

Nachdem sie das Haus betreten hatten, stießen sie auf die gutaussehende, groß gewachsene Frau Okken. Sie trug einen dezenten, dunkelblauen Hosenanzug, ihre braunen Haare waren ordentlich zu einem kurzen Pferdeschwanz zusammengebunden. So entsprach sie dem Typ einer modernen, selbstbewussten Karrierefrau, doch der schräge Kopfverband, den sie trug, passte nicht in dieses Bild. Der Verband war über dem linken Auge mit einer Mulleinlage verstärkt und schien die Frau zu irritieren, denn ihre Bewegungen wirkten unkoordiniert.

Maike Okken saß auf einem Stuhl am Esstisch. Sie starrte vor sich hin, während ihre Hände mit einem Briefumschlag beschäftigt waren, auf dem fettgedruckt »Augenärztlicher Untersuchungsbericht« stand. Als Stine sie ansprach, reagierte sie mit Verzögerung, als seien ihre Gedanken ganz woanders. Hilflos schaute sie ihren Mann an, und Stine akzeptierte, dass diese Frau im Moment nicht in der Lage war, ihre Fragen zu beantworten. Also lächelte Stine ihr verständnisvoll zu und wandte sich wieder Ubbo Okken zu.

»Wir haben gerade das Protokoll der Strafanzeige gelesen, die Sie erstattet haben. Ich sage Ihnen ganz offen, dass uns der Vorfall, so wie Sie ihn dort schildern, gelinde gesagt merkwürdig vorkommt. Erzählen Sie uns doch bitte noch einmal, was Ihnen bei der Ziegelei an der Jümme widerfahren ist. Vor allem interessiert uns, warum Sie mitten in der Nacht in diese einsame Gegend gefahren sind.«

Ubbo Okken stand schweigend auf, ging in das Nebenzimmer und kam mit einem Fotoalbum zurück. Er schlug einige Seiten auf und zeigte den beiden Polizisten Fotos, die er gemeinsam mit Maike geschossen hatte. Alte, marode Gebäude waren darauf zu sehen, Zeugen von Verfall und Rückeroberung durch die Natur. Alles war beeindruckend schön ins Licht gesetzt worden.

»Wir sind beide begeisterte Hobbyfotografen. Unsere Lieblingsmotive sind sogenannte »Lost Places«, also vergessene Orte wie leerstehende Häuser oder Fabriken. Sie bieten einzigartige Motive. Deshalb sind wir immer auf der Suche nach ihnen. Auf die alte Ziegelei an der Jümme sind wir durch Zufall gestoßen. Obwohl wir gar nicht weit weg wohnen, hatten wir nie davon gehört. Als wir am Donnerstag im Dorfkrug mit Freunden zusammensaßen, um Maikes bestandene Aufnahmeprüfung zu feiern, wurden wir zufällig Zeugen eines Gesprächs am Nebentisch. Ein schon etwas angetrunkener alter Bauer erzählte dem Wirt, dass bei Kriegsende in der Ziegelei angeblich das berühmte Bernsteinzimmer versteckt worden sein soll. Das war natürlich blanker Unsinn, aber das Objekt erschien uns fotografisch interessant. Deshalb sind wir noch am selben Abend kurzentschlossen hingefahren. Wir wollten auskundschaften, ob es sich lohnt, dort später Aufnahmen zu machen.«

Dann räumte Ubbo Okken kleinlaut ein, falsche Angaben bei der Anzeigenaufnahme gemacht zu haben. »Ich habe am Tag nach dem Vorfall Anzeige erstattet und als Tatort den Weg neben der Ziegelei angegeben. Ich wollte uns dadurch Ärger ersparen, der durch das illegale Betreten des Gebäudes entstehen könnte. Da hatte ich noch keine Ahnung, wie schlimm Maikes Augenverletzung ist. Ich selbst hatte ja lediglich eine Beule am Kopf, nicht der Rede wert.« Dann erzählte Ubbo Okken, was sich wirklich in jener Nacht zugetragen hatte. Sein Bericht endete mit der Schilderung, wie er seine Frau verletzt aufgefunden hatte.

Maike Okken war eine beeindruckende Frau. Obwohl sie gerade einen Schicksalsschlag verkraften musste, der all ihre Lebenspläne auf den Kopf stellte, ergänzte sie nun mit klarer Stimme die Schilderungen ihres Mannes: »Ich habe keine Ahnung, was mich im Auge getroffen hat. Ich weiß nicht einmal, ob der Angreifer mich bewusst verletzen wollte, oder ob es einfach nur so passiert ist, weil ich ihm auf seiner Flucht im Weg stand. Doch das ist mir egal, denn es ändert nichts an dem Ergebnis. Ich denke, welche Folgen dieser Schlag für mich hat, wird Ubbo Ihnen bereits erzählt haben.«

Ihr Mann stand auf, ging zu seiner Frau, setzte sich neben sie und ergriff ihre Hand. Sagen konnte er nichts, denn seine Augen begannen, sich mit Tränen zu füllen. Er wusste nur zu genau, dass es letztendlich seine Schuld war, dass es zu dem folgenschweren Zusammentreffen mit dem Unbekannten gekommen war. Ubbo Okken, dieser große, kräftige Mann litt unter dem Leid seiner Frau, und so ergab sich die paradoxe Situation, dass nun ausgerechnet Maike Okken es war, die ihn wieder aufrichten musste.

»So ist das nun mal. Man sagt: »Es ist töricht, Pläne für das ganze Leben zu schmieden, wo wir doch nicht einmal Herren des morgigen Tages sind«. Genauso ist es uns ergangen.«

Dann drückte sie die Hand ihres Mannes ganz fest und beteuerte: »Wir werden *neue* Pläne schmieden, Ubbo.«

Stine stand spontan auf, ging auf Maike Okken zu, beugte sich hinunter und nahm sie in den Arm. »Sie werden es schaffen, ganz sicher!«

Als Grote und Stine gehen wollten, hatten sich die Eheleute so weit gefasst, dass sie die beiden zur Tür begleiteten. Eine Frage schien Grote noch offen: »Haben Sie denn von dem Angreifer gar nichts erkennen können? Beispielsweise Größe oder Statur?«

Maike Okken schüttelte energisch den Kopf. »Nein, nur das, was ich schon zu Protokoll gegeben habe. Alles spielte sich viel zu schnell ab. Dann fiel ja auch Ubbos Taschenlampe zu Boden.«

»Sie sind trotzdem aber sicher, dass Sie von einem Mann angegriffen wurden?«

»Oh ja, schließlich habe ich seine Hand auf meinem Arm gespürt. So fest kann eine Frau nicht zupacken.«

Stefan Grote und Stine waren schon ein Stück in Richtung Wagen gegangen, da rief Maike Okken ihnen noch nach: »Es würde mir bei der Bewältigung der Geschehnisse dieser Nacht sehr helfen, wenn Sie den Täter ermitteln könnten. Dabei geht's mir gar nicht um dessen

Bestrafung, ich möchte nur wissen, warum das passieren musste. Wir hätten doch miteinander reden können …«

Als sie wieder im Auto saßen, schnaufte Stine tief durch. »Das war starker Tobak, sowas muss ich gewiss nicht jeden Tag erleben!«

»Ja«, sagte Grote nachdenklich, »starker Tobak und ein starkes Zitat, welches sie benutzt hat. Kanntest du das?«

Stine nickte, und ohne eine Spur von Überheblichkeit antwortete sie: »Ja, es stammt von Seneca, einem römischen Philosophen und ist eines meiner Lieblingszitate. Darum gingen mir Maikes Worte ja so tief unter die Haut.«

Grote schüttelte resigniert den Kopf: »Gibt es eigentlich irgendetwas auf der Welt, das du nicht weißt?«

Stine lächelte: »Oh ja, zum Beispiel den Weg zur alten Ziegelei an der Jümme!«

*

Frauke und Sören fuhren mit dem Streifenwagen voraus, und das war auch gut so, denn der Weg zur Ziegelei führte über Straßen, die zum Teil nicht einmal in einem Navi verzeichnet waren. Sie durchquerten Nortmoor in Richtung Osten und bogen kurz vor dem Ortsende nach Süden ab. Zuerst ging es noch auf einem gut gepflasterten landwirtschaftlichen Weg schnell voran. Dann aber, kurz bevor sie auf dem Terwischer Weg den dortigen Bauernhof erreichten, wurde es abenteuerlich.

Über einen fast zugewachsenen, verschlammten Feldweg fuhren sie auf ein verwildertes Waldstück zu, das sich auf halber Strecke zwischen dem Bauernhof und dem Schöpfwerk Holtland mitten auf der Wiese befand. Immer wieder drohten sie, sich festzufahren, und erst als sie sich bis auf 50 Meter genähert hatten, zeichneten sich die Konturen eines Gebäudes ab. Es war aus roten Ziegeln errichtet und hatte sich einen Bewuchs von grünem Moos zugelegt, der wie ein Tarnanzug wirkte. Nur noch wenige Meter konnten nun mit den Autos zurückgelegt werden, dann mussten sie die Fahrzeuge endgültig stehen lassen.

Stine hatte sich nicht vorstellen können, wie ein solches Gebäude völlig in Vergessenheit geraten konnte, doch was sie dort vor sich sah, erklärte alles. »Kein Wunder, dass niemand hierherfindet. Schon die Zufahrt stellt eine Herausforderung dar.«

»Noch vor fünfzehn Jahren war die Ziegelei von weitem zu erkennen», erklärte Frauke. »Ich bin mit meinem Vater gelegentlich hier vorbeigefahren. Damals konnte man von der Straße aus den hohen Schornstein sehen. Das war verräterisch, aber der ist dann während eines Wintersturms zusammengebrochen.«

Der Nieselregen, der schon den ganzen Tag angedauert hatte, musste sich dem Sturm geschlagen geben, der seit dem Mittag wieder die Regie über das herbstliche Land übernommen hatte. Dadurch wurde der Gang durch den Wald zu einem Risiko, denn gerade die ersten handfesten Stürme des Herbstes hatten es meist in sich. Sie befreiten die Bäume vom toten und morschen Gehölz des Sommers und stellten für die Menschen eine Gefahr dar. So bemühten die vier Polizeibeamten sich, die Kronen von besonders großen Bäumen zu meiden. Kurze Zeit später standen sie vor den Verbotsschildern, von denen Maike und Ubbo Okken gesprochen hatten, dann erkannten sie die verfallene Eingangstür, die halb geöffnet war.

Zuerst durchsuchten sie gemeinsam den Bereich der Brennöfen, doch auch sie trauten sich nicht weiterzugehen, denn der Sturm trieb mit dem schon eingeknickten Teil des Daches sein Spiel. Es war nur eine Frage der Zeit, wann der letzte durchnässte Balken durchbrach und damit einen kompletten Dacheinsturz auslöste.

»Besser, wir gehen in den Keller, bevor uns der ganze Segen auf den Kopf fällt.» Grote schritt voran und stand als Erster vor der Kellertreppe. Ab hier war ohne Taschenlampen kein Vorankommen mehr, denn das Dämmerlicht, das oben noch vorhanden gewesen war, wurde hier zu totaler Schwärze. Schritt für Schritt hangelten sie sich am Treppengeländer nach unten, bis sie im Schein der Lampen einen großen Raum vor sich sahen, in dem alte Maschinen standen, die vor sich hin rotteten. Es mochten Teile eines riesigen Ofens und alter Förderbänder sein, doch das war nicht wichtig. Schließlich waren sie hergekommen, um die von dem Lagerverwalter beschriebene Eisentür zu suchen.

Sören Gueres war es, der sie entdeckte. Er stieß einen Pfiff aus, um die anderen aufmerksam zu machen. Grote hatte ihm erklärt, dass es sich um eine verschweißte Stahltür handelte, nach der sie suchten und die aufgebrochen werden musste. Deshalb hatte er eine Tasche mit Werkzeug dabei, das jedoch nicht mehr benötigt wurde. Jemand hatte schon einen Weg gefunden, sich Zugang zu dem dahinter liegenden Raum zu verschaffen. Die Ziegelsteine, an denen sich die Verankerung der Scharniere befand, waren mit brachialer Gewalt herausgebrochen worden. Dadurch hatte die schwere Tür ihren Halt verloren, sie ließ sich seitlich wegbiegen und gab den Eindringlingen den Weg frei.

Sören Gueres zwängte sich als Erster hindurch und leuchtete den Raum ab. Ein blaues Fass neben dem anderen stand dort sorgsam aufgereiht. Die einst gelbe Aufschrift »Meiners Farben« war zwar abgeschliffen worden, doch wenn man den Namen kannte, konnte man den Schriftzug noch erahnen. Lagerverwalter Brink war ein ordentlicher Mensch. Darum hatte er sich die Mühe gemacht, die Fässer auf Holzlatten zu stellen. Nur deshalb waren sie noch nicht durchgerostet, denn auch hier war der Boden wie im gesamten Keller mit einem zentimeterhohen Wasserfilm bedeckt.

Stine kam nach Sören in den Raum und begann im Schein der Taschenlampen, Handyfotos anzufertigen. Bald hatte sie genug gesehen und entschloss sich, den gesamten Keller auf diese Weise abzulichten. Die Qualität der Bilder war nur mäßig, doch für eine fachgerechte Dokumentation dieser Räume waren andere zuständig. Für ihre eigene digitale Ermittlungsakte jedoch sollte das genügen.

Mit dem Auffinden der Giftfässer war bereits alles Notwendige getan, denn der Versuch, nach Spuren des Überfalls auf Maike und Ubbo Okken zu suchen, erwies sich als undurchführbar. Alles hier unten war feucht und von Moos, Schimmel oder Rost überzogen. Da waren ganz sicher keine Spuren mehr zu finden.

Ein lautes Krachen über ihnen gab den Ausschlag, schnellstens diesen Ort zu verlassen. Der Kampf des Sturmes gegen die Dachbalken war soeben entschieden worden. Das Dach war heruntergestürzt und lag nun auf dem Boden der Fabrik. Wie stabil diese Decke über dem Keller war, in dem sie sich gerade aufhielten, war nicht abzuschätzen. Also beendete Grote vorsorglich den Einsatz. Als sie wieder bei den Autos standen, erklärte Frauke ihren Auricher Kollegen, dass sie allein den Rückweg antreten müssten. »Sören und ich bleiben hier, wir wollen die Kollegen einweisen. Außerdem muss eine Sondereinheit der Feuerwehr benachrichtigt werden, um den Dreck dort unten zu bergen.«

Frauke hatte natürlich recht, es handelte sich hier um einen Tatort, von dem Gefahren ausgingen, der musste gesichert werden. Die vier trennten sich, nicht ohne Hinweis auf das nächste Dart-Treffen, das in zwei Wochen wie immer in der Kneipe am Auricher Hafen fällig war. Anschließend saßen Grote und Stine wieder allein in ihrem Wagen und fuhren zurück.

Grote schaute auf die Uhr: »Schon gleich 17 Uhr, ich muss dringend nach Hause. Anna und ich haben versprochen, heute mit den Jungs Pizza zu essen, danach wollen wir zusammen ins Kino gehen. Anna reißt mir den Kopf ab, wenn ich zu spät komme.«

Der Einfachheit halber setzte Stine ihren Chef auf dem Rückweg zu Hause ab, plauderte noch einige Minuten mit seiner Frau und alberte mit den Zwillingen herum. Annas Einladung, doch einfach gemeinsam mit ihnen den Abend zu verbringen, lehnte sie ab. »Bleib doch einfach hier, Stine, und iss wenigstens mit uns. Die Jungs würden sich auch freuen, und ich hätte jemanden zum Quatschen. Stefan ist ja meist ziemlich mundfaul.«

»Danke für die Einladung, Anna, aber ich habe an der Dienststelle noch einiges zu erledigen. Ich möchte das noch vom Tisch bekommen, damit ich wenigstens morgen, am Sonntag, abschalten kann.«

Anna war ehrlich enttäuscht. »Schade, es wäre schön gewesen. Aber wir holen das nach, versprochen?«

Stine nickte: »Versprochen, das machen wir!«

Sie bedauerte sehr, Annas Angebot nicht annehmen zu können, denn nach anfänglicher Skepsis hatte Anna Grote verstanden, dass Stine und ihren Mann Stefan echte Freundschaft verband und dass sie dahinter nichts anderes vermuten musste. So hatte sich ein gutes Verhältnis zwischen den beiden Frauen entwickelt, doch Stine gingen Dinge durch den Kopf, die jetzt, noch heute Abend, geklärt werden mussten.

*

Als sie an der Dienststelle ankam, ging sie über leere Flure. Das war ihr unangenehm, denn ein Gebäude, in dem normalerweise quirliges Leben pulsierte, wirkte menschenleer eigentümlich beklemmend. Dieser Eindruck verstärkte ihre negative Grundstimmung, die schon seit dem Eintreffen der Nachricht des BKA von ihr Besitz ergriffen hatte. Beim Dauerdienst im Erdgeschoss war natürlich immer Betrieb, doch hier oben war es bedrückend still. Sie schaltete das Bürolicht ein, zog ihre Gummistiefel aus und tauschte sie gegen bequemeres Schuhwerk ein, dann fuhr sie den Computer hoch und starrte auf den Bildschirm.

Da war es wieder, das Foto, welches die BKA-Kollegen aus der Videosequenz der beiden Motorradfahrer herausgearbeitet hatten. Schon beim ersten Betrachten des Filmes, den die beiden durchgeknallten Biker gedreht hatten, waren ihr die Lichtblitze aufgefallen, die mehr zu erahnen als zu sehen waren, zu schnell waren sie durch das Bild gehuscht. Besonders ein mattgelber Fleck erregte damals ihre Aufmerksamkeit, erklären konnte sie ihn sich nicht. Stine vergrößerte das BKA-Foto immer weiter, doch hier war dieser Fleck nicht deutlicher zu sehen.

Dass es sich tatsächlich um einen Mercedes der neuen S-Klasse handelte, war auf den BKA-Bildern auch für sie erkennbar. Schließlich hatte sie ein Vergleichsbild im Kopf, denn mit genau diesem Fahrzeugtyp war Gero Bakker unterwegs. Das wiederum war der Umstand, der sie irritiert und den ganzen Tag nicht mehr losgelassen hatte. Sie redete sich immer wieder ein, dass gewiss mehr als nur ein Fahrzeug dieses Typs auf den Straßen an der Küste unterwegs sei, aber der gelbe Fleck, den sie einmal gesehen hatte, machte ihr Angst. Geros Mercedes war in den Niederlanden zugelassen, und dort waren die Autokennzeichen gelb.

Stine kopierte den Bereich des Bildes, auf dem das Kennzeichen zu finden sein musste, in ein Bildbearbeitungsprogramm. Von dem Nummernschild war anfänglich rein gar nichts zu erkennen. Dann schob sie den Farbregler des Programms herunter und nahm alle vorhandenen Farben aus dem Bild. Jetzt hatte sie ein Schwarzweißfoto vor sich. Sie holte tief Luft, klickte mit klopfendem Herzen den Regler für die gelben Farbtöne an und schob ihn langsam nach oben. Nur die gelben Farben, die sich auf dem Foto befanden, würden jetzt sichtbar werden. »Bitte lass es jetzt nicht gelb werden», hörte sie sich selbst sagen. Sie glaubte, schon aufatmen zu können, doch dann erschienen, zwar nur ganz vereinzelt, aber doch erkennbar, gelbe Pixel.

Stine schlug die Hände vor das Gesicht und stöhnte auf, denn ihre Befürchtung bestätigte sich: Die Biker waren in dieser Nacht an einem S-Klasse-Mercedes mit niederländischem Kennzeichen vorbeigerast.

Sie stand auf, trank ein Glas Wasser und öffnete das Fenster, um dem Sturm Gelegenheit zu geben, durch das Zimmer zu rasen. Dass er dabei einige Papiere durcheinanderwirbelte, nahm sie in Kauf. Der kühle Wind auf der Stirn wirkte beruhigend, und sie konnte endlich wieder einen klaren Gedanken fassen.

Sie schloss das Fenster, ging zum Schrank und holte die Liste heraus, auf der die Kollegen der Spurensicherung akribisch alle Dinge aufgeführt hatten, die Grote und sie auf dem Parkplatz am Deich gefunden hatten. Sie hoffte dabei, dass das Ergebnis ihrer Nachschau die böse Erkenntnis infrage stellen könnte, dass sich Gero Bakker in der Mordnacht am Deich aufgehalten hatte, doch sie wurde enttäuscht. Auf der Liste war unter anderem eine zerknüllte Marlboro-Zigarettenschachtel aufgeführt. Die Verpackung war, anders als in

Deutschland, grünbraun gehalten, so wie es nur in den Niederlanden üblich war. Eine solche Schachtel hatte sie erst am Mittwoch, bei ihrem Zusammentreffen in Leer, in Geros Hand gesehen.

Stine hätte sich gerne vorgemacht, dass all das nichts zu bedeuten habe, doch sie war realistisch genug, um sich einzugestehen, dass alles dafürsprach, dass Gero zur Tatzeit am Tatort gewesen sein musste. Wie zur Bestätigung schaute sie noch einmal auf das Schreiben des BKA. Die Spezialisten hatten durch das Auslesen der Aufzeichnungsdaten sogar festlegen können, wann die Aufnahmen gefertigt wurden. *Sonntag, 23.31 Uhr* stand dort zu lesen. Kurz zuvor war Thore Meiners ermordet worden.

Alles passte erschreckend gut zusammen und gab Stine mit einem Male eine Erklärung, warum Gero Bakker ihr gegenüber plötzlich so abweisend, ja beinahe aggressiv gewesen war. Zwar versuchte sie, sich noch gegen den Gedanken zu wehren, dass Gero der Mörder von Thore Meiners sein musste, doch trotzdem setzte er sich in ihrem Kopf fest, ohne dass sie es verhindern konnte. Stine überlegte, jetzt sofort Stefan Grote anzurufen, doch dann ließ sie es bleiben. Auch er konnte im Moment nichts tun, solange Gero Bakker sich in den Niederlanden aufhielt. Stattdessen schaute sie auf die Internetseite von Jan Harmannus, um zu prüfen, ob der Autor demnächst wieder eine Lesung in Deutschland plante. Vermutlich würde Gero ihn wieder zu dieser Veranstaltung fahren - und tatsächlich: Schon am morgigen Sonntag würde der Autor in Jever gastieren und im LOK, dem Kulturzentrum im ehemaligen Lokschuppen, aus seinem neuen Buch lesen.

Stine beendete ihre Arbeit und fuhr verwirrt nach Hause. Während andere Menschen sich auf einen schönen Abend freuten, nahm Stine eine Schlaftablette und legte sich ins Bett. Nach Unterhaltung stand ihr nicht der Sinn, und ohne Tablette würde sie kein Auge zubekommen. Also beschloss sie, die Nacht schnell hinter sich zu bringen und gleich morgen ihren Chef anzurufen.

Sonntag - Geros Geständnis

Stine war an Medikamente überhaupt nicht gewöhnt, deshalb wurde sie selbst von dieser schwachen Tablette, die in jeder Apotheke frei verkäuflich war, komplett umgehauen. Bis zum Mittag schlief sie tief und fest, doch kaum war sie erwacht, befiel sie schon wieder eine quälende Unruhe, die keinen klaren Gedanken zuließ. Sie zwang sich, wenigstens eine Kleinigkeit zu essen und biss trotz ihrer Appetitlosigkeit zwei oder drei Mal von ihrem Toast mit Honig ab, doch mehr wollte ihr Magen nicht zulassen. Selbst der sonst so heißgeliebte Kaffee war ihr zuwider.

Sie zögerte noch, Stefan Grote aus seinem Wochenende zu reißen, doch um 16 Uhr griff sie zum Hörer und rief bei ihm an. Über den Hausanschluss war er nicht zu erreichen, also versuchte sie es per Handy. Auch dort dauerte es eine kleine Ewigkeit, bis er sich endlich meldete.

Grote hörte sich schweigend an, was seine Kollegin zu sagen hatte und merkte sofort, dass in ihrem Kopf einiges drunter und drüber ging. Dass sie Gero Bakker zur fraglichen Zeit am Tatort vermutete und damit der Verdacht im Raume stand, er könne der Mörder von Thore Meiners sein, verstand er sofort. Die Beweiskette, die Stine überhastet anführte, trug sie allerdings so verworren vor, dass er ihr nicht ganz folgen konnte. Trotzdem war ihm klar, dass mit diesem Anruf sein Wochenende jäh beendet war.

»Jetzt versuche mal, dich zu beruhigen, Stine. Wir sind gerade bei den Großeltern, machen uns aber auf den Weg nach Hause. Ich setze Anna und die Kinder nur ab und komme dann direkt zur Dienststelle. Ich denke, gegen 18 Uhr werde ich dort sein. Dann besprechen wir alles, okay?«

Als Stine Grotes vertraute Stimme hörte, wurde sie sofort ruhiger. Die sachliche Betrachtungsweise ihres Chefs war genau das, was ihr im Moment fehlte. »Ja, das wäre gut. Es tut mir leid, dass ich dir den Sonntag verderbe, aber …« Grote unterbrach sie: »Mach dir bloß keinen Kopf! Oma hat die Jungs gerade so sehr mit Kuchen vollgestopft, dass wir sowieso fliehen müssen, bevor sie auch noch das Abendessen auffährt.«

Stine lächelte. Vermutlich hatte Grote die Geschichte frei erfunden, um ihr das schlechte Gewissen zu nehmen.

Als Grote mit leichter Verspätung um 18.30 Uhr das Dienstzimmer betrat, hatte Stine bereits alles vorbereitet, um ihm eine logisch strukturierte Beweiskette zu präsentieren, so wie es ihre Art war. Ihre Emotionen hatte sie nun wieder unter Kontrolle, und die letzten Spuren der Schlaftablette waren abgebaut, so traf Grote auf eine Kollegin, die sich wieder fest im Griff hatte. Stine brauchte nur wenige Minuten, um Grote zu überzeugen. »Es ist schon verstörend, was du sagst. Jetzt verstehe ich auch, warum du gestern Nachmittag so still warst.«

»Ja, dabei hatte ich zu dem Zeitpunkt immer noch gehofft, mich zu irren, aber als ich am gestrigen Abend hier alleine saß und die gelben Pixel des Kennzeichens auf dem Bildschirm aufleuchteten, war ich ziemlich niedergeschlagen.«

»Das kann ich mir vorstellen. Wann sagtest du, beginnt Jan Harmannus mit seinem Vortrag in Jever?«

»Um 20 Uhr im Kulturzentrum LOK.«

Grote schaute auf die große Wanduhr. »Wenn wir 40 Minuten Fahrzeit annehmen, sollten wir um halb acht losfahren. Dann sind wir am Kulturzentrum, wenn die Veranstaltung schon läuft. Gero wird sich wie üblich in der Nähe seines Autos aufhalten. Dann stellen wir ihn zur Rede, und wenn er uns nicht auf der Stelle eine plausible Antwort geben kann, werden wir ihn festnehmen. Ihn schon auf der Fahrt zur Veranstaltung abzufangen, wäre in meinen Augen ein unnötiges Risiko. Dann befindet sich Harmannus noch im Auto, den würden wir nur gefährden und in die Angelegenheit hineinziehen. Wer weiß schon, wie Gero reagiert?«

*

Es war schon dunkel, als Stine langsam auf das Kulturzentrum zusteuerte. Der schwarze Mercedes mit dem niederländischen Kennzeichen war nicht zu sehen. Deshalb hielt sie am Straßenrand und schaltete das Licht aus. Dann beobachteten sie den Parkplatz. In Anbetracht der Wetterberuhigung hatten die meisten Besucher sich entschieden, mit dem Fahrrad zu kommen. Der Wind blies zwar immer noch ruppig aus Nord, doch es war trocken, und Regen war auch nicht angekündigt. Somit war der Fahrradständer zwar überfüllt, der Parkplatz neben dem Haus aber nur mäßig belegt. Nachdem sich die Augen an das Dämmerlicht des Parkplatzes gewöhnt hatten, entdeckten sie den Mercedes. Er stand am Rand des Platzes, dicht an den Bahngleisen, und wenn man genau hinschaute, konnte man auch eine Person erkennen, die neben dem Auto stand.

»Vermutlich raucht er wieder, das tut er ständig, wenn er auf seinen Fahrgast wartet.« Stines Stimme klang nun völlig emotionslos.

»Wir fahren noch ein Stückchen weiter. Am Rande des Parkplatzes lassen wir unser Auto stehen und schleichen uns an ihn heran. Wenn es uns gelingt, ihn zu überraschen, nehmen wir ihm die Möglichkeit, sich uns zu entziehen. Auf keinen Fall lassen wir ihn wegfahren, ohne dass er unsere Fragen beantwortet hat. Wenn er wieder in den Niederlanden ist, wird es schwer für uns, an ihn heranzukommen, also werden wir das hier und heute klären.« Grote wirkte entschlossen und gab dadurch auch Stine den Rest an Sicherheit, der ihr vielleicht noch fehlen mochte.

Sie ließ den Wagen langsam vorrollen, dann stiegen sie aus. Es lagen ungefähr 30 Meter zwischen ihnen und Gero Bakker, die galt es, unbemerkt zurückzulegen. In diesem Moment spielte ihnen der Zufall in die Karten. Die Schranken des Bahnübergangs neben dem Parkplatz begannen zu läuten, dann senkten sie sich und kündigten damit das Herannahen eines Zuges an. Gero schaute interessiert hinüber, und als der Zug an ihm vorbeifuhr, war er dermaßen abgelenkt, dass er nicht bemerkte, wie Grote und Stine von hinten an ihn herantraten.

Grote ging kein Risiko ein. Zwar ließ er Stine vorgehen, doch blieb er immer seitlich hinter ihr und hatte die Hand griffbereit an seiner Pistole, die er verdeckt unter der Jacke trug. Vorsicht war angesagt, und er wollte sich später nicht vorwerfen lassen, blauäugig in diese Aktion gegangen zu sein.

»Hallo, Gero!«

Bakkers Kopf flog herum. Er schaute Stine mit aufgerissenen Augen an und wirkte konsterniert. Die Annäherung der beiden hatte er nicht bemerkt, und mit Stine hatte er schon gar nicht gerechnet. Nun sah er auch Grote und dessen Hand, die unter der Jacke versteckt war. Bakker war selbst Polizist gewesen und wusste diese Situation zu deuten.

»Herr Bakker, wir sind hier, um Sie als Zeugen im Mordfall Thore Meiners zu befragen.« Grote sprach mit scharfer Stimme und ließ keinen Zweifel daran, dass er es ernst meinte. Obwohl er aus formalen Gründen lediglich von einer Zeugenvernehmung sprach, hatte er sehr wohl im Kopf, dass sie in diesem Moment dem gesuchten Mörder gegenüberstanden.

Bakker starrte ungläubig auf Grote, dann wanderte sein Blick wieder zurück zu Stine. Obwohl Grote ihn erneut ansprach, reagierte er nicht, sondern schaute nur Stine an und begann mit einem Mal traurig zu lächeln. Sein Mund öffnete sich, als wolle er etwas sagen, doch war es, als sehe er keinen Sinn mehr darin. Er schüttelte langsam den Kopf, als ob er seine Niederlage eingestehe, hob die Hände und ging auf das Fahrzeug zu, als wolle er sich erschöpft abstützen, doch im letzten Moment riss er die Fahrzeugtür auf und ließ sich blitzschnell in das Auto fallen. Dann verriegelte er die Tür.

Grote war zwar überrascht, ließ sich aber nicht zu einer Kurzschlusshandlung hinreißen, denn von Gero Bakker ging im Moment keine Gefahr aus, dazu wirkte er viel zu verzweifelt. Er saß lediglich still in seinem Fahrzeug und schien nachzudenken.

»Gero, es hat doch keinen Zweck!« Stine klopfte an die Seitenscheibe. »Steig aus und sprich mit uns, wir alle wollen hier doch kein Drama, oder?«

Gero schaute Stine an, als ob ihre Worte ihn nicht mehr erreichten, doch dann schüttelte er den Kopf, als wollte er sagen: »Nein, auch ich will kein Drama!« Im selben Augenblick winkte er ihr wie zum Abschied zu und startete den Motor.

Grote stellte sich direkt vor das Auto, um seine Flucht zu verhindern, doch Gero Bakker wollte sich nicht aufhalten lassen. Ganz langsam fuhr er an und drängte Grote mit der schweren Limousine beinahe sanft zur Seite. Danach fuhr er etwas schneller, erweckte aber nicht den Eindruck, als wolle er um jeden Preis fliehen. Mit mäßiger Geschwindigkeit verließ er den Parkplatz und gelangte in die Nebenstraßen des umliegenden Wohngebietes, wo er nur unwesentlich beschleunigte.

Grote und Stine sprinteten zu ihrem Auto und nahmen die Verfolgung auf, doch eine besondere Herausforderung stellte das nicht dar, denn Gero Bakker fuhr immer noch mit maßvoller Geschwindigkeit. Erst als er die breite Schützenhofstraße erreichte, wurde sein Auto schneller, doch von Flucht konnte immer noch nicht die Rede sein.

Stine war über Geros Verhalten verwirrt, denn es stellte eine nicht in Einklang zu bringende Mischung aus Widerstand und Gewaltlosigkeit dar, deren Hintergrund sich ihr nicht offenbaren wollte. Sie beschleunigte und versuchte, den Mercedes zu überholen, doch das ließ Gero Bakker nicht zu. Immer wenn sie neu ansetzte, zog er in die Straßenmitte, blockierte sie und wehrte dabei schon im Ansatz jegliche Versuche ab, ihm den Weg abzuschneiden. Gelangte er an eine rote Ampel, bremste er leicht ab und fuhr erst dann weiter, wenn er sicher sein konnte, niemanden zu gefährden.

So ging dieses merkwürdige Spiel weiter, bis sie am Rande der Stadt die Abzweigung auf die Landstraße nach Schenum erreichten. Der Mercedes bog auf die gut ausgebaute, fast schnurgerade Straße ab, dann beschleunigte er rasend schnell. Auch Stine drückte nun das Gaspedal voll durch. Zwar war der Versuch, dem Mercedes weiterhin folgen zu wollen, aussichtslos, doch sie wollte zumindest Anschluss halten. Plötzlich spürte sie Grotes Hand auf ihrer Schulter. »Lass ihn fahren, Stine, es hat keinen Sinn, wenn wir jetzt eine Hetzjagd veranstalten.«

Stine nahm den Fuß vom Gas, konnte aber nicht verstehen, warum Grote die Verfolgung abbrach. »Wir sollten wenigstens versuchen dranbleiben, bevor er die Grenze zu den Niederlanden erreicht!«

»Er wird die Niederlande nicht erreichen, Stine,« sagte Grote ruhig. »Schau doch hin!«

Die Lichter des Mercedes wurden allmählich kleiner, denn der gewaltige Motor jagte das Auto mit stetig steigender Geschwindigkeit über die Fahrbahn. Für die anderthalb Kilometer bis zu der 90-Grad-Kurve am Ortseingang von Clevens, auf die Gero zusteuerte, benötigte er eine knappe halbe Minute. Spätestens jetzt hätte er bremsen müssen, aber stattdessen trat er immer weiter auf das Gaspedal. Grote und Stine folgten dem Mercedes zwar in großem Abstand, doch mussten sie das, was sich nun vor ihren Augen abspielte, mit erschreckender Deutlichkeit anschauen.

Dort, wo die Straße in die scharfe Linkskurve überging, raste der Mercedes einfach geradeaus weiter und prallte eine Sekunde später in die am Rand der Wiese stehende Baumgruppe. Der letzte Gedanke, der durch Gero Bakkers Gehirn schoss, war: »Alles hätte gut werden können, aber du hast alles falsch gemacht.« Angst jedenfalls verspürte er nicht.

Das Auto, in dem Gero Bakkers saß, mochte zu den sichersten der Welt gehören, doch alle Sicherheitsvorkehrungen, die Ingenieure ersinnen, müssen versagen, wenn es mit 250 km/h frontal gegen einen Baum knallt.

Stine fuhr bis kurz vor der Kurve weiter, dann bremste sie scharf, lenkte das Auto auf den Seitenstreifen und blieb wie gelähmt sitzen. Grote sprang aus dem Auto, lief zu dem Wrack hinüber und stellte auf den ersten Blick fest: Gero Bakker war in der völlig eingedrückten Sicherheitszelle seines Autos gestorben. Seine Verletzungen waren so entsetzlich, dass er beschloss, Stine niemals Einzelheiten zu erzählen.

Während er das Handy aus der Tasche zog und die Kollegen von der Schutzpolizei anrief, schaute er zu Stine hinüber und gab ihr mit einer Geste zu verstehen, dass Gero tot sei, doch seine Kollegin sah das gar nicht. Es hätte dieses Zeichens auch nicht bedurft, denn es war klar, dass niemand einen solchen Aufprall überleben konnte.

Eine halbe Stunde später war der Unfallort von zuckenden Blaulichtern erhellt. Grote saß in einem Streifenwagen und schilderte den Kollegen, was sich vor seinen Augen zugetragen hatte, danach gab es für ihn nichts mehr zu tun. Zuletzt bat er die Schutzpolizisten noch, auf eine Befragung seiner Kollegin zu verzichten, dann ging er zurück zu Stine. Die saß immer noch genauso da, wie er sie zurückgelassen hatte. Er ging zur Fahrertür und öffnete sie vorsichtig, um sie nicht zu erschrecken. »Lass uns die Plätze tauschen, Stine, es ist besser, wenn ich jetzt fahre.«

Stine erwachte aus ihrer Erstarrung und schüttelte den Kopf. »Nein, lass nur. Gib mir bloß zwei oder drei Minuten an der frischen Luft, dann bin ich wieder so weit!« Sie stieg aus und ging mit langsamen Schritten auf und ab. Der starke Wind, den der Sturm des Vortages nach seinem Abzug zurückgelassen hatte, zerzauste ihre feuerroten Haare und ließ ihre Jacke flattern. Ab und zu verharrte sie und blickte zur Unfallstelle hinüber. Dann ging ein Ruck durch ihren Körper. Sie wandte sich ab, zog fröstelnd die Schultern hoch, setzte sich zurück in das warme Auto und schloss die Tür. Statt den Motor zu starten, drehte sie sich zu Grote und fragte: »Wieso hast du gewusst, was passieren wird? Du hast es doch gewusst, oder?«

»Ja, ich habe es von dem Augenblick an geahnt, als er mich mit seinem Auto zur Seite geschoben hat. Diese eigenartige Mischung aus Entschlossenheit und Umsicht fand ich seltsam. So ging es dann weiter, denn er fuhr langsam durch das Wohngebiet, immer darauf bedacht, niemanden zu gefährden. Auf der Hauptstraße hat er dich zwar abgedrängt, aber uns und andere nie in Gefahr bringen wollen. Ich hatte das Gefühl, als wollte er zum Schluss seines Lebens nicht noch weitere Schuld auf sich laden. Wenn er um jeden Preis fliehen wollte, hätte er schon vorher Vollgas geben können. Unser Auto ist zwar schnell, aber mit seinem konnten wir niemals mithalten, das wusste er.«

Stine schwieg, während sie nachdenklich Grotes Worten lauschte. Sie hatte sich keinen Reim auf Geros Verhalten machen können, Grote hingegen hatte frühzeitig die richtigen Schlüsse gezogen. Nun sprach er weiter:

»Wenn er um jeden Preis hätte entkommen wollen, wäre ihm das mit Leichtigkeit geglückt. Mit seinem Auto hätte er die Grenze erreicht, bevor wir überhaupt hätten reagieren können.«

Grote machte erneut eine Pause, um Stine Zeit zu geben, es zu verstehen. »Als er dann Vollgas gab, wusste ich endgültig, was er vorhatte. Ich habe dich zurückgehalten, damit du dir später nicht den Vorwurf machst, Gero in den Tod gehetzt zu haben. Er wollte keinen Schaden anrichten, aber sein Leben beenden. Ich denke, dass er den Entschluss bereits gefasst hat, als er regungslos auf dem Parkplatz in seinem Fahrzeug saß. Dabei hat er dich so traurig angesehen und dir zugewinkt, erinnerst du dich?«

»Ja!«, Stine erinnerte sich. Geros Blick würde sie nie wieder vergessen.

»Das war sein Abschied von dir. Ich denke, du weißt auch, warum Gero sich umgebracht hat!«

Stine hatte es in dem Augenblick begriffen, als der schwarze Mercedes der Kurve nicht folgte, sondern gezielt auf die Bäume zuraste. »Das war Geros Geständnis!«, sagte sie erschüttert. Nach einer Minute des Schweigens war sie es selbst, die die Stille brach. »Wir werden mit Jan Harmannus sprechen und ihm erklären müssen, was gerade geschehen ist.

Grote nickte: »Ja, das muss wohl sein!«

Also fuhren sie zurück nach Jever und warteten vor dem Kulturhaus, bis die ersten Zuschauer herauskamen. Irgendwann stand dann auch Jan Harmannus vor dem Eingang, gab noch ein kurzes Interview und posierte mit einigen weiblichen Fans für Selfies, schließlich ging er zum Parkplatz und schaute sich suchend nach seinem Chauffeur um. Grote stieg aus, ging zu ihm hinüber und wechselte einige Worte mit ihm, dann kam er gemeinsam mit dem Autor zum Fahrzeug. Harmannus stieg in den Fond des Autos ein und war sichtlich erschüttert.

»Sie sagen, Herr Bakker wäre tödlich verunglückt? Das kann ich nicht verstehen, er sollte doch hier wie üblich auf mich warten. Wieso ist er denn über die Landstraße gerast und dabei zu Tode gekommen? Das müssen Sie mir erklären, sonst kapiere ich es nicht.« Er schaute abwechselnd Grote und Stine fragend an. »Bakker ist«, er zögerte, dann korrigierte er sich: »Bakker war ein total zuverlässiger und umsichtiger Fahrer.«

Grote wollte die Fragen des Autors beantworten, doch Stine kam ihm zuvor: »Es gab keinen Verkehrsunfall. Herr Bakker ist freiwillig aus dem Leben geschieden.«

Harmannus richtete sich auf: »Das ist doch Unsinn! Warum sollte er das getan haben?«

Grote begann, ohne dass es ihm selbst bewusst wurde, die Unterhaltung in eine Befragung umzulenken. Dabei vermied er es vorerst, auf den Mordfall Thore Meiners einzugehen. »Wir wollten mit ihm lediglich ein Gespräch in einer speziellen Angelegenheit führen, doch diesem Gespräch wollte er sich nicht stellen. Ist Ihnen an Herrn Bakker in der letzten Zeit etwas aufgefallen?«

Jan Harmannus überlegte nur kurz. »Herr Bakker war mein Fahrer, nicht mehr und nicht weniger. Wir hatten keinerlei persönliche Berührungspunkte. Meist brachte er mich zu den Lesungen. Auf solche Veranstaltungen bereite ich mich während der Hinfahrt mental vor, und dabei möchte ich nicht gestört werden. Nach meinen Lesungen bin ich meist erschöpft, auch dann haben wir kaum miteinander geredet, über private Dinge schon gar nicht.«

Grote wollte schon die nächste Frage stellen, da unterbrach Harmannus ihn: »Wenn ich allerdings genau nachdenke, dann wirkte er in den letzten Tagen ein wenig bedrückt. Warum, das kann ich Ihnen allerdings nicht sagen.«

»Wenn Herr Bakker mit Ihnen unterwegs war, wie müssen wir uns das vorstellen?« Stine hatte inzwischen akzeptiert, dass Gero Bakkers Selbstmord nur auf eine Art zu interpretieren war, und dass es nun darum ging, die Hintergründe seines Handelns zu beleuchten, und damit nach seinem Mordmotiv zu suchen.

So überheblich und affektiert sich Harmannus auch auf dem Podium gab, hier zeigte er sich als angenehmer, sachlicher Gesprächspartner. »Ich bin auf Borkum aufgewachsen und habe die Insel selten verlassen, bis ich erwachsen wurde. Einen Führerschein benötigte ich dort nicht und sah auch später keinen Anlass, mich damit zu beschäftigen. Ich bin, nehmen Sie das nicht angeberisch, finanziell sehr gut aufgestellt. Meinem Vater gehörte eine Kette von Hotels, von Borkum über Juist bis rüber nach Sylt. Als er starb, habe ich mir mein Erbe auszahlen lassen. Darum kann ich es mir leisten, immer dann, wenn ich auf dem Festland unterwegs bin, einen Mietwagen zu bestellen. Herr Bakker holte mich stets von der Fähre ab und brachte mich nach meinen Terminen wieder nach Emden zurück.«

»Und wenn keine Fähre mehr fährt?«

»Die letzte Fähre nach Borkum geht in der Regel am späten Nachmittag. Die schaffe ich nach meinen Lesungen nie, darum übernachte ich jedes Mal in meinem Appartement in Emden und fahre am nächsten Morgen rüber.«

»Ist Herr Bakker dann bei Ihnen geblieben?«

»Nein, warum auch. Er wurde abends von mir entlassen und ist danach zurück nach Holland gefahren. Zumindest habe ich das immer geglaubt. Die wenigen Meter vom Appartement zur Fähre bin ich dann stets zu Fuß gegangen.«

»Warum haben Sie eigentlich keine deutsche Mietwagenfirma in Anspruch genommen?« Harmannus lächelte: »Warum sollte ich? Die Mietwagenfirma in Delfzijl gehört meinem Bruder Wim. Er hat die andere Hälfte von Vaters Vermögen geerbt und ist in die Niederlande gezogen, dort liegen ja die Wurzeln unserer Familie. Mit dem Geld hat er sich die Firma aufgebaut. Bei ihm habe ich natürlich Sonderstatus und bekam immer denselben Fahrer und mein Lieblingsauto.«

Stine stellte die so wichtige Frage, deren Antwort Klarheit schaffen konnte: »In der Nacht vom letzten Sonntag auf Montag wurde auf einem Schiff im Watt vor Baltrum ein Segler ermordet. Auch seine Frau starb. War Gero Bakker in dieser Nacht allein mit dem Auto unterwegs?«

Harmannus hatte die Antwort, ohne nachzudenken, parat: »Am Sonntagabend hielt ich mich zu einer Lesung in Aurich auf, es war eine sehr erfolgreiche, großartige Veranstaltung.« Er lächelte selig. »Danach hat Herr Bakker mich wie üblich in Emden abgesetzt, denn eine Fähre gab es nicht mehr. Ich ging davon aus, dass er anschließend den Wagen nach Delfzijl zur Firma bringen wollte. Soviel ich weiß, wohnte Herr Bakker ja auch in den Niederlanden. Ich habe erst am nächsten oder übernächsten Tag von dem Mord gelesen. Wie grausam!«

Nun stutzte er: »Ihre Frage, Frau Lessing, soll doch wohl nicht bedeuten, dass Herr Bakker etwas mit dem Mord zu tun haben könnte?«

Obwohl Harmannus' Antwort ein wichtiger Puzzlestein im Mordfall Thore Meiners war und ihren schlimmsten Verdacht gegen Gero Bakker bestätigte, vermied Stine eine klare Antwort. Stattdessen zuckte sie resigniert mit den Schultern und sagte: »Wir konnten ihn leider nicht mehr befragen, somit können wir das nicht ausschließen.«

In diesem Moment fiel Jan Harmannus wieder in seine theatralische Rolle zurück, die er auf dem Podium gerne spielte:

»Wenn ich mir vorstelle, dass ich von einem Mörder durch die Gegend gefahren wurde, läuft es mir eiskalt über den Rücken!« Dann, als ergebe das alles erst jetzt einen Sinn, fuhr er fort: »Sie fragten mich vorhin nach Auffälligkeiten bei Herrn Bakker. Wenn ich es jetzt recht bedenke, passt es erschreckend gut zusammen. Nach diesem besagten Sonntag in Aurich hatte ich noch eine Lesung in Leer und danach diese in Jever. Genau auf diesen beiden Fahrten ist mir Bakkers Niedergeschlagenheit aufgefallen. Wer weiß, was der arme Bursche für eine Schuld mit sich herumgeschleppt hat.«

Stine fühlte sich an diesem Morgen wie durch den Wolf gedreht. Sie hätte gestern Abend vielleicht wieder eine Schlaftablette nehmen sollen, doch die Tablette der Nacht zuvor hatte sie dermaßen umgehauen, dass sie es lieber bleiben ließ. Der Preis, den sie dafür zahlen musste, war eine schlaflose Nacht. Das Bild des auf die Bäume zurasenden schwarzen Mercedes war nicht mehr aus dem Kopf zu bekommen. Mitten in der Nacht war sie aufgestanden, hatte sich an das Fenster ihres kleinen Appartements gesetzt und ohne Zeitgefühl auf die menschenleeren Straßen geschaut. Erst als sie den Zeitungsausträger sah, der sich langsam auf ihr Haus zuarbeitete, wusste sie, dass es jetzt keinen Sinn mehr machte, sich wieder ins Bett zu legen und nach Schlaf zu suchen.

So lang und quälend diese Nacht auch gewesen war, sie hatte ihr Klarheit verschafft. Es war ihr endgültig deutlich geworden, dass sie für Gero Bakker keine Gefühle mehr hatte. Das, was sie umtrieb, war nur die Frage, wie aus einem lebenslustigen Polizisten ein Mörder werden konnte? Es musste in den letzten Jahren sehr viel bei ihm schiefgelaufen sein, das war ihr klar. Aber wo war das Motiv? Sie musste es finden, und es bereitete ihr Angst, dass der Fall Gero Bakker eines Tages abgeschlossen werden könnte, ohne eine Antwort auf diese Frage gefunden zu haben.

So machte sie sich früh auf den Weg, erschien vorzeitig im Büro und war völlig überrascht, als sie dort ihren Chef antraf. Der musste schon lange vor ihr eingetroffen sein, denn sein Computer war bereits hochgefahren und der Kaffee zubereitet.

»Du bist schon hier, Stefan?«

»Ja, schon seit einer Stunde, Ich habe heute Nacht kaum geschlafen, denn ich kann nicht kapieren, was in Gero Bakker vorgegangen ist.«

Stine lächelte und meinte: »Willkommen im Club! Dann ging es dir genauso wir mir.« Um ihren Chef nicht zu beleidigen, goss sie sich eine Tasse des wieder einmal viel zu dünnen Kaffees ein und nahm sich vor, endlich einen Aufkleber mit dem Hinweis: »Sechs Messlöffel und einen für die Kanne!« an der Kaffeemaschine zu befestigen. So konnte es nicht weitergehen.

Es schien so, als sei dieser Morgen speziell für Frühaufsteher gemacht, denn ohne Anklopfen wurde die Tür geöffnet, und Skipper betrat den Raum. Er sorgte dafür, dass Stine erschrak, denn nach dem scheußlichen Kaffee kündigte sich ein weiteres Desaster an. Skipper hatte wieder einmal eine Tüte voll frischer Mettbrötchen mit extra viel

Zwiebeln mitgebracht, genau die Art von Frühstück, vor dem Stine am liebsten weggelaufen wäre. Trotzdem ließ sie sich nichts anmerken, um ihn nicht zu enttäuschen: »Das ist riesig nett von dir, Skipper! Ich habe nämlich noch keinen Bissen im Magen.« Auf eine Notlüge mehr oder weniger kam es jetzt auch nicht mehr an, doch Skipper hatte eine Überraschung parat. Er zauberte eine weitere Tüte hervor und präsentierte sie seiner Kollegin mit den Worten: »Stefan hat mir nach dem letzten Frühstück diskret zu verstehen gegeben, dass du keine fleischfressende Pflanze bist. Also hab ich dir ein leckeres Lachsbrötchen mitgebracht.«

Stine seufzte glücklich: »Du bist ein Schatz Skipper! Und du, Chef, natürlich auch!«

Skipper schob, wie von Grote befürchtet, mit einem Wisch dessen Akten an den Rand des Schreibtisches, um Platz für das Frühstück zu schaffen. »Ich habe heute früh als erste Meldung im Radio von dem schweren Autounfall in Schenum erfahren und sofort eins und eins zusammengezählt, als es hieß, der Fahrer habe sich einer Überprüfung durch die Kriminalpolizei entzogen.«

Skipper ließ sich schildern, was passiert war, dann zog er wie seine beiden Kollegen die richtigen Schlüsse: »Also war es Bakker, der mir in der Nacht die Flasche über den Kopf gezogen hat. Und ihr habt immer noch keine Ahnung, warum er zuvor Thore Meiners ermordet hat, richtig?«

Grote nickte, während er genussvoll ein Brötchen vertilgte und zum zweiten griff. »Außerdem gibt es noch einen Vorfall in der alten Ziegelei, aber davon weißt du ja noch gar nichts.« Also klärte er Skipper erst einmal auf, was dort im Keller geschehen war.

»Das kann kein Zufall sein! Es spricht alles dafür, dass Bakker auch da seine Finger im Spiel hatte. Doch warum macht sich der Chauffeur einer Mietwagenfirma auf die Suche nach Giftfässern?« Skipper wirkte ratlos.

»Genau das ist die Frage, da müssen wir ansetzen«, sagte Grote mit vollem Mund. »Ich denke, wir müssen dringend mit Bakkers Arbeitgeber sprechen.«

»Das ist so eine Sache», meinte Skipper. Wenn ihr den offiziellen Weg geht, könnte es kompliziert werden. Dazu wäre ein Amtshilfeersuchen erforderlich, das allerdings dauert erfahrungsgemäß ewig und bringt viel Papierkram mit sich.«

»Vielleicht können wir die Sache auch auf dem »kleinen Dienstweg« regeln.« Stine suchte die Nummer der Mietwagenfirma in Delfzijl heraus, die dem Bruder des Schriftstellers gehörte. Sie war unter dem

Namen »WimCar« gelistet. Dort anzurufen traute sie sich allerdings nicht, denn sie sprach kein Wort niederländisch und befürchtete, nicht verstanden zu werden, doch Skipper teilte diese Ängste nicht.

»Gib mir mal den Hörer, Mädchen!« Skipper beugte sich herüber, schaute auf den Bildschirm des Computers und wählte. »Die meisten Holländer im Grenzbereich verstehen oder sprechen Deutsch. Und wenn das mal nicht klappt, komme ich mit meinem Segler-Kauderwelsch aus Plattdeutsch und Englisch immer gut zurecht.«

Skippers Kollegen lauschten fasziniert dem unverständlichen Wortbrei, den Skipper zu Anfang produzierte, irgendwann jedoch führte er das Gespräch auf Deutsch weiter, denn sein Gegenüber schien die Sprache des Nachbarlandes bestens zu verstehen. Die beiden scherzten noch ein wenig herum, und dann streckte er Stine den Hörer entgegen. »Hab ich euch doch gleich gesagt: Meine Freunde von den Tulpenfeldern verstehen prima Deutsch. Außerdem ist Joost selbst Segler, wie er mir erzählt hat, da versteht man sich sowieso.«

Joost erwies sich als unterhaltsamer Gesprächspartner und schaffte es, Stine mehrmals zum Lachen zu bringen, was an diesem Morgen sicherlich nicht einfach war. Anschließend verband er Stine mit seinem Chef.

Wim Harmannus war, der Stimme nach zu urteilen, ein ruhiger und nachdenklicher Mensch, völlig anders als sein exzentrischer Bruder. Er sprach akzentfreies Deutsch, was nicht verwunderlich war, denn auch er war ja auf Borkum geboren und aufgewachsen. Schon in der Nacht hatte ihn die Polizei in Jever von dem schrecklichen Unfall seines Fahrers in Kenntnis gesetzt, über die Hintergründe allerdings geschwiegen. Stine wollte telefonisch noch nicht alle Karten auf den Tisch legen. So beließ sie es bei vorsichtigen Andeutungen. »Es gibt einige Fragen, die das Leben Ihres Fahrers betreffen. Die Möglichkeit, dass er mit dem Fahrzeug Ihrer Firma Straftaten begangen haben könnte, ist leider nicht auszuschließen.«

Wim Harmannus wollte das nicht glauben: »Herr Bakker war seit fast einem Jahr bei mir tätig, er war äußerst zuverlässig. Ich kann mir nicht denken, dass er etwas Unrechtmäßiges getan hat.«

»Trotzdem spricht alles dafür. Wir würden deshalb gerne mit Ihnen sprechen. Wenn wir Sie allerdings ganz offiziell als Zeugen vernehmen, müssen wir den langen und steinigen Dienstweg einhalten.«

Wim Harmannus wusste, worauf die junge Polizistin aus Deutschland anspielte: »Vom deutschen Dienstweg brauchen Sie mir als Chef einer Firma, die über die Landesgrenzen hinaus tätig ist, nichts zu erzählen.

Europa ist zwar zusammengewachsen, aber so dicht, dass die Bürokratie abgeschafft werden kann, leider noch nicht. Darum mache ich Ihnen einen Vorschlag: Kommen Sie doch rüber zu mir, ich lade Sie und Ihren Chef auf einen Kaffee und traditionelle »Gevulde Koeken« ein, das wird Ihnen schmecken. Bei der Gelegenheit können wir ganz inoffiziell miteinander plaudern.«

Stine nahm das Angebot gerne an und vereinbarte einen Termin um 11 Uhr. Nachdem das Telefonat beendet war, schaute sie Skipper ratlos an und fragte: »Er will nachher mit uns »Gevulde Koeken« essen, was ist das bitte?«

Skipper rollte genießerisch mit den Augen. »Es ist so ziemlich das leckerste Gebäck, das du dir vorstellen kannst. Ein süßer Kuchenteig mit cremiger Füllung aus Mandelpaste. Sei bloß vorsichtig, das Zeugs macht süchtig!« Dann schaute er auf die Uhr und meinte: »Ihr müsst euch allmählich auf den Weg machen, bis Delfzijl ist es ein ganzes Stück zu fahren. Während ihr auf Schlemmertour geht, bleibe ich hier und schnüffle noch ein wenig in den Akten herum. Irgendwo muss sich ja schließlich Bakkers Motiv verbergen.«

*

Die Fahrt von Aurich nach Delfzijl gestaltete sich unkompliziert und ging schneller als erwartet, denn das Betriebsgelände von »WimCar« befand sich in einem Gewerbegebiet am Rande des Hafens, weit vor der Stadt, und war von beeindruckender Größe. Schon auf den ersten Blick konnte man erkennen, dass es in dieser Firma nicht um die Vermietung von Klein- oder Mittelklassewagen ging, denn vor dem Bürogebäude stand eine Oberklasselimousine neben der anderen. Die Reihe wurde nur gelegentlich von schweren SUV unterbrochen. All diese Edelkarossen wurden ausschließlich mit Chauffeur vermietet, das verriet ein Werbeschild am Eingang.

Als sie das Büro betraten, kam ihnen ein junger Mann entgegen, der sich als Joost vorstellte. »Du bist Stine, mit der ich telefoniert habe, oder? Hat dir schon mal jemand gesagt, dass du Ähnlichkeit mit Pumuckl hast?«

»Allerdings«, erwiderte sie amüsiert, »aber noch nicht in Holland. Ich hätte auch gedacht, dass es hier »Pumuckeltje« oder so ähnlich heißt!«

Joost lachte herzhaft und hakte sich bei ihr ein. »Ich bring euch mal zum Chef, da könnt ihr lecker Kekse essen!« Von Grote nahm er kaum Kenntnis, so angetan war er von der jungen deutschen Polizistin. Die beiden scherzten herum und gingen kichernd voraus. Grote folgte ihnen kopfschüttelnd. Zum hundertsten Male stellte er sich die Frage: »Wie macht sie das nur, andere Männer schon nach einem kurzen Gespräch dermaßen um den Finger zu wickeln?«

Der von Skipper angedrohte Suchtcharakter der »Gevulde Koeken« stellte sich sowohl bei Grote als auch bei Stine schon nach dem zweiten Stück ein. Wim Harmannus betrachtete das wohlwollend und bat seine Sekretärin, vorsorglich die Gebäckschale noch einmal ordentlich aufzufüllen.

Dass es sich bei ihm und Jan Harmannus um Brüder handelte, war auf den ersten Blick zu erkennen, ansonsten jedoch trennten die beiden Welten, denn Wim Harmannus bestätigte den ersten Eindruck, den Stine am Telefon gewonnen hatte, völlig. Der Mann war freundlich, angenehm dezent und entspannt.

Zudem schien er äußerst erfolgreich zu sein, denn die Größe seines Unternehmens sowie Ausstattung und Einrichtung der Büros waren beeindruckend. Das Chefzimmer befand sich im Obergeschoss und ließ einen Blick über das graue, vom Wind aufgewühlte Wasser des Dollart hinüber nach Emden zu, ein Anblick, der für die beiden deutschen Polizisten ungewohnt war. Noch nie hatten sie von den Niederlanden aus nach Ostfriesland hinübergeblickt.

Die Unterhaltung mit Wim Harmannus verlief von Anfang an wohltuend sachlich und hatte den Charakter eines Gesprächs unter vertrauten Menschen. Deshalb sah Grote auch keine Veranlassung, mit dem tieferen Anlass ihres Besuches hinter dem Berg zu halten. Am Ende seines Berichts sagte er: »Nun kommen wir nicht umhin, die Beweiskette gegen Gero Bakker zu schließen, denn obwohl er uns durch sein Verhalten eine Art Geständnis abgelegt hat, wollen wir doch wissen, was passiert ist. Vorher wird uns die Staatsanwaltschaft den Fall Thore und Wilka Meiners nicht abnehmen. Und dann gibt es ja noch den Fall in der alten Ziegelei, der damit im Zusammenhang stehen könnte. Außerdem hat es zwei Überfälle auf Angestellte der »Meiners Farben« gegeben, die auf irgendeine Weise in das Puzzle eingepasst werden müssen.«

»Wenn ich Sie beide richtig verstehe, möchten Sie zuerst einmal wissen, ob und wo sich Gero Bakker aufhielt, als es zu den von Ihnen beschriebenen Vorfällen kam, oder?«

Grote nickte: »Das wäre hilfreich. Gibt es vielleicht so eine Art Fahrtenbuch, aus dem man ersehen kann, wann Bakker über ein Auto aus Ihrem Haus verfügt hat? Er könnte natürlich auch mit seinem eigenen Auto unterwegs gewesen sein, vorausgesetzt, dass er eines besitzt!«

»Nein, Herr Bakker besaß kein eigenes Auto. Er hätte es sich gar nicht leisten können, denn er stand finanziell unter Druck. Die Hälfte seines Gehalts habe ich stets an eine Bank überweisen müssen, bei der er verschuldet war. Er hat mir gegenüber stets mit offenen Karten gespielt und klipp und klar gesagt, dass er zeitweilig Alkoholprobleme hatte und Kredite nicht bedient hat. Ich habe ihm damals trotzdem eine Chance gegeben und das nicht einmal bereut. Darum bin ich ihm gegenüber stets großzügig gewesen. Wenn Herr Bakker etwas zu erledigen hatte, durfte er dazu das Firmenfahrzeug benutzen. Dafür verlangte ich von ihm, dass er für unsere gut zahlenden und prominenten Kunden stets zur Verfügung stand. Eine Hand wäscht die andere, so sagt man ja in Deutschland.«

Wim Harmannus machte eine kurze Pause und überlegte, dann schien er das Bedürfnis zu haben, eine Erklärung für seine Großzügigkeit ablegen zu müssen.

»Schauen Sie, unser Vater war sehr reich. Weder mein Bruder noch ich haben Interesse am Hotelgewerbe, deshalb wurde nach seinem Tode alles verkauft und das Erbe zwischen uns geteilt. Ich habe die niederländische Staatsangehörigkeit angenommen, denn dort sind unsere Wurzeln. Dann bin ich nach Delfzijl gegangen und baute mir hier mit dem Erbe diese Firma auf. Jan hat sich entschlossen, nichts zu tun und von dem Geld in Freude zu leben. Er müsste sich allerdings sehr anstrengen, wenn er versuchen würde, alles Geld, über das er verfügt, auszugeben Es würde ihm nicht gelingen, selbst wenn er hundert Jahre alt wird. Jahrelang hat er sich ausschließlich auf Segeln, Surfen und Triathlon konzentriert. Er hat für alles Sportliche ein großes Interesse. Dann entdeckte er ein weiteres Talent: Das Schreiben. Der Erfolg war überwältigend.

Als gefragter Autor musste er sich allerdings häufig auf dem Festland bewegen, darum stellte ich ihm bei Bedarf ein Auto samt Fahrer zur Verfügung, und das war Herr Bakker. Ich konnte meinem Bruder nie etwas abschlagen, darum kam er in den Genuss dieses besonderen Vorzugs. Verlangt habe ich dafür kaum etwas, warum auch? Meine Firma ist mein Hobby und letztlich ein Instrument der Steuervermeidung, auf Gewinn bin ich nicht angewiesen.« Nun stand er spontan auf. »Nehmen Sie die Keksschale einfach mit!«, schlug er Stine mit einem Auge blinzelnd vor. »Wir gehen an meinen Schreibtisch. Ich denke, dass ich Ihnen behilflich sein kann.«

Er nahm an einem überdimensionierten Glastisch Platz und drehte einen mächtigen Bildschirm zur Seite, so dass sie alle gemeinsam draufschauen konnten. Dann öffnete er eine Datei, auf der seine gesamte Fahrzeugflotte gelistet war.

»Schauen Sie, es gibt kaum ein Auto im Bestand, dessen Wert nicht im sechsstelligen Bereich liegt, das weckt Begehrlichkeiten. Darum sind alle Fahrzeuge mit einem versteckten GPS-Chip versehen, der jeweils den aktuellen Standort an meine Zentrale sendet. Diese Daten werden gespeichert. Wann, sagten Sie, Herr Grote, hat sich die Bluttat im Watt vor Baltrum ereignet?«

Grote war von der Frage überrascht, doch Stine hatte bereits ihren Laptop aus der Umhängetasche geholt und hochgefahren. Wie immer waren alle Daten, die einen aktuellen Fall betrafen, parat. »Am Sonntag vor einer Woche war das. Der Todeszeitpunkt von Thore Meiners und seiner Frau wurde von dem Pathologen auf 23 Uhr plus minus 30 Minuten festgelegt.«

Harmannus gab die Uhrzeit ein und klickte das Fahrzeug an, mit dem Bakker unterwegs gewesen war. Im Bruchteil einer Sekunde öffnete sich die Satellitenkarte von Google Earth und zoomte genau auf den Parkplatz am Deich, an dem die beiden Biker an dem schwarzen Mercedes vorbeigefahren waren. Grote und Stine nahmen diese Information völlig ungerührt entgegen. Sie stellte keine Überraschung mehr für sie dar, denn nur zu gut passte sie ins Bild.

»Können Sie auch feststellen, wie lange das Auto vor Ort gestanden hat?«

Für die Antwort auf diese Frage benötigte der Computer eine Sekunde. »Eingetroffen um 22.25 Uhr, abgefahren um 00.14 Uhr.«

Stine schaute wortlos zu Grote, und der zuckte mit den Schultern. Was gab es da noch zu sagen?

»Ich hätte da noch weitere Daten, die ich gerne überprüfen würde«, sagte Stine und nannte die Zeiten der Überfälle auf den Geschäftsführer Jansen, seinen Lagerverwalter, sowie auf die Eheleute Ubbo und Maike Okken. Das Ergebnis fiel wie erwartet aus: Bei allen Vorfällen hatte sich Gero Bakker mit seinem Fahrzeug in unmittelbarer Nähe befunden.

»Ich denke, damit bestehen keine Zweifel mehr für Sie, oder?« Wim Harmannus wollte den Computer bereits herunterfahren, sandte Stine vorher jedoch auf ihr Bitten hin einen Auszug der Dateien auf ihren Laptop. Staatsanwältin Siefken würde zufrieden sein und ihnen den eigenmächtigen Ermittlungsausflug in die Niederlande verzeihen.

»Bleibt noch das Motiv, da hängen wir immer noch in der Luft«, sagte Stine und kaute nachdenklich auf dem letzten Gebäckstück herum. »Wir werden die niederländischen Kollegen bitten müssen, Geros Wohnung zu durchsuchen. Können Sie aus Ihren Personalunterlagen ersehen, wo Herr Bakker gewohnt hat?«

Wim Harmannus lächelte. »Da brauche ich nicht nachzuschauen, denn er hat, wie einige meiner Fahrer, eine Wohnmöglichkeit hier auf dem Gelände. Ich vermiete diese Zimmer zu einem Sonderpreis, dafür sind die Fahrer für mich auch leichter verfügbar. Sie wissen ja, eine Hand …!«

Dann stand er unvermittelt auf. »Sie werden für diese Durchsuchung natürlich den Dienstweg beschreiten müssen. Leider habe ich im Moment keine Zeit mehr für Sie, denn ich muss zufällig in Herrn Bakkers Wohnung. Dort sind noch Firmenunterlagen, die ich dringend benötige. Ich wäre Ihnen allerdings dankbar, wenn Sie mir beim Suchen behilflich sein könnten.« Dabei schaute er die Polizisten mit bühnenreifer Unschuldsmiene an. »Wollen wir?«

Als sie am Fahrzeugpark vorbei über den Hof gingen, wunderte Stine sich. »Sind nicht seit einigen Jahren die Nummernschilder von Mietwagen und Taxis in Holland blau? Ihre sind es nicht.«

Wim Harmannus lachte. »Ich bin beeindruckt, dass Sie so gut informiert sind, Frau Lessing. Sie haben natürlich recht, aber ich mache von einer Gesetzeslücke Gebrauch. Meine prominenten Kunden möchten diese auffälligen Nummernschilder nicht. Sie wollen unerkannt bleiben.«

Grote schüttelte still den Kopf und fragte sich, ob es irgendetwas gäbe, was Stine nicht wusste. Dann schloss er zu Stine auf und flüsterte leise: »So ein Schlitzohr!« Stine konterte: »Aber ein nettes Schlitzohr mit vorzüglichem Gebäck!«

»Wovon ich allerdings kaum etwas abgekommen habe«, meinte Grote hadernd, doch Stine zeigte kein Mitleid: »Wer zuerst kommt, mahlt zuerst. Außerdem liegst du als Hauptkommissar einige Besoldungsgruppen über mir und könntest dir solche Kekse leisten, ich nicht!«

Während sie über das Betriebsgelände gingen, murmelte Grote grollend: »Sie hat immer das letzte Wort!«

Wim Harmannus drehte sich um: »Was meinten Sie?«

»Schon gut«, erwiderte Grote grinsend, »das war nur ein Selbstgespräch als Ausdruck einer inneren Krise!«

Geros Appartement befand sich auf der anderen Seite des Firmengeländes in einem modernen Flachbau. Die Namensschilder am Eingang verrieten, dass sechs Menschen hier wohnten, alles festangestellte Chauffeure, wie Wim Harmannus erklärte.

Er öffnete die Tür zu Gero Bakkers Appartement, das im Wesentlichen aus einem großen Wohn-Schlafzimmer mit einer Einbauküche bestand. Es war modern und zweckmäßig eingerichtet, dabei aber nicht ungemütlich und sehr aufgeräumt. Eine typische Junggesellenwohnung war es jedenfalls nicht. Unvermutet sagte Wim Harmannus extra laut und aufgesetzt: »Wo könnte er meine Unterlagen nur haben?« Dann tat er so, als fiele ihm gerade ein, dass er ein ganz wichtiges Telefonat zu führen habe, das keinen Aufschub dulde. »Ich muss mal eben nach draußen gehen, hier habe ich leider keinen Empfang. Sie können gerne auf mich warten, aber bitte fassen Sie nichts an!« Er ging mit einem verschmitzten Lächeln aus dem Zimmer und ließ die beiden Polizisten allein.

Stine gefiel dieser Mann. »Na los, Chef, lass uns mit dem »Nichtanfassen« beginnen!«, forderte sie Gote auf.

Routiniert durchsuchten sie das Zimmer, anfänglich ohne etwas zu finden, das ihr besonderes Interesse wecken konnte. Gero Bakker war scheinbar nicht liiert, zumindest fanden sich weder Fotos noch private Korrespondenz. Ein Computer befand sich nicht im Zimmer, und Stine erinnerte sich, dass sie in Geros Auto auf dem Rücksitz ein iPad hatte liegen sehen. Das war sicherlich, ebenso wie Geros Handy, bei dem Unfall zerschmettert worden. Trotzdem nahm sie sich vor, bei nächster Gelegenheit noch einmal bei der Polizei in Jever nachzufragen. Im Moment half das aber nicht weiter.

Den ersten interessanten Fund machte Stine auf einem Beistelltisch neben dem Fernseher. Dort lagen einige Ausgaben des »Ostfriesland-Boten«, die sich ausführlich mit dem Mord an Thore Meiners und dem tragischen Tod seiner Frau befassten. Auch eine Ausgabe vom letzten Samstag fand sich darunter, und Stine suchte nach einem Hinweis, was wohl Geros Interesse geweckt haben mochte, auch dieses Exemplar aufzubewahren. Beim ersten Durchblättern fiel ihr nichts Bemerkenswertes auf, dann allerdings stieß sie auf eine winzige Regionalmeldung, in der es um den Überfall auf ein Ehepaar in der Nähe einer verlassenen Ziegelei ging.

Grote zog derweil aus einem Regal einen Aktenordner hervor, setzte sich an den Tisch und blätterte ihn durch. Zuoberst lag der Vertrag zur Anstellung bei »WimCar«, dann reihte sich Dokument an Dokument. Ganz unten im Ordner befand sich die Entlassungsurkunde der Polizei

Niedersachsen. Stine setzte sich zu Grote an den Tisch, und sie begannen gemeinsam, anhand der sorgsam abgehefteten Unterlagen, Bakkers Leben seit seinem Abschied von der Polizei zu rekonstruieren.

Schnell zeichnete sich das Bild eines Mannes ab, der komplett den Boden unter den Füßen verloren hatte. Mehrere Versuche, beruflich Fuß zu fassen, waren kläglich gescheitert. Schuld daran war der Alkohol, der zeitweilig in seinem Leben die Regie übernommen hatte. Erst vor einem Jahr hatte er den Abwärtstrend stoppen können. Seine Anstellung bei «WimCar« gab ihm endlich den Halt, den er so dringend benötigte.

»Jetzt kann ich noch weniger verstehen, warum Geros Leben plötzlich wieder aus dem Ruder gelaufen ist. Er war doch auf einem guten Weg, aber dann dieser unerklärliche Absturz!« Stine nahm sich die Zeit, einige Dokumente mit dem Handy abzufotografieren. Für den Abschlussbericht des Falles Bakker konnten sie hilfreich sein, denn dass sie diesen Bericht bald schreiben würden, stand für sie beide außer Frage.

Erst als sie den Aktenordner wieder in das Regal stellte, fielen ihr zwischen einigen Büchern, die sich ebenfalls dort befanden, auch zwei Krimis von Jan Harmannus auf. Das war keinesfalls verwunderlich, schließlich waren Gero und er ja häufig gemeinsam unterwegs gewesen. Sie schlug die Bücher auf und fand zu ihrer Überraschung handgeschriebene Widmungen darin, die sehr persönlich gehalten waren und beide mit den Worten »Dein Freund Jan« endeten. Nachdenklich stellte sie die Bücher zurück in das Regal. Jan Harmannus hatte gesagt, dass er kein enges Verhältnis zu Gero Bakker gehabt hatte, diese Widmungen wirkten jedoch keinesfalls so distanziert, wie zu erwarten gewesen wäre. Dann verwarf sie diesen Gedanken, vermutlich war es gang und gäbe, Widmungen auf diese Art zu schreiben, und es hatte überhaupt nichts zu bedeuten.

*

Skipper verbrachte die Zeit der Abwesenheit seiner beiden Kollegen damit, die Akten zu sichten. Schon oft hatte er die Erfahrung gemacht, dass es hilfreich sein konnte, wenn jemand, der nicht unmittelbar eingebunden war, auf einen Fall schaute. Hier jedoch konnte er nicht feststellen, dass irgendetwas übersehen worden war. Stine hielt alle Akten, ob Papier oder Elektronik, perfekt auf dem neuesten Stand. Da konnte eigentlich nichts durchrutschen.

Skipper hatte Gero Bakker niemals persönlich gesehen. Er wusste nur, welche unglückliche Rolle er bei dem Dünenhausfall gespielt hatte. In den Akten fand sich ein Foto, das ihn noch in Polizeiuniform zeigte. Er betrachtete es lange, als müsse er sich sein Gesicht einprägen, doch es war eher der Versuch, zu verstehen, was mit ihm geschehen war.

Dann blätterte er weiter und stieß auf die Webseite der »Meiners Farben«, von der Stine einen Screenshot angefertigt hatte, um schnell auf die dort angegebenen Telefonnummern Zugriff zu erlangen. Die Webseite wurde von einem Foto dominiert, auf dem alle Mitarbeiter der Firma im Halbkreis vor einem Gebäude versammelt waren. Ganz am Rand stand ein Mann in Uniform, der schlecht gelaunt in die Kamera starrte und sich damit als einziger weigerte, sich ein Lächeln abzuringen. Das musste der unfreundliche Pförtner sein, von dem Stine ihm kürzlich erzählt hatte.

Skipper klickte das Bild weg und gelangte auf die nächste Seite, dann stutzte er und ging wieder zurück zum Mitarbeiterfoto. In zweiter Reihe, inmitten einer Gruppe von Lagerarbeitern, die mit ihren blauen Arbeitskitteln hervorstachen, stand ein Mann, der ihm bekannt vorkam. Skipper zoomte das Foto heran, suchte noch einmal das Polizeifoto von Gero Bakker heraus und verglich die beiden miteinander. Dann atmete er tief durch und stieß beim Ausatmen einen leisen Pfiff aus. Es gab keinen Zweifel: Gero Bakker war einmal Mitarbeiter der »Meiners Farben« gewesen. Diese Erkenntnis schien ihm so wichtig, dass er überlegte, sich mit seinen Kollegen in Verbindung zu setzen, doch das konnte er sich sparen, denn genau die riefen gerade an.

»Wir sind hier in Delfzijl fertig, Skipper! Stefan schaukelt uns gerade in seinem unvergleichlichen Fahrstil zurück zur Dienststelle, falls wir es überleben.« Damit deutete Stine an, dass Grote wieder einmal viel zu schnell fuhr. Dann sagte sie: »Ich habe auf meinem Laptop den Beweis, dass sich Gero an allen Tatorten zur Tatzeit aufgehalten hat. Der Fall ist rund!«

Sie erwartete eigentlich ein Lob Skippers, doch der konnte ihr Ergebnis noch toppen. »Der Fall ist noch viel runder, als du denkst, denn ich habe anhand eines Fotos festgestellt, dass Bakker mal bei den »Meiners Farben« gearbeitet hat. Nun sag schon, bin ich gut, oder bin ich gut?«

Stine war viel zu verblüfft, um diese Frage zu beantworten. Skipper konnte mithören, wie sie ihrem Chef von der Entdeckung berichtete, und hörte auch seine Antwort. »Dann fahren wir auf dem Rückweg gleich bei den »Meiners Farben« vorbei.«

*

Eine halbe Stunde später saßen sie der unscheinbaren Frau Oldewurtel gegenüber. Neben ihr saß der Lagerverwalter Brink, darum hatte Stine gebeten, als sie ihr Erscheinen angekündigt hatte.

Beide konnten sich anhand des Fotos an Gero Bakker erinnern, doch Unterlagen gab es nicht mehr. »Wenn ich mich recht erinnere, hat der Mann nur vier Tage hier zur Probe gearbeitet«, erklärte Frau Oldewurtel, »dann war er eines Morgens dermaßen betrunken, dass Herr Brink ihn rausgeworfen hat.«

Der Lagerverwalter nickte. »Schade, der Bursche war eigentlich sehr nett und nicht dumm, doch schon am zweiten Tag meinte ich, Alkoholgeruch bei ihm feststellen zu können. Daraufhin wurde er ermahnt, doch zwei Tage später war der Bock fett. Deshalb ist es gar nicht zu einer richtigen Anstellung gekommen.«

Grote beugte sich nach vorne und schaute Brink fest in die Augen: »Was ich Sie jetzt frage, ist von großer Bedeutung. Denken Sie gut nach und seien Sie bitte ehrlich: Haben Sie Bakker gegenüber jemals von den versteckten Giftfässern gesprochen?«

Brink begann sich zu winden, doch Grote ließ ihn nicht mehr aus seinen Fängen: »Los, raus damit! Wir sind nicht hier, um wegen Ihrer Geschwätzigkeit zu ermitteln, es geht um Mord und nicht zuletzt auch um den Überfall auf Sie und Ihren Chef.«

Das gab den Ausschlag: »Sie meinen, Bakker hat auch mich und Herrn Jansen überfallen?«

»Genau das will ich damit sagen!«

»Also, wenn ich mich genau erinnere, könnte es sein, dass ich ihm gegenüber mal eine vage Andeutung gemacht habe, mehr aber auch nicht. Wir gingen damals am Abfalllager vorbei, und ich sagte ihm, dass hier unser Sondermüll gelagert wird, der teuer entsorgt werden muss. Dann habe ich wohl noch den dummen Satz gesagt, dass es allerdings auch andere Wege gibt, um das Zeug loszuwerden. Ich habe nur vage Andeutungen gemacht, doch als er Einzelheiten wissen wollte, habe ich natürlich geblockt.«

Grote war ernsthaft böse: »Mein Gott, was haben Sie alles mit Ihrem unüberlegten Gequatsche losgetreten!«

*

Als sie am Nachmittag die Dienststelle erreichten, ließ Stine sich sofort von Skipper das Foto zeigen, auf dem Gero Bakker zu sehen war. Sie ärgerte sich zwar ein wenig, dass sie selbst diesen Hinweis übersehen hatte, trug es ansonsten jedoch mit Fassung. »Wie gut, dass wir dich haben, Skipper! Zum Glück für uns alle hat der Schlag mit der Bierflasche offensichtlich deinen Augen nicht geschadet.» Dann wandte sie sich ihrem Chef zu: »Wenn du einverstanden bist, Stefan, fange ich heute schon mal an, den Abschlussbericht für die Staatsanwaltschaft zu schreiben.«

Grote gab grünes Licht. Motiv hin oder her, der Fall war als aufgeklärt anzusehen und musste endlich abgeschlossen werden. Trotzdem konnte er nicht aus seiner Haut. Alles sollte perfekt durchermittelt werden, deshalb hatte er noch eine Bitte an Skipper, um auch die letzten Mosaikteilchen einzupassen:

»Ich weiß, dass es für dich ein Umweg ist, aber es wäre uns eine Hilfe, wenn du dich einmal in Rysum umhören könntest, ob jemand am letzten Dienstag in den Morgenstunden den schwarzen Mercedes dort gesehen hat. Während Gero den Geschäftsführer der »Meiners Farben« überfallen und gefoltert hat, muss er seinen Wagen schließlich irgendwo geparkt haben. Es wäre schön, wenn wir neben den GPS-Daten der »WimCar« noch einen Zeugen fänden, dem das Auto aufgefallen ist. Bestenfalls hat jemand Bakker sogar gesehen.«

Skipper ließ sich den Tatort auf der Karte zeigen, dann verabschiedete er sich wie immer durch Anlegen des rechten Zeigefingers an den Kopf. »Für euch beide tu ich ja alles!«, versprach er, dann war er draußen.

Eine Tatort-Überprüfung bezüglich des Überfalls auf den Lagerverwalter Brink hielt Grote für entbehrlich. Es war schon zu lange her, als dass er sich davon etwas versprach. Frauke Hattinga und Sören Gueres hingegen rief er an und bat sie, sich bei nächster Gelegenheit im Umfeld der alten Ziegelei umzuhören. Schließlich konnte auch dort der Mercedes aufgefallen sein.

Schon um 15 Uhr beschloss Grote, den Arbeitstag zu beenden. »Mach Schluss, Stine! Der Fall hat uns schon das ganze Wochenende verdorben. Da haben wir das Recht, heute mal eher Feierabend zu machen.«

Stine fand diese Idee zwar verlockend, bat ihren Kollegen aber: »Lass mich noch eben diese Seite zu Ende schreiben, Stefan, dann mach ich mich auch auf die Socken. Warte nicht auf mich, Anna und die Jungen freuen sich bestimmt, wenn sie dich zu sehen bekommen.«

Nachdem Grote gegangen war, schrieb sie noch eine Weile. Dann schloss sie die Seite ab, druckte sie aus und wollte gerade den Computer herunterfahren, als Sören Gueres anrief. »Sören, sag bloß, dass ihr schon bei der alten Ziegelei wart?«

»Nein«, tat er entrüstet, »wir haben hier viel Arbeit und nicht die Zeit, mal eben nach Holland zum Kekse-Essen zu fahren! Ich denke, dass wir es gegen Abend schaffen, noch einmal dort hinzufahren.«

»Es tut mir leid, dir sagen zu müssen, dass du bei den holländischen Keksen echt was verpasst hast, Sören. Aber sag, warum rufst du an?«

»Du hast doch am Sonnabend in der alten Ziegelei Fotos vom Keller gemacht, kannst du mir die bitte rüberbeamen? Ich würde sie dann zur Akte Maike und Ubbo Okken nehmen.«

Stine versprach, das sofort nach ihrem Gespräch zu tun. Sie suchte die Fotos auf ihrem Computer und überprüfte sie, denn so genau hatte sie sie bisher noch gar nicht betrachtet. Manche waren unscharf, einige zu dunkel, doch die meisten erschienen ihr brauchbar. Eines nach dem anderen schickte sie nach Leer auf Sörens Computer, doch dann fiel ihr etwas auf, das sie am Dienstag in der Dunkelheit des Kellers nicht wahrgenommen hatte. Das Foto zeigte die Treppe, die sie hinabgestiegen waren. Das Geländer war aus Metall und in gleichmäßigen Abständen durch mattglänzende Messingkugeln verziert. Das war fast künstlerisch und wirkte für eine Kellertreppe etwas aufgesetzt. Sie konnte sich von dem Bild nicht lösen, denn es kam ihr bekannt vor, doch wo hatte sie diese Treppe schon einmal gesehen? Sie überlegte angestrengt, aber nach einiger Zeit gab sie auf. Es fiel ihr nicht ein. Nachdem sie alles an Sören gesandt hatte, druckte Stine das Treppenfoto aus, legte es auf den Tisch und fuhr den Computer herunter. Das Licht war bereits gelöscht, und sie war dabei zu gehen, da drehte sie sich noch einmal um, nahm das Foto und steckte es, ohne letztlich zu wissen, warum, in ihre Umhängetasche.

*

Skipper hatte die Rysumer Kirche bereits hinter sich gelassen und bog nun auf den Burgweg ein. Diesen Weg hatte der joggende Eicke Jansen benutzt. Am Ende des Weges, kurz vor dem Abzweig parallel zum Emsdeich, war ihm der schwarzgekleidete Verfolger aufgefallen. Skipper schaute sich um und musste feststellen, dass es genügend Möglichkeiten gab, ein Auto auf dem Seitenstreifen zu parken. Nach Spuren, die abgestellte Autos dort hinterlassen hatten, brauchte er nicht mehr zu suchen, denn der Regen der vergangenen Tage hatte sie vernichtet. Fluchend verließ er das Auto, lief durch den Nieselregen zum Kofferraum und holte seinen schweren Seeparka heraus. Dann begann er, einen Bauernhof nach dem anderen abzuklappern. Nach den ersten drei Versuchen war er davon überzeugt, dass er ohne Erfolg zur Dienststelle zurückfahren müsste. Niemand hatte Beobachtungen gemacht, die von Interesse waren, denn morgens hatten sich die meisten Bauern wie immer im Stall aufgehalten, um ihre Tiere zu versorgen.

Trotzdem stapfte er durch den Matsch über die Hofauffahrt auf das letzte der vier Anwesen zu. Der Bauer sah ihn schon von weitem und kam ihm entgegen. Bei seinem Anblick musste Skipper lächeln, denn er fühlte sich in seine Kindheit zurückversetzt. Ihm war, als käme sein Opa auf ihn zu. Auf dessen Hof hatte er einen Teil seiner Kindheit verbracht. Der alte Mann trug solch eine schwere grüne Jacke, die sein Opa stets als »Joppe« bezeichnet hatte, dazu eine braune Hose aus breitem Cord und eine grüne Filzmütze. Das Regenwasser lief an ihm herunter, doch das schien den Mann nicht im Geringsten zu stören.

»Wat wullt du denn hier, hest di verlopen?«

Skipper schüttelte sich den Regen von der Jacke und trug den Grund seines Kommens ohne Hoffnung auf eine erhellende Antwort vor, erlebte jedoch eine Überraschung.

»An'n Dingsdag seggst du? Ja, dar heff ik mi dull argert. An de Straat hett so ein Angeverauto ut Holland park. Dat hett den Melkwagen de Hofftoog versperrt. Ek heff dem Fahrer seggt, he schall verswinnen. Erst wull he dat nech, over denn keem son Keerl in swart Kleder, sett sech to em in't Auto und beid sünd afhauen.«

»Am Dienstag, sagst du? Ja, da habe ich mich doll geärgert. An der Straße stand ein Angeberauto aus Holland. Das hat dem Milchwagen die Hofzufahrt versperrt. Ich habe dem Fahrer gesagt, er soll verschwinden. Erst wollte er nicht, aber dann kam ein Mann in schwarzer Kleidung, setzte sich zu ihm in das Auto und die beiden sind weggefahren.«

Skipper war plötzlich wie elektrisiert. »Es gehörten zwei Männer zu dem Auto? Büst du di dar ok ganz seker?«

»Segg ik doch!« Der Bauer war fast beleidigt.

Skipper zeigte ihm ein Foto von Gero Bakker, und der Bauer war absolut sicher, genau diesen Mann hinter dem Steuer gesehen zu haben. Der andere Mann, so sagte er, sei wegen seiner seltsamen Bekleidung nicht zu erkennen gewesen.

Skipper klopfte dem Bauern dankbar auf die Schulter: »Bedankt, di hest mi temlich hulpen!«

Die Aussage des Bauern kam für Skipper völlig überraschend, warf sie doch ein völlig neues Bild auf den Fall. Wenn das stimmte, was er gerade gehört hatte, und es gab keinen Grund, daran zu zweifeln, dann war Gero Bakker kein Einzeltäter.

Er fand diese Information dermaßen wichtig, dass er sofort in Aurich auf der Dienststelle anrief, doch der Anschluss war nicht mehr besetzt. Nachdem er Stefan Grote auch nicht auf dem Handy erreichen konnte, rief er bei Stine an. Er musste diese Information einfach loswerden.

*

Skippers Anruf schlug bei Stine wie eine Bombe ein. Mit einem Schlag war alles anders, denn wenn es einen Mittäter gab, musste Gero Bakker auch nicht zwangsläufig der Mörder von Thore Meiners sein. Dasselbe galt für die Überfälle auf Jansen und Brink sowie das Ehepaar Okken. Gero konnte Mitwisser, Mittäter oder Gehilfe sein, alles das war möglich, doch ob er selbst Hand angelegt hatte, war damit noch lange nicht gesagt. Als hätte ihr Skippers Anruf eine neue Sicht auf die Dinge beschert, erinnerte sie sich wieder an die Widmungen, die Jan Harmannus in die Bücher geschrieben hatte, die in Geros Wohnung lagen. Der Schriftsteller log, denn sein Verhältnis zu Gero Bakker musste wesentlich enger gewesen sein, als er es im Gespräch dargestellt hatte.

Stine lief aufgeregt hin und her und versuchte zum wiederholten Mal vergeblich, Stefan Grote zu erreichen. Dann zog sie sich ihre Jacke über, schwang sich trotz des Regens auf das Fahrrad und radelte zur Dienststelle. Aus einem Imbiss holte sie sich noch schnell zwei belegte Baguettes, trat eilig in die Pedale und stand schon 10 Minuten später im Eingang der Dienststelle. Sie ging kurz zu den Kollegen des Dauerdienstes hinein, um auf sich aufmerksam zu machen. »Ich bin wieder da, Jungs. Hab mich spontan entschlossen, Überstunden zu machen.«

Bevor die Kollegen reagieren konnten, war Stine schon wieder draußen, ignorierte den Fahrstuhl und jagte die Treppen hinauf. Dann setzte sie die Kaffeemaschine in Betrieb und schüttete zwei Messlöffel mehr als üblich in den Filter. Es würde eine lange Nacht werden.

*

Der Antrieb, den Stine jetzt spürte, entstammte nicht allein der Motivation, diesen Fall komplett aufzuklären, es steckte mehr dahinter, das musste sie sich jetzt eingestehen. Dass Gero Bakker wie auch immer Schuld auf sich geladen hatte, die ihn in den Tod getrieben hatte, stand außer Zweifel, doch der Gedanke, Gero vielleicht doch nicht als brutalen Mörder in Erinnerung behalten zu müssen, gab ihr zusätzlichen Schub. Es wurde Zeit, sich intensiv mit Jan Harmannus zu beschäftigen, und genau das sollte in dieser Nacht geschehen.

Der Web-Auftritt des Schriftstellers war pompös. Die Seiten trieften zwar vor Selbstdarstellung und Eigenwerbung, aber es war nicht in Abrede zu stellen, dass sein Erfolg nicht von ungefähr kam. Er hatte eine völlig neue Form des Kriminalromans geschaffen, die er selbst als »Ostfriesischen Investigativ-Thriller« bezeichnete.

Jan Harmannus' Romane bestanden aus einer Mischung von Fiktion und Tatsachen. Das erregte Aufsehen und hatte Konsequenzen. Bereits nach seinem ersten Roman rollten einige Köpfe. Ein Landrat, zwei Bürgermeister und der Chef einer Hoch- und Tiefbaufirma mussten ihren Hut nehmen. Gegen sie wurde wegen Bestechlichkeit, Unterschlagung und Betrug ermittelt. Bei der Vergabe von Bauaufträgen war massiv geschoben worden. All das rankte sich in dem Buch um einen fiktiven Mordfall, doch wer das Buch las, konnte die Augen nicht vor den Hinweisen auf reale Vorfälle verschließen. Staatsanwaltschaft und Polizei hatten das jedenfalls nicht getan.

Beim zweiten Roman war es ähnlich: Ein fiktiver Prostituiertenmord lieferte den Aufhänger zu einer Handlung, die am Ende mit der Festnahme mehrerer Promis endete, die sich mit minderjährigen Mädchen amüsiert hatten. All das hatte Harmannus sauber recherchiert und der Justiz gut verpackt in einer spannenden Handlung auf dem Silbertablett serviert. Deshalb war es nicht verwunderlich, dass die Öffentlichkeit mit großer Spannung auf den Fall Nummer drei wartete. Wen würde es diesmal erwischen? Der Hintergrund der neuen Geschichte wurde vom Autor sorgsam geheim gehalten, deshalb gab er auf seinen Lesungen nur zwar spannende, aber unverfängliche Passagen preis. Erst später, wenn er zu Talkshows eingeladen war, ließ er erfahrungsgemäß den Vorhang fallen und entschlüsselte vor einem breiten Publikum die wahre Handlung, so hatte er es bisher jedenfalls gemacht.

Stine klickte sich in einen Videofilm, der während der Lesung in Aurich aufgenommen worden war, an der sie gemeinsam mit Grote teilgenommen hatte. »Jan Harmannus liest aus dem Manuskript zu seinem neuen, im Frühjahr erscheinenden Thriller«, stand am Anfang. Nicht die komplette Lesung war zu sehen, nur der Anfang und das Ende, denn dort gab es den meisten Applaus und um den ging es dem Selbstdarsteller ganz besonders. Sie schaute sich den Video-Clip bis zuletzt an. Es interessierte sie nicht, was Harmannus vorlas, das hatte sie schließlich schon einmal gehört. Sie wollte ihn als Menschen besser einordnen und in seiner Mimik lesen können. Wer war dieser Jan Harmannus?

Als der Film vorbei war, runzelte sie die Stirn. Sie hatte nur mit einem Ohr zugehört, aber was sagte er dort gerade? Sie ließ die Aufnahme noch einmal zurücklaufen und konzentrierte sich auf die letzten Sätze, bevor der Applaus der Zuhörer aufbrandete.

»Das Metall der Stufen war angerostet und vorsichtig prüfte er, ob er sich dieser Treppe anvertrauen konnte, doch ein erster Test machte ihm Mut. Das massive Treppengeländer gab ihm den letzten Rest an Vertrauen, denn es war aus dickem Metall gefertigt, das von Kupferpfählen getragen wurde, die an den Spitzen mit mattglänzenden Kugeln verziert waren. Interessiert betrachtete er das außergewöhnliche Konstrukt, es zeugte von dem Reichtum früherer Bewohner, schien aber für eine simple Treppe bei aller Schönheit fehl am Platze.«

Stine fiel es wie Schuppen von den Augen. Sie hatte nach dem Betrachten der Fotos, die sie im Keller der alten Ziegelei geschossen hatte, sofort das Gefühl gehabt, diese Treppe schon einmal gesehen zu haben, aber das war falsch. Das Bild in ihrem Kopf war entstanden, während Harmannus am Abend der Lesung diese Sätze gesagt hatte. Sie hatte sich eine Treppe ausgemalt, die sie einige Tage später selbst hinabgestiegen war.

Hastig holte sie das Treppenfoto aus ihrer Handtasche und glich das, was sie dort sah, mit den Worten des Autors ab. Besser hätte man diese Treppe gar nicht beschreiben können, es gab keinen Zweifel: Harmannus kannte diese Treppe, er musste sich schon einmal in der Ziegelei aufgehalten haben.

Aus der alten, verlassenen Ziegelei hatte der Schriftsteller in seinem Roman allerdings eine leerstehende Villa gemacht, aus der Metalltür eine alte Eichentür.

Es war alles so einfach, man musste nur hinschauen und verstehen. Stine beschloss, die beiden bisherigen Harmannus-Krimis auf diese Systematik hin zu überprüfen. Wie viel von dem, was er schrieb, war Realität, wie viel Fiktion? Sie war fest davon überzeugt: Wenn man es mit der richtigen Brille betrachtete, dann erschloss sich einem alles. Sie lud sich die beiden Romane als E-Books auf ihren Laptop herunter und öffnete auf ihrem Dienstcomputer die Polizeiakten, die nach Veröffentlichung der beiden ersten Romane für die daraus resultierenden Strafverfahren angelegt worden waren. Auf die Art konnte sie Roman und Wirklichkeit schneller miteinander vergleichen. Dabei musste sie die Krimis nicht komplett lesen, sondern nur bestimmte Passagen, die mit den Ergebnissen der polizeilichen Ermittlungen korrespondierten. Das würde allerdings viele Stunden dauern, also stellte sie sich die Kaffeekanne auf den Schreibtisch und legte die Tüte mit den Baguettes griffbereit daneben. Dann schleuderte sie mit einer eleganten Bewegung ihre unbequemen Schuhe in die Ecke, legte die Füße auf den Tisch und begann mit der Arbeit.

Dienstag – Ungleiche Brüder

Pünktlich um acht Uhr erschien Stefan Grote nach einem frühmorgendlichen Trainingslauf frisch geduscht und hellwach im Büro und wunderte sich, dass er es unverschlossen vorfand. Dies war eine Nachlässigkeit, die er von Stine nicht kannte. Als er das Licht einschaltete, blieb er verdutzt stehen, denn damit hatte er nicht gerechnet. Stine lag nach vorne gesunken mit dem Kopf auf dem Tisch und schlief so tief und fest, dass er ganz leise zum Fenster ging und es öffnete. Die frische Luft und die Geräusche der Straße würden seine Kollegin schon irgendwann aufwecken, und wenn nicht, dann hatte sie den Schlaf wohl dringend nötig.

Erst nach einer halben Stunde sandte Stine ein schwaches Lebenszeichen aus, denn ein Streifenwagen fuhr mit lauter Sirene vom Hof und ließ sie zusammenzucken. Wenige Augenblicke später richtete sie sich auf und schaute sich ungläubig um, als wisse sie gar nicht, wo sie sich befand. Erst als sie Grote erblickte, erfasste sie die Situation. Ihre ersten Worte waren: »Sag jetzt bitte nicht, dass ich geschnarcht habe!«

Das allerdings hatte sie getan, wenn auch nicht besonders laut, doch Grote versicherte ihr, dass sie völlig emissionsfrei geschlummert habe, und tat das unter dem Begriff »Barmherzige Notlüge« ab.

Stine gähnte herzhaft und reckte sich. »Woody Allen hat mal gesagt, man müsse acht Stunden schlafen, wenn man acht Stunden gearbeitet habe. Daran habe ich versucht, mich zu halten.« Dann suchte sie nach ihren Schuhen, die noch immer in der Ecke lagen. »Ich mach mich jetzt mal frisch, und wenn ich wieder da bin, habe ich Neuigkeiten, die dich vom Hocker hauen, versprochen!«

Als sie zwanzig Minuten später zurückkehrte, war auch Skipper inzwischen schon eingetroffen. »Stine, du Schönste der Schönen, du siehst ein wenig derangiert aus, wenn ich das mal so sagen darf.«

»Du darfst, Skipper, du darfst! Ein Schreibtisch kann ein Daunenkissen nicht ersetzen, das weiß ich nun. Obwohl du ja derjenige bist, der mir diese Nacht beschert hat. Ich denke, du hast Stefan schon von dem Gespräch mit dem Landwirt aus Rysum erzählt?«

»Ja, und damit deinen Chef erstmal sprachlos gemacht! Doch auch er ist nun davon überzeugt, dass es einen Mittäter gibt.«

Stine kümmerte sich um Tee und Kaffee, während sie sagte: »Macht es euch gemütlich, ich würde euch gerne die Ausbeute dieser schlaflosen Nacht präsentieren.«

Stine begann wie immer, ihre Ergebnisse strukturiert vorzutragen, und nach wenigen Minuten war sie dermaßen in ihrem Element, dass sie munter und ausgeschlafen wirkte. Grote und Skipper hörten gebannt zu, als Stine ihnen erklärte, wie man die Romane von Jan Harmannus lesen musste.

»Im Grunde sind seine Krimis eine Art verklausuliertes Tagebuch. Er beschreibt seine eigenen Recherchen für die Romane und erklärt oft bis ins Detail, wie er seine Erkenntnisse gewonnen hat. Er selbst schlüpft dabei in die Rolle seines Romanhelden.

Wenn er also schreibt: »Interessiert betrachtete **er** das außergewöhnliche Konstrukt«, dann sagt er damit eigentlich: »Interessiert betrachtete **ich** das außergewöhnliche Konstrukt«. Harmannus schildert also seine eigenen Eindrücke. Auf die gleiche Art verschleiert er die Handlung seiner Romane. In seinem zweiten Buch beispielsweise geht es um Sexparties mit minderjährigen Mädchen, die von reichen Leuten veranstaltet werden. In dem Buch war aber stets von »Edelsteinen« die Rede. Erst in einer Talkshow hat er öffentlichkeitswirksam und somit verkaufsfördernd die Bombe platzen lassen und vor laufender Kamera erklärt, dass das Wort »Edelsteine« durch »Mädchen« ersetzt werden müsse. Er lieferte gewissermaßen den Entschlüsselungscode für seine Leser. Dann gab er noch weitere Details bekannt, die dadurch dem Buch einen ganz anderen Sinn gaben. Am nächsten Tag musste die Staatsanwaltschaft aktiv werden. Natürlich war das Buch ein Bestseller.«

Stine führte weitere Beispiele als Beleg an und wartete, bis ihre beide Kollegen die Bedeutung ihrer Entdeckung verinnerlicht hatten. Skipper schüttelte den Kopf: »Der Kerl ist doch irre, anders kann ich das nicht nennen!«

Stine stimmte zu: »Ja, irre, aber auch genial. Und das ist noch lange nicht alles. Ich habe herausgefunden, dass Harmannus bei der Beschaffung seiner Informationen äußerst brutal vorgeht. Unter der Maske des sportlichen Sonnyboys und erfolgreichen Schriftstellers versteckt sich ein extrem gewalttätiger Mensch. Die Ermittlungen der Kollegen im Zuge der ersten beiden Bücher hatten bereits Hinweise darauf ergeben, doch die Menschen, denen er Gewalt angetan hatte, schwiegen. Sie wollten wohl nicht als Mitwisser in die Fälle hineingezogen werden. Ich denke, dass er einigen seiner Opfer für den Fall, dass sie gegenüber der Polizei aussagen, Konsequenzen androhte. Fakt ist jedenfalls, dass Harmannus nicht zimperlich ist.«

Stines Vortrag dauerte eine Stunde, und als sie schloss, war allen im Raum klar, dass der Fall Gero Bakker komplett neu aufgerollt werden musste. Grote hatte bereits für sich die Schlussfolgerung gezogen: »So wie es ausschaut, spricht eine Menge dafür, dass Gero Bakker zwar beteiligt, aber nicht der Täter im engeren Sinne ist.«

Skipper stand auf, schenkte sich noch eine Tasse Tee ein und ging nachdenklich hin und her, bis er zu reden begann: »Lasst uns doch einmal Stines mit meinen Informationen zusammenbringen. Für mich ergibt sich folgende Theorie: Gero Bakker hat Jan Harmannus irgendwann, ob beabsichtigt oder nicht, von seinem Verdacht erzählt, dass bei den »Meiners Farben« Fässer mit dem giftigen Antifouling illegal beseitigt wurden. Harmannus sah darin einen Aufhänger für seinen neuen Fall und begann auf seine brutale Art, Informationen zu beschaffen. Warum das am Ende sogar in einem Mord mündete, müssen wir noch herausfinden.«

»Ja«, war Stine sofort von Skippers Theorie überzeugt, »wir müssen nur an das Manuskript des neuen Romans herankommen, ich bin sicher, dass wir darin nachlesen können, was passiert ist.« Dann fügte sie noch leise hinzu: »Und Gero Bakker damit zumindest teilweise entlasten.«

Grote blieb sachlich: »Ich bin ganz bei euch, doch wird die Siefken uns keinen Durchsuchungsbeschluss für Harmannus' Haus auf Borkum und sein Appartement in Emden ausstellen. Da müssen wir schon mehr bieten als eine Theorie.«

»Und genau das werden wir tun!« Stine griff zum Telefon, wählte die Nummer der »WimCar«, schäkerte kurz mit Joost und hatte gleich darauf dessen Chef in der Leitung.

Erst in dem Augenblick, in dem sie Wim Harmannus' Stimme vernahm, wurde ihr klar, was sie da gerade im Begriff war zu tun. Schließlich wollte sie von Wim Harmannus wissen, ob er anhand der GPS-Daten feststellen konnte, dass sein Bruder in der Nacht, als Thore Meiners ermordet wurde, wirklich, wie behauptet, von Gero Bakker in Emden abgesetzt worden war. Bisher hatten sie Jan Harmannus' Aussage hingenommen, ohne sie zu überprüfen, denn es gab keinen Anlass, ihm zu misstrauen. Doch wenn Jan gelogen hatte und in den Nächten gemeinsam mit Gero unterwegs gewesen war, sah die Sache völlig anders aus. Dann musste Wim Harmannus sofort klar sein, dass er mit dieser Auskunft unter Umständen seinen eigenen Bruder als Mörder entlarvte.

Stine wollte sich ganz vorsichtig mit einem harmlosen Smalltalk an dieses heikle Gespräch herantasten, um vorzufühlen, wie Wim Harmannus wohl reagieren würde, doch sie erlebte eine Überraschung. Wim Harmannus unterbrach sie gleich nach der Begrüßung mit den Worten:

»Frau Lessing, Sie mögen mich für einen schlechten Bruder oder gar für einen Verräter halten, doch ich habe eine Verantwortung, sowohl meinem jüngeren Bruder als auch anderen Menschen gegenüber, für die er eine Gefahr darstellt. Nachdem Sie uns gestern verlassen hatten und zurück nach Deutschland fuhren, habe ich mich sofort wieder an den Computer gesetzt. Es hat mir einfach keine Ruhe gelassen, denn ich hatte einen schrecklichen Verdacht. Dass Gero Bakker ein Mörder sein sollte, nein, das konnte ich mir nicht vorstellen. Aber etwas anderes ging mir nicht mehr aus dem Kopf. Darum habe ich es selbst nachgeprüft und festgestellt, dass Gero Bakker meinen Bruder am Sonntagabend nicht nach Emden gebracht hat. Die beiden sind gemeinsam, direkt nach der Lesung in Aurich, zum Deich an die Nordsee gefahren, wo der alte Herr ermordet wurde und seine Frau zu Tode kam.«

Wim Harmannus fiel es schwer weiterzusprechen, denn er war sich der Bedeutung seiner Worte sehr wohl bewusst, und machte eine Pause. Stine nutzte diese, um ihr Telefon auf Lautsprecherfunktion umzuschalten, damit ihre Kollegen besser mithören konnten. Obwohl ihr so viele Fragen auf der Zunge lagen, schwieg sie, um Wim Harmannus' Monolog nicht ins Stocken zu bringen.

»Ich kenne eine Seite meines Bruders, die den meisten anderen Menschen verborgen bleibt. Auch Ihnen gegenüber habe ich sie bisher verschwiegen. Ich hätte mich deshalb heute ohnehin bei Ihnen gemeldet, aber das hat sich ja nun erledigt. Wäre es Ihnen recht, wenn ich in einer Stunde zu Ihnen komme? Damit ersparen wir uns viele Formalitäten. Ich werde freiwillig als Zeuge in Deutschland aussagen und alle weiteren GPS-Daten, die sich auf den von Bakker gefahrenen Mercedes beziehen, offenlegen.«

Natürlich war Stine damit einverstanden und gab ihm die Adresse der Polizeiinspektion Aurich.

*

Jan Harmannus stand auf der Terrasse seines Borkumer Hauses und starrte in die aufgewühlte Nordsee. Graue, von Schaum gekrönte Wellen brachen sich donnernd am Strand und übertönten das Prasseln des Regens, der ihm in das Gesicht peitschte. Er hatte gehofft, sich auf diese Weise beruhigen zu können und Ordnung in seine sich überschlagenden Gedanken zu bringen, doch das gelang ihm nicht. Stattdessen kaute er auf seinen Fingernägeln herum, wie er es seit seiner Kindheit tat, wenn ihm ein Problem über den Kopf wuchs, und genau das war im Moment der Fall.

Vor einigen Minuten hatte er bei seinem älteren Bruder angerufen, um für den morgigen Tag ein Auto samt Fahrer zu bestellen, doch dieser hatte seltsam ausweichend geantwortet. »Ich habe im Moment gar keine Zeit, Jan. Ein wichtiger Geschäftstermin liegt an und ich habe es eilig. Sobald ich wieder zurück bin, besprechen wir das, okay?« Weitere Fragen hatte Wim abgeblockt und schnell wieder aufgelegt.

Jan Harmannus befiel eine innere Unruhe, die sich von Minute zu Minute steigerte und in Panik umzuschlagen drohte. Es hatte ihn immer viel Kraft gekostet, nach außen hin die Rolle des Erfolgsmenschen zu spielen, der stets alles im Griff hatte, doch in seinem Inneren sah das völlig anders aus. Jan Harmannus war ein ängstlicher, unsicherer und unter Druck völlig entscheidungsunfähiger Mensch. Die einzige Stütze in seinem Leben war Wim, doch der verhielt sich ihm gegenüber plötzlich anders, so fremd, beinahe ablehnend.

Erneut griff er zum Telefon und bemerkte, dass seine Fingerkuppen bereits blutig waren, denn an einigen Fingern war das Nagelbett weichgekaut und aufgerissen, doch Schmerz hatte er nicht verspürt. Er rief seinen Bruder erneut an, diesmal auf dem Handy, doch nach dem zweiten Rufton wurde der Anruf weggedrückt.

Zitternd setze er sich auf den Teakholzstuhl, ohne die Nässe zu spüren. Nicht die Kälte ließ seinen Körper vibrieren, sondern die Angst, alleingelassen zu sein. Er wischte sich die blutigen Finger an der nassen Hose ab und rief bei »WimCar« an, wo sich wie immer ein gutgelaunter Joost de Jong meldete. Auf Jans Frage, wann sein Bruder wieder zurückerwartet werde, antwortete der lachend: »Ich könnte mir vorstellen, dass es noch ein wenig dauert. Bestimmt genießt er ausgiebig die Gesellschaft der jungen Polizistin, ich hätte es bei ihr jedenfalls nicht eilig, wieder wegzukommen.« Er konnte nicht ahnen, was er mit diesem Satz auslöste, sonst hätte er sicher geschwiegen.

Jan Harmannus ließ die Hand sinken und sackte zusammen. Dann schleuderte er mit einem Aufschrei das Handy in die Dünen, hob den Stuhl hoch und schmetterte ihn mit voller Kraft gegen die Hauswand. Er ahnte, dass sein Bruder gerade auf dem Weg nach Deutschland war, um ihn zu verraten.

*

Als Wim Harmannus das Zimmer betrat, schien er innerhalb eines Tages um Jahre gealtert. Seine Gesichtshaut war grau und die Augen gerötet. Stine bat ihn an einen kleinen Tisch, den Grote aus dem Besprechungsraum nebenan herübergeholt hatte. So konnten sie alle vier zusammensitzen. Den ihm angebotenen Kaffee lehnte Wim Harmannus ab, lediglich um ein Glas Wasser bat er, um eine Kopfschmerztablette einnehmen zu können. Schweigend drückte er sie aus dem Blister und spülte sie mit einem kräftigen Schluck hinunter. Die drei Polizisten saßen ernst daneben, und niemand kam auf den Gedanken, diese Stille zu unterbrechen.

Endlich beugte Wim Harmannus sich zur Seite und ergriff den Aktenkoffer, den er neben sich auf den Boden gestellt hatte. Er holte einen Datenstick heraus, legte ihn auf den Tisch und sprach mit entschlossener Stimme: »Es hilft alles nichts, die Fakten müssen aufgedeckt werden, selbst wenn ich damit meinen Bruder ins Gefängnis bringe. Hier sind alle Daten gespeichert, die im Zusammenhang mit Bakkers Fahrten der letzten Monate stehen. Geben Sie ein beliebiges Datum ein, dann können Sie genau sehen, wann und wo das Fahrzeug sich an jenem Tag befunden hat. Dass mein Bruder bezüglich des Mordes an Thore Meiners gelogen hat, weiß ich bereits. Ich habe es Ihnen am Telefon gesagt. Er war gemeinsam mit Bakker am Deich. Sie deuteten jedoch an, dass es noch andere Vorfälle gegeben hat, die Sie bisher allein Gero Bakker zugeordnet haben. Ich befürchte, dass Sie immer zu demselben Ergebnis kommen werden: Auch mein Bruder wird am Tatort gewesen sein.«

Stine schob den Stick in ihren Laptop und gab nacheinander die Tage ein, an denen es zu den Übergriffen auf Jansen, Brink und die Okkens gekommen war. Es zeigten sich stets identische Abläufe. Bakker hatte Jan Harmannus morgens in Emden an der Borkumfähre abgeholt und war in der Folge den ganzen Tag mit ihm unterwegs gewesen, um ihn zu verschiedenen Terminen zu bringen. Doch danach ging es weiter, denn erst spät in der Nacht, manchmal sogar erst am Morgen des folgenden Tages hatte er ihn vor seinem Appartement in Emden abgesetzt, damit er die Rückfahrt auf die Insel antreten konnte. Die Daten ließen keinen Zweifel: Auch Jan Harmannus war bei allen Taten vor Ort gewesen.

Wim Harmannus sah, dass die drei Polizisten ihn betroffen anschauten, nachdem das Ergebnis feststand. Grote wollte gerade fragen: »Sie wissen, was das bedeutet?« Doch so weit kam er nicht, denn Wim Harmannus wusste das Ergebnis selbst nüchtern einzuordnen. Unaufgefordert begann er nun zu erzählen:

»Mein Bruder war schon als Kind verhaltensauffällig. Man sagt ja immer, die Ursachen psychischer Störungen liegen meist in der Kindheit, doch das ist in diesem Fall Unsinn. Jan und ich sind behütet auf Borkum aufgewachsen. Unser Vater war zwar geschäftlich sehr eingespannt und oft unterwegs, doch wenn er auf der Insel war, hatte er immer Zeit für uns. Außerdem war ja unsere Mutter da, die beste und liebevollste Mutter, die man sich als Kind wünschen kann.

Borkum war für Jan und mich ein riesiger Abenteuerspielplatz. Wir wuchsen frei auf, und niemand hat uns gesagt, was wir tun oder lassen sollten. Trotzdem gab es immer wieder Probleme mit Jan und seinen unkontrollierten Gewaltausbrüchen. Manchmal war er mir ganz fremd, zum Beispiel konnte er völlig ungerührt Tiere bis zum Tode quälen. Nach und nach wussten alle, dass mit Jan etwas nicht stimmte, doch man hat darüber hinweggesehen und gehofft, dass sich das wieder ändert, wenn er älter wird. Aber dann hat er in der sechsten Klasse einen Mitschüler aus nichtigem Anlass krankenhausreif geprügelt. Dadurch wurde man endgültig auf ihn aufmerksam.

Der Junge hatte zu Jan in einem Streit lediglich gesagt, er sei ein Spinner, den niemand ernst nehme, da sind bei ihm die Sicherungen durchgebrannt. Eigentlich hätte Jan damals in die Hände eines Psychologen gehört, doch Sie wissen ja, wie das auf einer Insel ist. Die Möglichkeiten sind beschränkt, und so wurde sein Verhalten erneut mehr oder weniger kleingeredet, nachdem unser Vater der Schule eine großzügige Spende zukommen lassen hat. Er hielt ihm danach eine Standpauke, damit war es für ihn erledigt.

In der Folge gab es immer wieder ähnliche Vorfälle, aber Jan hatte um sich herum bei seinen Mitschülern ein Umfeld von Angst geschaffen. Niemand wollte sich mit ihm anlegen, um nicht selbst im Krankenhaus zu landen. Ich habe das mitbekommen, wollte aber meinem kleinen Bruder nicht in den Rücken fallen.«

Wim Harmannus schaute der Reihe nach seine Zuhörer an: »Ich weiß, was Sie jetzt sagen wollen, mir ist es ja selbst klar. Ich hätte handeln müssen, doch nun ist es zu spät. Als Jan älter wurde, gelang es ihm geschickt, sein zweites Ich zu verstecken, nur mir konnte er nichts vormachen. Seit dem Tod unserer früh verstorbenen Mutter war ich der Einzige, der Einfluss auf ihn hatte. Jan hängt sehr an mir, heute würde ich sogar sagen, er klammert sich förmlich an mich.

Ein guter Bekannter von mir ist ein erfahrener Nervenarzt und Psychologe. Mit ihm habe ich einmal über Jan gesprochen. Sein Urteil war, dass seine Ängstlichkeit, sein mangelndes Selbstvertrauen und seine Selbstverliebtheit der Ausdruck einer schweren dissozialen Persönlichkeitsstörung sind. Wenn man solchen Menschen mangelnde Achtung oder gar Kritik entgegenbringt, löst man bei ihnen unkontrollierbare Aggressivitätsschübe aus.«

»Bis hin zur Tötung eines Menschen?« Stine schaute ihn fragend an.

»Ich weiß es nicht, ausschließen würde ich es nicht.«

»Trauen Sie Ihrem Bruder zu, dass er ganz bewusst an Bord des Segelschiffs gegangen ist, um Thore Meiners vorsätzlich zu töten?«

»Nein, das allerdings glaube ich nicht. Vermutlich ist er von Meiners nicht ernst genommen oder sogar lächerlich gemacht worden und hat dann die Selbstbeherrschung verloren.«

»So wie es sich darstellt, hat Ihr Bruder zwei Männer überfallen und sie gefoltert, um Informationen zu erlangen. Dabei hat er ihnen mit großer Brutalität die Finger gebrochen. Deutet dieses Verhalten auf ihren Bruder hin, oder anders gefragt, passt das zu seinem Verhaltensmuster?«

Wim Harmannus biss sich auf die Lippen und zögerte, dann antwortete er: »Ich erzählte Ihnen, dass er einen Mitschüler krankenhausreif geschlagen hat. Bei dem wurden damals mehrere Fingerbrüche festgestellt.«

Grote versuchte, Wim Harmannus keine Vorwürfe zu machen, doch diese Frage wollte er unbedingt stellen: »Wenn Sie doch Einfluss auf Jan hatten, warum haben Sie nicht später versucht, ihn in eine Behandlung zu drängen? Auf Sie hätte er vielleicht gehört!«

Wim Harmannus nickte schuldbewusst: »Das hätte ich tun müssen, doch ich bin dann in die Niederlande gegangen, habe mich um meine Firma gekümmert und ihn dabei ein wenig aus den Augen verloren. Jan war zu der Zeit im Sport sehr erfolgreich und anerkannt, dann sogar als Autor. Daher dachte ich, dass sich bei ihm genug Selbstvertrauen aufbaute und er die Probleme nicht mehr hatte, denn wenn er Lob und Zuspruch erfährt, ist er sehr umgänglich. Nach außen hin hat er dieses Bild ja auch perfekt vermittelt. Bei Beleidigungen oder gar Angriffen gegen seine Person wird er allerdings unberechenbar, da darf man sich nicht täuschen lassen. Und seine latente Gewalttätigkeit hat er wohl auch nicht unter Kontrolle bekommen. Ich befürchte, dass ich mich wie alle anderen auch blenden ließ.«

Als Grote zum Abschluss des Gesprächs zu der Einschätzung kam, dass man davon ausgehen müsse, dass wohl alle Taten, in denen sie gerade ermittelten, Jan Harmannus zuzuschreiben wären und dass Gero Bakker lediglich sein Chauffeur und wahrscheinlich auch Mitwisser gewesen sei, widersprach Wim Harmannus nicht. Deprimiert stimmte er zu: »Ich kenne sowohl Bakker als auch meinen Bruder, darum muss ich leider zugeben, dass ich es genauso sehe wie Sie, Herr Hauptkommissar!«

Nachdem Wim Harmannus sich verabschiedet hatte, wollte Grote den weiteren Gang der Ermittlungen abstecken, doch Stine schien im Moment geistig nicht anwesend zu sein. Sie stand am halb geöffneten Fenster, schaute in den prasselnden Regen und reagierte nicht einmal, als Grote sie ansprach. Erst nach dem zweiten Mal zuckte sie erschreckt auf. »Entschuldigung, doch mir gehen gerade einige Dinge durch den Kopf, die ich in Einklang bringen muss.«

Grote und Skipper warteten geduldig, bis Stine so weit war, mit ihnen zu sprechen. »Ich musste die zeitliche Abfolge der Ereignisse für mich sortieren und bin dabei zu einem Ergebnis gekommen.«

Grote stieß Skipper mit dem Ellenbogen an. »Mach dich auf was gefasst, alter Seebär! Wenn Stine nachdenkt, kommt immer was Interessantes dabei raus.« Er wollte damit die düstere Stimmung auflockern, doch Stine ging nicht darauf ein. Stattdessen nickte sie ernst und sagte: »Ich glaube schon. Erinnere dich, Stefan. Als wir am Sonntag nach der Lesung auf Gero trafen, war er überrascht, aber nicht abweisend zu mir. Er wollte sogar bei nächster Gelegenheit ein Gespräch mit mir führen. Als ich am Donnerstag in Leer war, um mit ihm zu sprechen, hat er mich zurückgewiesen und dann stehen lassen. Er war völlig verändert, das habe ich nicht verstanden.«

Sie holte ihren Laptop hervor und zeigte den Kollegen ein Foto, das sie routinemäßig in Gero Bakkers Zimmer in Delfzijl gemacht hatte. Darauf waren die Zeitungen zu sehen, die auf dem Beistelltisch lagen. »Schaut mal auf das Datum! Die Artikel über den Mord an Thore Meiners sind am Dienstag und Mittwoch erschienen.«

Grote verstand nicht: »Worauf willst du hinaus, Stine?«

»Nun, ich habe mich trotz aller Indizien im Inneren dagegen gewehrt, Gero als Mörder sehen zu müssen. Nun weiß ich, dass er keiner war. Sein Selbstmord war nicht das Geständnis eines Mordes, den er begangen hat. Es war das Geständnis, einen Mörder und Gewalttäter zu den Tatorten gefahren und über sein Wissen geschwiegen zu haben. Denn als ich mit ihm am Donnerstag sprechen wollte, hatte er zuvor aus der Zeitung erfahren, was Jan Harmannus getan hatte, während er am Deich auf ihn wartete.

So ähnlich war es auch bei dem Überfall in der alten Ziegelei. Davon hat er wenig später ebenfalls aus der Zeitung erfahren. Da muss ihm klar geworden sein, dass er einen gefährlichen Psychopathen durch die Gegend gefahren hat.«

Grote nickte. »Ich glaube, du hast recht. Er fühlte sich als Mitwisser schuldig. Sicherlich war ihm auch klar, dass irgendwann ein Verdacht auf ihn fiele und man ihm nicht glauben würde, all das nicht gewusst und gewollt zu haben.«

»Ja, so ist es wohl gewesen!« Stine schüttelte den Kopf. »Der arme Kerl! Er wusste keinen Ausweg mehr und vertraut hat er uns auch nicht. Gewiss hat er sich geschämt, nichts gegen Jan Harmannus unternommen zu haben. Als wir am Abend in Jever auf dem Parkplatz erschienen, ging er vermutlich davon aus, dass wir ihn wegen Mordes festnehmen wollten. Da hat er den Tod gewählt.« Stine fiel in diesem Moment wieder das traurige Lächeln ein, mit dem er sie zuletzt angesehen hatte, bevor er zuerst langsam und vorsichtig, dann mit aller Konsequenz in den Tod raste.

In diesem Augenblick wurde die Tür hektisch aufgerissen, was Stine aus ihrer Melancholie holte. Wim Harmannus stürmte herein und war sichtlich erregt. »Ich wollte mich gerade auf die Rückfahrt nach Delfzijl machen und habe mich vorher noch in der Firma gemeldet. Joost de Jong teilte mir mit, dass vor Stunden mein Bruder bei ihm angerufen hatte. Als Jan von Joost erfuhr, dass ich zu Ihnen unterwegs war, hat er mit einem Aufschrei das Telefonat unterbrochen. Ich befürchte, dass er ahnt, was mein Besuch bei Ihnen für ihn bedeutet.«

Grote war alarmiert. »Weiß Ihr Bruder denn, dass die GPS-Rückverfolgung Ihrer Fahrzeuge möglich ist?«

»Natürlich! Ich habe ihm einmal erzählt, dass wir diese Sender eingebaut haben, um die Daten nur im Falle eines Diebstahls auslesen zu können. Jetzt wird er eins und eins zusammengezählt haben!«

Ohne auch nur noch eine Sekunde zu zögern, sprang Grote auf und stürzte sich auf das Telefon. »Dann müssen wir jetzt schnellstens handeln, bevor er alle Beweismittel vernichtet und flüchtet. Die Siefken muss sofort einen Haftbefehl erlassen und Durchsuchungsanordnungen für das Appartement in Emden und sein Haus auf Borkum rüberschicken.«

Noch bevor er Staatsanwältin Siefken in der Leitung hatte, rief er: »Skipper, mach dich sofort auf die Socken und fahr nach Emden zu seinem Appartement. Wenn du ihn dort antriffst, nimm ihn fest, sonst durchsuche die Räume. Wir brauchen unbedingt das Manuskript seines neuen Falls, denn wenn Stine recht hat, können wir damit alles beweisen.«

Dann zeigte er auf Stine: »Und du rufst bitte auf Borkum an. Die Kollegen sollen zu seinem Haus fahren und ihn, wenn möglich, festnehmen. Wenn er sich dort nicht mehr aufhält, sollen sie vor dem Haus warten, bis wir kommen.«

Theda Siefken hatte sich bereits gemeldet, doch das bremste Grote nicht, denn er war gerade in seinem Element: »Und noch was: Sie sollen Hafen und Flughafen überwachen, Jan Harmannus darf die Insel nicht verlassen!«

Erst jetzt konnte er sich um Theda Siefken kümmern und entlockte der Staatsanwältin ein Kompliment. »Donnerwetter, Grote, Sie laufen ja geradezu zur Hochform auf! Was kann ich denn diesmal für Sie tun?«

*

Jan Harmannus war noch immer blockiert und unfähig, schnelle, vor allem aber richtige Entscheidungen für sich zu treffen. Stattdessen stand er weiterhin im Regen, starrte wie paralysiert auf den zerstörten Gartenstuhl und zitterte. Erst nach und nach beruhigte er sich, und viel zu spät gelangte er zu der Erkenntnis, dass ihm bis zum Eintreffen der Polizei nur wenig Zeit verblieb. Die erste logische Handlung wäre gewesen, das verräterische Manuskript seines neuen Romans zu vernichten, doch er rechnete nicht im Traum damit, dass die Polizei ihn durchschaut haben könnte. Der einzige Instinkt, der allmählich bei ihm Oberhand gewann, war der Gedanke an Flucht, Flucht um jeden Preis.

So raffte er sich auf und zog trockene Bekleidung an. Danach ging er zu seinem Tresor und nahm alles Bargeld heraus. Sein mangelndes Vertrauen anderen Menschen, aber auch Banken gegenüber, gereichte ihm nun zum Vorteil. An Geld würde es ihm auf der Flucht jedenfalls nicht mangeln. Jan Harmannus stopfte die Geldschein-Bündel achtlos in einen Rucksack, zog sich eine Regenjacke über und rief ein Taxi, um sich zum Fährhafen bringen zu lassen, denn eine Flucht mit dem Flugzeug war nicht möglich. Dazu hätte er schon am Morgen einen Platz buchen müssen, die Fähre um 11.30 jedoch war mit etwas Glück noch zu schaffen. Als das Taxi endlich vor der Tür stand, hetzte er hinaus, denn ein Blick auf die Uhr sagte ihm, dass es eng werden konnte. Er griff in den Rucksack, nahm einen Hundert-Euro-Schein heraus und hielt ihn dem Fahrer hin. »Das ist Ihrer, wenn Sie die Fähre noch schaffen.«

Der Schein entwickelte genau den Motivationsschub, den Jan Harmannus sich erhofft hatte. Der Taxifahrer ließ alle Verkehrsregeln außer Acht und sorgte dafür, dass sein Fahrgast wenige Minuten vor Abfahrt der Fähre im Laufschritt über die Gangway sprintete.

*

Skipper war überrascht, als er in Emden vor dem neuen Appartementhaus in der Frisiastraße, schräg gegenüber den Borkum-Garagen stand. Bis zum Liegeplatz seiner »Anna D.« mochten es gerade einmal 600 Meter sein, trotzdem war dieses Haus seiner Wahrnehmung bisher entgangen. Der schon während der Anfahrt von ihm angeforderte Streifenwagen sowie ein Fachmann vom Schlüsseldienst erwarteten ihn bereits vor dem Eingang. Die Polizisten hatten die Haustür offen gehalten, nachdem ein Bewohner aus dem Gebäude gekommen war und sich dann anhand der Klingelleiste orientiert. »Zweiter Stock rechts, wir können gleich raufgehen. Nach Angaben der Nachbarn ist er mit Sicherheit nicht zuhause!«, sagte einer der beiden Streifenpolizisten statt einer Begrüßung, und Skipper war dankbar, keine Zeit zu verlieren.

Vorsichtshalber läuteten sie an der Wohnungstür, doch wie erwartet wurde nicht geöffnet. Das Türschloss stellte selbst für den Fachmann eine Herausforderung dar, denn es entsprach neuester Technik und ließ sich nur widerwillig ausbauen. Endlich lag die Wohnung offen vor ihnen. Skipper sah auf den ersten Blick, dass es der Unterstützung der beiden Schutzpolizisten gar nicht bedurft hätte, denn weder war Harmannus anwesend, noch gab es in diesem Appartement viel zu durchsuchen. Abgesehen von wenigen Kleidungsstücken, die sich im Kleiderschrank fanden, und den nötigsten Hygieneartikeln im Bad waren die Räume fast leer. Das Bett war zwar benutzt worden, weitere Spuren, die ein Bewohner hätte hinterlassen können, waren jedoch nicht auszumachen. Selbst der Kühlschrank war kaum gefüllt. Dieses Appartement hatte seinem Besitzer offensichtlich ausschließlich als

Schlafplatz und niemals als Arbeitsplatz gedient. Damit löste sich die Hoffnung, hier das Manuskript seines neuen Romans zu finden, in Luft auf.

*

Jan Harmannus begann erneut zu zittern. Wieder einmal fühlte er sich überfordert und unfähig, eine Entscheidung zu treffen. Grund des erneuten Panikschubs war der Anblick eines Streifenwagens, der kurz nach seiner Ankunft in Emden auf das Schiff zufuhr. Die ersten Fahrgäste waren bereits von Bord gegangen, für sie kam die Polizei zu spät, doch diese Chance hatte er durch seine Unschlüssigkeit vertan.

Die beiden Polizisten nahmen rechts und links der Gangway Aufstellung. Jeder von ihnen hielt ein Foto in der Hand, und Jan Harmannus glaubte zu wissen, wer auf diesen Fotos abgebildet war. Aufmerksam glichen die Polizisten alle Passagiere, die das Schiff verließen, mit dem Bild ab, das die Auricher Kollegen ihnen zugesandt hatten. Der Fahrgastraum der Fähre leerte sich zusehends, und einige der Urlauber drehten sich schon nach ihm um, denn das seltsame Verhalten des Mannes mit dem Rucksack, der als einziger starr auf seinem Platz sitzen blieb, erregte ihre Aufmerksamkeit.

Erst als Jan Harmannus begriff, dass er mit jeder Sekunde, die er länger hier saß, mehr in den Fokus rückte, erhob er sich unwillig und stellte sich als Letzter in der Schlange an. In einem günstigen Moment jedoch öffnete er eine Tür direkt neben sich und drängte sich in einen winzigen Raum, in dem überzählige Rettungsmittel und Farben und Pinsel gelagert wurden. Draußen auf dem Gang wurde es immer leiser, und dann trat völlige Stille ein. Erst jetzt traute er sich, die Tür einen Spalt zu öffnen, begab sich vorsichtig auf den Gang und schaute nach draußen auf die Pier. Die beiden Polizisten hatten ihre Aufgabe beendet und zogen nach einer halbherzigen Kontrolle des Schiffes wieder ab. Von der Besatzung war weit und breit nichts zu sehen. Er musste sich jetzt entscheiden, so schwer ihm das auch fiel: Es bestand die Möglichkeit, an Bord versteckt zu bleiben und wieder auf die Insel zurückzufahren, doch da kannten ihn viele Menschen, darum würde es ihm kaum gelingen, sich dort zu verstecken. Also ging er das Risiko der Entdeckung ein, schlich sich bis an die Gangway und hetzte, ohne nach rechts oder links zu schauen, an Land. Zwei Hafenarbeiter schauten ihm dabei belustigt zu und waren davon überzeugt, dass wieder einmal ein Passagier die Ankunft in Emden verpennt hatte, einen Anlass jedoch, etwas zu unternehmen, sahen sie nicht.

Jan Harmannus hatte sich entschieden, vom Fähranleger aus direkt zum Bahnhof zu gehen, um dort einen beliebigen Zug zu besteigen. Der sollte ihn so schnell wie möglich aus Norddeutschland wegbringen. Ein anderer Plan fiel seinem unter Dauerstress stehenden Gehirn nicht ein. Doch kaum hatte er das Hafengebiet verlassen, da erblickte er schon von weitem einen Streifenwagen, der direkt vor seinem Appartementhaus parkte. Das erschreckte ihn, obwohl ihm inzwischen hätte klar sein müssen, dass er dort nicht mehr sicher war. Zwangsläufig wählte er einen anderen Weg und schlug sich über Nebenstraßen zum Bahnhof durch. Er glaubte schon, der Polizei entkommen zu können, doch gerade als er das Gebäude betrat, fiel ihm ein Bundespolizist auf, der mit langsamen Schritten durch die Schalterhalle schlenderte und die Reisenden musterte. Harmannus kehrte sofort um, durchquerte den gegenüberliegenden Park und irrte in den Nebenstraßen herum. Dabei überlegte er angestrengt, ohne dabei zu einem Ergebnis zu kommen.

Der Zufall wollte es, dass sein zielloser Weg ihn an dem Fahrradladen vorbeiführte, in dem er vor einigen Jahren ein sündhaft teures Rennrad gekauft hatte, welches er für sein Triathlon-Training benötigte. Erst die im Schaufenster ausgestellten E-Bikes brachten ihn auf die Idee, seine Flucht per Fahrrad fortzusetzen. Denn, egal welches Verkehrsmittel er wählte, selbst in einem Taxi war die Gefahr der Entdeckung gegeben, doch wer würde ihn schon auf einem Fahrrad vermuten? Kurzentschlossen betrat er das Geschäft und war gar nicht glücklich darüber, dass sich der Verkäufer sofort an ihn erinnerte und erneut ein gutes Geschäft witterte.

»Sie wollen sich doch nicht mit einem normalen E-Bike zufriedengeben, Herr Harmannus? Da empfehle ich Ihnen lieber ein edles S-Pedelec. Mit dem sind Sie 45 km/h schnell und hängen jeden Verfolger mühelos ab.« Der Verkäufer hatte diese Worte im Scherz gesprochen, aber damit genau einen Nerv getroffen, ohne es zu ahnen.

Jan Harmannus schaute sich das Luxus-Bike interessiert an. »Geht's auch schneller als 45 km/h?«

Der Verkäufer blieb standhaft: »Theoretisch schon, aber das ist verboten. Wenn man das Rad manipuliert, macht man sich strafbar.«

Harmannus lächelte gerissen: »Aber wenn man wollte, könnte man schon, oder? Ihre Mechaniker wissen doch, wie man es anstellen muss!«

»Ja, natürlich kennen die alle Tricks. So ein Teil läuft dann fast doppelt so schnell, aber verboten ist verboten!«

»Wo liegt denn Ihre Schmerzgrenze, um diese spießigen Bedenken zu verdrängen? 200 Euro?«

Der gewiefte Verkäufer merkte sofort, dass da was ging und handelte eiskalt einen Zuschlag von 500 Euro aus, den sein Kunde ungerührt akzeptierte.

*

Grote und Stine saßen in ihrem Dienstzimmer und erwarteten die Rückmeldungen über die Maßnahmen, die Grote veranlasst hatte. Sie waren allesamt entmutigend, zumindest was die Fahndung nach Jan Harmannus betraf. Dessen Haus auf Borkum war leer vorgefunden worden und wurde jetzt wie angeordnet bewacht. Den ersten Hinweis auf die Flucht des Schriftstellers gab der Taxifahrer, der Harmannus zur Fähre gefahren und sogar beobachtet hatte, wie er an Bord gegangen war. Dass Jan Harmannus die Flucht gerade noch gelungen war, wurde schnell zur Gewissheit, denn als die Inselpolizei den Hafen erreichte, hatte die 11.30 Uhr Fähre bereits die halbe Strecke nach Emden zurückgelegt. Unglücklicherweise handelte es sich um den Katamaran, der im Gegensatz zu den großen Fährschiffen für die Überfahrt zum Festland gerade einmal eine Stunde brauchte. Als die Polizei in Emden endlich am Fähranleger eintraf, um die von Bord gehenden Passagiere zu überprüfen, hatten einige davon das Schiff bereits verlassen. Grote ärgerte sich, denn er war sicher, dass Jan Harmannus einer von ihnen gewesen war. »Zehn Minuten eher, und wir hätten ihn erwischt!«

Stine kannte das: Ihr Chef konnte keine Niederlagen einstecken. »Was soll's, Stefan, am Ende bekommen wir sie alle, das weißt du selbst am besten.«

Grote konnte Stines Gelassenheit nicht nachvollziehen. »Ärgert es dich kein bisschen?«

Stine schaute ihren Chef kess an: »Ich zitiere mal aus Shakespeares Hamlet, Akt II, Szene IV, Vers 48!«

Grote sah sie fragend an: »Und was hat er da gesagt?«

»Nein!«

Im selben Augenblick duckte sie sich, denn sie rechnete fest damit, von einem Wurfgeschoss getroffen zu werden, doch Grote verlor kein Wort und tippte ungläubig das, was Stine gerade geantwortet hatte, in seinen Computer ein. Er starrte auf den Bildschirm und sagte einige Sekunden später fassungslos: »Das stimmt tatsächlich! Hamlet hat »Nein!« gesagt.«

Stine musste sich zwangsläufig wieder aus ihrer Deckung wagen, denn das Telefon läutete, und Skipper übermittelte die zweite schlechte Nachricht: »Wir haben in Emden kein Wohnappartement durchsucht, sondern ein Schlafappartement. Hier hat er sich tatsächlich nur aufgehalten, um auf die nächste Fähre zu warten. Nicht einmal vernünftige Möbel stehen hier rum, eigentlich nur ein Bett.« Er ließ Grote Zeit, seinen Frust herauszulassen, und schloss dann mit den Worten: »Wenn ihr sonst nichts für mich habt, würde ich jetzt Feierabend machen, denn ich kann mein Boot drüben auf der anderen Seite des Hafens schon von hier aus sehen.« Grote hatte keine Einwände, im Moment gab es für Skipper nichts mehr zu tun.

Grote war klar, sie mussten schnellstens nach Borkum, um in Harmannus' Haus nach dem Manuskript zu suchen. Stine checkte die Fährzeiten und kam zu einem Ergebnis, das sich nahtlos in die schlechten Nachrichten des Tages einreihte. Die Fähre am frühen Nachmittag war nicht mehr zu erreichen, nur der schnellere Katamaran zwei Stunden später. Doch auch mit dem würden sie erst am Abend auf der Insel eintreffen, so viel Zeit hatten sie nicht.

Grote griff spontan zum Telefon, rief den Leiter der Polizeiinspektion Aurich an und tat das, was er noch nie getan hatte: Er forderte einen Hubschrauber an, der sie schnellstens auf die Insel bringen konnte. Er musste seinem Chef nicht einmal Erklärungen für seine Bitte liefern. Der wusste selbst gut genug, dass eine Fahrt ewig dauern würde, denn Borkum lag, anders als die anderen Ostfriesischen Inseln, weit draußen im Meer.

Nachdem Grote zufrieden aufgelegt hatte, informierte er Stine: »In einer Stunde geht es los, der Heli landet auf dem Parkplatz gegenüber der Wache.«

Stine schaute erschrocken nach draußen: »Das ist nicht dein Ernst, Stefan! Es stürmt und regnet wie verrückt! Du kriegst mich in das Ding nicht rein, ich bleibe hier!«

Grote schaute sie an, als betrachtete er ein trotziges Kind: »Ich sag's mal ganz ohne Zitat: Nein! Ich brauche dich da drüben nämlich. Außerdem sind wir schon einmal mit einem Rettungskreuzer im schweren Sturm nach Juist rübergefahren, das hast du schließlich auch überlebt.«

»Ja, und mich dabei total vollgek...!«, führte Stine den Satz ihres Chefs zu Ende.

Während sie auf den Polizeihubschrauber zuliefen und mit eingezogenem Kopf unter den sich mit großem Getöse drehenden Rotorblättern in die Kabine zwängten, hatte Stine weiche Knie. Die wurden während des Fluges auch nicht fester, denn der Heli wurde vom Sturm hin und her geschleudert, während der Regen gegen das Cockpit prasselte. Dem Piloten schien das Spaß zu bereiten, denn er summte dabei ein Lied, das sich über die Bordlautsprecher als »Riders on the Storm« erraten ließ. Allen Widrigkeiten zum Trotze konnte Stine ihren Magen unter Kontrolle halten und atmete erleichtert durch, als sie auf Borkum landeten. Der Pilot versprach, drei Stunden lang auf sie zu warten, damit sie noch am selben Tage wieder auf das Festland gelangten. So kletterten die beiden mit der Gewissheit aus dem Hubschrauber, ausreichend Zeit für die anstehende Durchsuchung zu haben. Der bereitstehende Streifenwagen brachte sie endlich zum Haus von Jan Harmannus.

*

Alles hatte etwas länger gedauert als erwartet, doch am Nachmittag wurde Jan Harmannus mit einer tiefen Verbeugung an der Ladentür des Fahrradgeschäfts verabschiedet. Er hatte, ohne mit der Wimper zu zucken, 6000 Euro plus 500 Euro »Servicegebühr« für ein 45 km/h S-Pedelec in Sportausstattung bezahlt und sich zudem noch mit wetterfester Funktionsbekleidung eingedeckt. Er fand es zwar beunruhigend, dass der Verkäufer beim Ausstellen des zwingend erforderlichen Versicherungsschildes auf seine im Computer gespeicherten Kundendaten zurückgriff, aber das war nicht zu verhindern. Hauptsache, er konnte endlich ohne Gefahr die Enge der Stadt verlassen und draußen auf dem Land die Ruhe finden, die er unbedingt brauchte, um weitere Pläne zu schmieden.

Bei Einbruch der Dämmerung erreichte Jan Harmannus trotz Dauerregen und Sturm ohne besondere Anstrengung den Stadtrand von Esens. Das war für ihn als trainierten Sportler auf dieser Art Fahrrad keine Herausforderung, und befriedigt stellte er fest, dass er bei Bedarf tatsächlich wesentlich schneller fahren konnte als erlaubt. Ein Blick auf die Akku-Anzeige sagte ihm allerdings, dass Geschwindigkeit ihren Preis hatte, es wurde allmählich Zeit nachzuladen. Er traute sich trotz der offensichtlich nach ihm laufenden Fahndung in ein griechisches Restaurant, speiste gut und lange und zahlte erst, als der Wirt ungeduldig auf die Uhr schaute. Nun wurde es Zeit, einen

Unterschlupf für die Nacht zu finden. Ein Hotel kam allerdings nicht in Frage, das war ihm zu gefährlich.

Zu seinem Glück kannte er sich in Esens aus, denn auf der Anlage des dortigen Tennisvereins hatte er einmal an einem Turnier teilgenommen. Im Herbst, das wusste er aus eigener Erfahrung, war die Nachfrage nach Außenplätzen gering, gerade bei diesem Wetter. Also fuhr er quer durch die Stadt zum Vereinsgelände und stellte wie erhofft fest, dass nur in der Halle Betrieb herrschte. Er schaute auf seine Uhr: 22 Uhr war schon durch, es würde bald still werden. So schob er sein Rad zu einer der außenliegenden Umkleidekabinen und trat die leichte Tür ohne Zögern ein. Zuerst schloss er das Ladegerät für den Fahrrad-Akku an, dann nahm er einen kräftigen Schluck aus der Rotweinflasche, die ihm der Wirt in Anbetracht der erheblichen Zeche geschenkt hatte. Danach machte er es sich auf einer Bank in der hintersten Ecke des Raumes gemütlich und schlief ein.

*

Das Harmannus-Haus war ein echter Hingucker und ließ so manchen Feriengast von der Kurpromenade aus ehrfürchtig nach oben blicken. Das Haus lag in der Kaapdelle, am östlichen Ende der Strandpromenade, direkt am Dünenrand. Es sah aus wie ein überdimensionaler Glaswürfel, der auf der Spitze einer Düne zu schweben schien. Selbst Grote verharrte andächtig und bewunderte diesen Bau. »Geld hat hier offensichtlich keine Rolle gespielt«, sagte er, schlug den Jackenkragen hoch und lief durch den Regen zum Eingang. Stine hingegen war immer noch nicht restlos mit ihrem Gleichgewichtssinn im Einklang und ließ es langsam angehen, doch eine Minute später standen beide nebeneinander im Wohnzimmer und schwiegen vor Ergriffenheit. Sie befanden sich in einem einzigartigen Gebäude, das einem von innen das Gefühl vermittelte, als stünde man mitten im Meer. Die beiden hätten zu gerne den Anblick länger genossen, doch der Hubschrauber wartete, und es gab Wichtigeres zu tun.

Stine wies die Kollegen von der Inselpolizei ein: »Wir suchen ein Romanmanuskript. Es kann gedruckt, auf Datenstick oder Speicherkarte abgelegt sein. Vergesst bitte keinesfalls die Papierkörbe, vielleicht hat er Ausdrucke angefertigt und dann verworfen, alles kann uns helfen.«

Die Kollegen fingen bereits an zu suchen, da fügte sie noch an: »Und falls ihr irgendeinen Hinweis auf einen Rückzugsort findet, an dem Harmannus sich versteckt halten könnte, wäre das genauso wichtig.«

Stine selbst kümmerte sich inzwischen um einen Computer, der im Arbeitszimmer stand, und einen Laptop, der in einer Tasche neben dem Tisch lag. Dass Jan Harmannus weder den Computer zerstört noch den Laptop ins Meer geworfen hatte, nahm Stine als Indiz dafür, dass seine Flucht völlig kopflos erfolgt war, doch schnell wurde sie eines Besseren belehrt. Zwar ließen sich beide Geräte ohne Passwort öffnen, doch dann war Ende. Alle Dateien befanden sich in einer durch ein professionelles Kryptoprogramm gesicherten Cloud und daran, das wusste Stine, würden sich selbst IT-Spezialisten die Zähne ausbeißen. Sie packte kurzentschlossen alle Geräte und Datenträger in eine Reisetasche, die sie in einem Schrank fand, um sie später dem BKA zuzuleiten, doch große Hoffnung machte sie sich nicht.

Nach zwei Stunden begannen sich die ersten Kollegen zu langweilen, denn alles im Haus war mittlerweile auf den Kopf gestellt. Zwar wurde noch ein Datenstick in der Tasche einer an der Garderobe hängenden Jacke gefunden, doch auch der war auf dieselbe Art verschlüsselt, wie die anderen Geräte. Grote war bereits geneigt, die Maßnahmen zu beenden, als Stine eine Idee kam, an die sie zwar selbst nicht glaubte, die sie aber zumindest überprüfen wollte. Ihr war aufgefallen, dass alle Papierkörbe im Haus geleert waren, deshalb fragte sie in den Raum hinein: »Sagt mal Kollegen, wo lasst ihr auf der Insel eigentlich euer Altpapier?«

»Kommt in den blauen Sack und wird recycelt«, maulte einer der Uniformierten. »Wir leben hier schließlich nicht hinter dem Mond!«

»Tut mir leid!«, sagte Stine. »Das sollte keinesfalls abfällig klingen. Ich kenne mich hier nur nicht aus. Wann werden die Säcke denn abgeholt?«

Der Polizist war besänftigt und wurde freundlicher: »In dieser Straße ist die Abfuhr normalerweise am Montag.«

Stine war enttäuscht. »Also gestern, wirklich schade! Deshalb sind alle Papierkörbe leer.«

Der Kollege schüttelte den Kopf. »Ich sagte normalerweise, doch wir hatten Sturm, da stellen wir die Säcke gar nicht erst raus, weil sie sonst in der Gegend rumfliegen.«

In Stine keimte Hoffnung auf. »Und heute war die Abfuhr noch nicht da?«

»Nein, zumindest nicht, solange wir hier waren.«

Einer der Polizisten ging nach draußen und kam nach einigen Minuten mit einem Müllsack zurück. »Hier ist das Prachtstück, war noch draußen am Straßenrand. Ein Nachbar erzählte, dass Harmannus ihn immer an derselben Stelle über einen Zaun hängt, da habe ich ihn gefunden.«

Grote hatte nur mäßig interessiert zugehört, denn er verstand Stines Hartnäckigkeit nicht. »Warum glaubst du, gerade im Papiermüll auf ein Manuskript zu stoßen, das er ansonsten so gut gesichert hat?«

Stine war schon damit beschäftigt, den Inhalt des Sacks auf dem Tisch auszubreiten. »Ich hoffe auf seine Bequemlichkeit. Ich selbst mache es so, dass ich wichtige Texte immer ausdrucke und dann Korrektur lese. Ist nicht umweltfreundlich, zugegeben, doch am Bildschirm übersehe ich häufig Fehler, das geht übrigens vielen Menschen so.«

Grote betrachtete kopfschüttelnd seine Kollegin, die beinahe in dem Müllsack verschwand, bis ein Freudenschrei erklang: »Hier, schau Stefan, er macht es genauso wie ich!« Triumphierend hielt sie einige Papierstapel hoch, die zwar durchgerissen waren, aber teilweise noch zusammenhingen. »Es ist bestimmt kein unlösbares Problem, das wieder zusammenzufügen. Ob dies hier das komplette Manuskript ist, was ich in den Händen halte, weiß ich nicht, aber versuchen sollten wir es.«

Am Abend landeten sie wieder auf dem Parkplatz in Aurich. Obwohl der Rückflug um keinen Deut komfortabler gewesen war als der Hinflug, verspürte Stine keine Übelkeit. Zu sehr war sie darauf konzentriert, ein Vermischen der Papiere in dem Müllsack zu verhindern, denn das würde ihre Arbeit stark erschweren. So trug sie den Sack wie eine Trophäe in ihr Dienstzimmer und packte ihn vorsichtig aus. Je mehr Papierstapel sie auf dem Boden ausbreitete, umso deutlicher kristallisierte sich das Arbeitsmuster heraus, dem Jan Harmannus gefolgt war. Offensichtlich hatte er immer 20 oder 30 Manuskriptseiten ausgedruckt, durchgelesen und die erforderlichen Korrekturen auf dem Computer vorgenommen. Dann hatte er den Papierstapel durchgerissen, in den Papierkorb geworfen und von Zeit zu Zeit dem Altpapiersack zugeführt. So war es nicht schwer, zumindest einen Teil des Manuskripts zu rekonstruieren.

»Fang du an zu lesen, Stine, ich arbeite dir zu. Du glaubst ja, den tieferen Sinn seiner Romane zu verstehen. Hoffentlich hast du recht!«

Grote übernahm die Bodenarbeiten, während Stine sich an den Schreibtisch setzte und sich in das Manuskript vertiefte. Ab und zu trieb sie ihn ungeduldig an: »Nachschub, Chef, du hängst!« Dann freute sie sich klammheimlich, wie Grote auf dem Boden hin und her krabbelte, um weiteres Lesematerial nachzuliefern.

Mitternacht war schon längst vorbei, als Stine alle Seiten, die im Altpapier zu finden gewesen waren, gelesen hatte. Grote reckte erschöpft seine Knochen und war ungeduldig: »Na, sag schon, konnte man etwas damit anfangen?«

»Oh ja, wenn man weiß, wonach man suchen soll, schon.« Sie stand auf, nahm ihren Kaffeebecher in die Hand und ging dozierend auf und ab. »Harmannus hat die Handlung in dem dritten Roman so angelegt, als würde ein junger Mann, er heißt im Roman übrigens »Hannes«, sich mit einem alten Mann auf eine Reise durch Ostfriesland begeben. Dieser alte Mann erzählt ihm von im Krieg geraubten Gemälden, die auf dem Dachboden einer alten Villa versteckt sein sollen.

Gemeinsam begeben sie sich auf den Weg, um nach den Bildern zu suchen. Tatsächlich finden sie die Gemälde und wollen nun herausbekommen, wer sie damals gestohlen und dann versteckt hat. Der alte Mann begleitet diesen »Hannes« weiter auf seinem Weg und führt ihn dorthin, wo er hin möchte, denn im Gegensatz zu ihm ist er ortskundig. An den Zielorten wirkt der Alte nicht selbst mit, sondern lässt Hannes allein agieren. Währenddessen wartet der Alte und führt ihn danach zum nächsten Ort.«

Grote war schwer beeindruckt. »Verstehe ich das richtig? Der junge Mann in dem Roman ist Jan Harmannus selbst?«

Stine lächelte. »Genauso ist es. »Jan« ist die Kurzform von »Johannes«. Und »Johannes« wiederum wird mit »Hannes« abgekürzt. Jan ist also Hannes in seinem eigenen Roman.«

»Lass mich raten, Stine: Wenn der junge Wanderer also Harmannus alias »Hannes« ist, dann ist der alte Mann, der ihm den Hinweis auf das Diebesgut gab und ihn durch Ostfriesland führt, Gero Bakker. Und das Diebesgut ist die Umschreibung für die Giftfässer, richtig?«

»Ja, exakt. Harmannus' Buch steckt voller Synonyme, die man nur durchschauen muss. Er berichtet in dem Roman sogar über die beiden Überfälle auf den Geschäftsführer Jansen und den Lagerverwalter Brink. Er umschreibt diese Überfälle als »schmerzvolle Gespräche«. Sein unerwartetes Zusammentreffen mit Ubbo Okken und dessen Frau bei einem weiteren Besuch in der Ziegelei hat er nachträglich eingearbeitet. Uns hat er damals in Aurich noch eine andere, fiktive Version vorgelesen. Die hat er später geändert, um nahe an der Realität zu bleiben.

Nun hör dir mal an, wie präzise er die Örtlichkeit beschreibt:

»Dort, am Ende des Flurs, sah er die Treppe, die auf den Dachboden führte. Genau die hatte er gesucht. Niemals hatte Hannes dort hinaufgehen dürfen, das war ihm streng verboten worden, doch nun war es an der Zeit, diesen Weg zu gehen.«

Erinnerst du dich? Diese Stelle hat er uns vorgelesen, später beschreibt er sogar die Treppe, die wir hinabgestiegen sind.

»Das Treppengeländer war aus dickem Metall gefertigt, das von Kupferpfählen getragen wurde, die an den Spitzen mit mattglänzenden Kugeln verziert waren.«

Das hat mich letztlich auf seine Spur gebracht.

Der Zusammenstoß mit den Okkens war seiner Schilderung nach ein unglücklicher Zufall. Vielleicht hat er sich tatsächlich angegriffen gefühlt und wurde gewalttätig, um flüchten zu können.«

Grote konnte es kaum erwarten: »Und was ist mit dem Mord an Thore Meiners, hat er den auch beschrieben?«

»Ja, auf seine besondere Art schon. Die Begegnung fand in dem Roman jedoch nicht im Schiff, sondern in einem einsamen Haus am Watt statt. Demnach musste Thore Meiners sterben, weil er Hannes, der von ihm etwas über den Verbleib der »Gemälde« wissen wollte, als geisteskranken Spinner bezeichnete. Als er ihn aus dem Haus werfen wollte, hat der junge Mann sich gewehrt und ihn erschlagen. Ich lese dir die Passage mal vor, sie ist besonders wichtig, denn sie ist ja eine Art Mordgeständnis.« Nun zitierte Stine aus dem Buch:

»Hannes näherte sich vorsichtig dem Haus am Watt. Es stand dunkel in der Nacht, nur aus einem winzigen Fenster drang gelblicher Schein nach draußen. Er schlich sich heran und sah einen alten Mann, der mit seiner Frau an einem Tisch saß. Die beiden aßen zu Abend, und er überlegte, an die Scheibe zu klopfen, doch dann entschied er sich anders. Hannes schaute lange durch das Fenster und betrachtete die beiden, doch es war nur der Mann, der ihn interessierte. Das also war der Mann, der als junger Wehrmachtsoffizier, kurz vor Kriegsende, für den Diebstahl der Gemälde verantwortlich gewesen war und dafür gesorgt hatte, dass sie versteckt wurden.«

Stine machte eine kurze Pause, um einen Schluck zu trinken. Sie hatte in Polizeiakten schon einige Geständnisse von Mördern gelesen, aber noch niemals in so eindringlicher Form. Dann fuhr sie fort:

»Hannes schlich zur Tür und war nicht einmal überrascht, dass sie unverschlossen war, denn auf dem Lande war das nicht außergewöhnlich. Ohne Vorwarnung betrat er das Zimmer, und als der Mann aufsprang und auf ihn zugehen wollte, packte Hannes ihn

und drückte ihn zurück auf seinen Platz. »Ich bin gekommen, um Ihr Geständnis entgegenzunehmen, Herr Hauptmann.« Der Mann schien nicht zu begreifen.

»Was soll ich gestehen?«

Hannes packte die Hand des Mannes. »Ich gebe Ihnen eine Minute Bedenkzeit, wenn Sie mir bis dahin nicht alles über den Diebstahl der Bilder erzählen, breche ich Ihnen die Finger, einen nach dem anderen.«

»Sind Sie wahnsinnig? Wovon sprechen Sie eigentlich?«

Hannes hatte den Mann unterschätzt. Trotz seines Alters verfügte er über erstaunliche Kräfte, und es gelang ihm mit Leichtigkeit, sich aus seiner Situation zu befreien.

»Raus, Sie Irrer, raus aus meinem Haus!«

Hannes verspürte einen Stoß auf seiner Brust und geriet beinahe ins Straucheln, so unerwartet kam der Angriff des Mannes. Der schubste ihn vor sich her wie ein kleines dummes Kind und wollte ihn dem Ausgang entgegendrängen.

»Raus, raus mit dir, du Idiot!«

Dann wurde Hannes von einem Gefühl überwältigt, dem er nichts entgegenzusetzen hatte. Dieser alte Mann hatte nichts aus seinem Leben gelernt. Er weigerte sich, Verantwortung für seine Taten zu übernehmen, und behandelte ihn, der die Wahrheit ans Licht bringen wollte, wie einen Geisteskranken. Wutentbrannt nahm er eine auf dem Schrank stehende Blumenvase und schlug mit voller Kraft zu.«

»Puh«, Stine atmete einmal tief durch, und auch Grote musste das, was Stine vorgelesen hatte, sacken lassen.

»Harmannus alias »Hannes« ist geisteskrank, wenn du mich fragst, Stine.«

»Ich weiß es nicht, vermutlich hast du recht, doch Genie und Wahnsinn liegen oft eng beieinander, sagt man ja. Das könnte hier der Fall sein. Übrigens taucht sogar Skipper wenig später in dem Roman auf. Als Autofahrer, der eine Panne hat und in dem einsamen Haus um Hilfe bitten will. Weil er den Raum betritt und irgendwann unweigerlich den erschlagenen Mann entdecken wird, schlägt »Hannes« auch ihn nieder. Dann flieht er.«

Grote war immer noch fassungslos. »Ich bin fest davon überzeugt, dass wir beide heute Nacht Kriminalgeschichte geschrieben haben. Ein Mörder, der seine Tat als Roman niederschreibt, so etwas hat es meines Wissens noch niemals gegeben.« Eine Frage allerdings war für Grote noch nicht beantwortet. »Hat in dem Roman der alte Mann, also Gero, gewusst, was Hannes den Menschen angetan hat?«

Stine zuckte mit den Schultern. »Genau das hätte mich auch interessiert, doch es bleibt unklar. Es wird angedeutet, dass der Alte ihn kritisiert, aber ob er Mitwisser ist, bleibt offen, denn an dieser Stelle bricht die Handlung ab. Weiter hat Jan Harmannus den Roman noch nicht geschrieben. Die Frage, was Gero Bakker genau gewusst hat, wird Harmannus uns selbst beantworten müssen, sobald wir ihn gestellt haben.«

Das Zusammensuchen der Seiten und das Interpretieren und Auswerten der Romanhandlung hatte sich über viele Stunden hingezogen, und als sie damit fertig waren, stellten sie erstaunt fest, dass es bereits sechs Uhr in der Frühe war. Unter normalen Umständen hätten sie müde sein müssen, doch diese Arbeit hatte sie gefangen genommen wie ein spannender Film. Aber es war kein Film, an dem sie arbeiteten, es war das Werk eines Psychopathen. Er hatte in selbsternannter Aufklärungsmission auf der Suche nach dem Hauptschuldigen eines Umweltskandals im Affekt einen Mann umgebracht. Dass dieser Mann völlig unschuldig sein könnte, hatte er dabei niemals in Betracht gezogen. Und dass auch dessen Frau zu Tode gekommen war, selbst wenn er sie nicht unmittelbar getötet hatte, war ihm in seinem Roman keine Silbe wert.

»Wann macht eigentlich die Kantine auf?« Stine stellte diese Frage wie vor sich hin gesprochen scheinheilig in den Raum. Sie wusste, dass die Kantine bereits geöffnet war, und beobachtete, ob er wohl auf diese Bemerkung ansprang.

»Ist ja schon gut, hab's kapiert. Dein Wink mit dem Zaunpfahl hat mich voll getroffen. Ich besorge ein anständiges Frühstück, danach regeln wir in aller Ruhe, was noch zu regeln ist, und machen anschließend Feierabend.«

Mittwoch - Flucht zum Meer

Jan Harmannus schlief tief und fest. Er hatte nicht einmal gehört, wie sich mitten in der Nacht draußen auf dem Parkplatz die letzten Sportler voneinander verabschiedeten. Sie hatten bis spät in den Abend trainiert und dann noch lange im Vereinslokal zusammengesessen. Nun stiegen sie in ihre Autos und verließen übermütig hupend das Gelände. Es war schon Mitternacht, als der Platzwart, der gleichzeitig das kleine Vereinsheim betrieb, endlich die Stühle hochstellen konnte. Er war müde, und eigentlich wollte er nun nach Hause fahren, doch Skrupel machten sich breit. Einer der Sportler hatte seinen Geburtstag gefeiert, eine Runde nach der anderen ausgegeben, und er hatte sich animieren lassen, mitzutrinken. Seinen Führerschein hatte er nach einer früheren Alkoholeskapade gerade wieder zurückbekommen, den wollte er nicht erneut aufs Spiel setzen. Also beschloss er, lieber im Lokal zu schlafen und erst am frühen Morgen, einigermaßen ausgenüchtert, nach Hause zu fahren.

Gegen fünf Uhr wachte er wieder auf, denn die Biere, die es neben den Kurzen gegeben hatte, wollten wieder in den Kreislauf der Natur zurückgebracht werden. Der Gang zur Toilette überzeugte ihn davon, ausreichend fahrtüchtig zu sein, deshalb schloss er das Vereinsheim ab und ging zu seinem Auto. Der Sturm verursachte durch das Rauschen in den Bäumen einen gehörigen Lärm, aber da war noch etwas anderes. Regelmäßig schlug eine Tür auf und zu, das durfte nicht sein. Also nahm er seine Taschenlampe, holte seinen Regenschirm aus dem Kofferraum und fluchte, als dieser bereits nach der ersten Sturmbö umknickte. Trotzdem machte er sich schimpfend auf die Suche und wurde schnell fündig. Die Eingangstür zu den Außen-Umkleiden war es, die im Takt gegen die Zargen schlug. Als er sie schließen wollte, bemerkte er, dass das Schloss stark beschädigt war. Es kam leider häufiger vor, dass ungebetene Gäste hier übernachteten, das ärgerte den Platzwart und versetzte ihn in Wut.

»Hey, du Penner!« Jemand packte Jan Harmannus am Arm und schüttelte ihn hin und her, doch es dauerte, ehe er sich aus dem Tiefschlaf lösen und aufrichten konnte. Als er seine Augen öffnete, fühlte es sich so an, als dringe ihm der helle Strahl der Taschenlampe direkt bis ins Gehirn hinein. Er rappelte sich vollends auf und wollte keinen Ärger, also packte er schweigend seine wenigen Sachen zusammen. Dann zog er das Ladegerät vom Netz und wollte es im Rucksack verstauen, doch der Unbekannte hinter der Taschenlampe verhinderte das. Er riss Jan Harmannus den Rucksack aus der Hand und schrie ihn an:

»Du glaubst doch nicht im Ernst, dass ich dich so einfach gehen lasse! Erst trittst du uns die Tür ein, pennst in unseren Räumen und bist auch noch so rotzfrech, deinen Akku auf unsere Kosten aufzuladen. Du bleibst schön da, wo du bist, du Drecksack! Ich rufe jetzt die Polizei. Wenn du an der Wache in der Zelle sitzt, kannst du ja mal fragen, ob du dort auch deinen Akku laden darfst.« Ein höhnisches Lachen erklang, dann leuchtete neben der Taschenlampe das Display eines Handys auf.

Jan Harmannus zögerte nicht einen Augenblick. Er nahm das Ladegerät wie einen Stein in die Faust, dann sprang er nach vorne und schlug zu, immer wieder, bis Taschenlampe und Handy zu Boden fielen und das grelle Lampenlicht erlosch. Im fahlen Licht des Handydisplays sah er den Mann regungslos auf dem Boden liegen, doch er verspürte kein Mitleid. Noch zweimal trat er mit voller Kraft zu, erst dann legte sich seine Wut. Den Entschluss zum Angriff hatte er gefasst, als der fremde Mann ihn von oben herab behandelte. Das allein hatte Harmannus genügt, um zuzuschlagen. Die Drohung des Mannes, ihn der Polizei zu übergeben, löste weit weniger in ihm aus als dessen Beleidigungen und Respektlosigkeiten. Nach diesem Muster handelte Jan Harmannus bereits seit seiner Kindheit, und er hatte nie die Kraft besessen, diese Aggressionen unter Kontrolle zu bringen.

Jan Harmannus machte sich nicht einmal die Mühe zu prüfen, ob der Unbekannte mit seinem Handy bereits eine Verbindung zur Polizei aufgebaut hatte, denn das hätte ihn zu besonderer Eile anstacheln müssen. Völlig ungerührt stieg er auf sein Fahrrad, ohne sich um den stöhnenden Mann zu kümmern. Befriedigt stellte er fest, dass der Akku wieder komplett geladen war. Er fuhr durch die Dunkelheit in Richtung Küste, ohne zu wissen, wie es dort weitergehen sollte. Es war das Gefühl der Geborgenheit und innerer Ruhe, welches er immer am Meer empfunden hatte und das ihn nun die Nähe zur Nordsee suchen ließ.

Währenddessen kämpfte der Platzwart um sein Leben, ohne dass ihm das bewusst war, denn die Schläge hatten schwere Schädelverletzungen hervorgerufen. Sein Körper wehrte sich weiter gegen den Tod, auch als zwei Polizisten im Streifenwagen auf das Gelände fuhren und den Schwerverletzten fanden. Sein Handy hatte in letzter Sekunde die Verbindung mit der Leitstelle der Polizei hergestellt. Der Beamte dort am Telefon vernahm leises Stöhnen, führte sofort eine Handypeilung durch und setzte einen Streifenwagen in Marsch. Den beiden Polizisten gelang es, den Schwerverletzten zu stabilisieren, bis der Notarzt eintraf und endgültig sein Leben rettete. Auf dem Weg zum Krankenhaus war der Platzwart sogar in der Lage, einige Worte zu flüstern. Es strengte ihn unglaublich an, denn die Fußtritte des Unbekannten hatten ihn einige Zähne gekostet. Trotzdem konnte der Polizeibeamte, der neben ihm saß, um ihn auf dem Weg ins Krankenhaus zu begleiten, mit einiger Fantasie »Mann mit Fahrrad« verstehen, doch anzufangen wusste er damit nichts.

*

Grote kehrte mit einem vollbeladenen Tablett zurück, das einem 4-Sterne-Hotel gut zu Gesicht gestanden hätte. Noch bevor er alles auf dem kleinen Tisch ausgebreitet hatte, ertappte er Stine schon mit dem Finger in der Marmeladenschale.

»Selbstbeherrschung ist nicht Ihre Stärke, Frau Lessing, oder sehe ich das falsch?«, fragte er und schaute sie mit streng hochgezogenen Augenbrauen an.

»Tut mir leid, Chef!«, antwortete Stine ungerührt. »»Erst kommt das Fressen, dann die Moral«, hat Berthold Brecht einmal gesagt, und ich finde, er hat recht. Ich habe solchen Hunger, dass ich nicht mehr dagegen ankomme.« Dann strich sie die Butter auf das noch lauwarme Croissant und krönte das Ganze mit einer fingerdicken Schicht Erdbeermarmelade.

Genau eine halbe Stunde Ruhe gönnte ihnen dieser Morgen, doch dann überschlugen sich die Ereignisse und ließen den Wunsch nach einem warmen Federbett in weite Ferne rücken. Den Auftakt machte Grotes Handy mit einem schrillen Klingelton, der ihr gemeinsames Frühstück unangenehm unterbrach.

»Grote, raus aus dem Bett! Sie haben Mist gebaut!«, schnaufte Staatsanwältin Siefken wütend, noch bevor er sich am Telefon hatte melden können. Grote hielt den Telefonhörer eine Armlänge weit von sich weg und rollte genervt mit den Augen. Es hätte des Lautsprechers nicht bedurft, denn die Siefken sprach ohnehin stets mit einschüchternder Lautstärke, bewegte sich im Moment jedoch am Rande der akustischen Schmerzgrenze.

»Wer von Ihnen hat mit der Presse gequatscht? Ich kann mich nicht erinnern, eine Öffentlichkeitsfahndung freigegeben zu haben. Die Morgenzeitungen überschlagen sich. »Fahndung nach

Erfolgsschriftsteller« heißt es, oder noch schlimmer: »Polizei jagt Mordautor!«

Grote wartete, bis die erste Welle über ihn hinweggerauscht war, dann versuchte er, die Staatsanwältin wieder auf den Boden der Tatsachen zurückzuholen.

»Liebe Frau Siefken, zuerst einmal möchte ich Ihnen einen guten Morgen wünschen. Dann darf ich Ihnen mitteilen, dass Frau Lessing und ich die ganze Nacht durchgearbeitet haben und immer noch an der Dienststelle hocken. Ferner dürfen Sie fest davon ausgehen, dass wir in den vergangenen Stunden Wichtigeres zu tun hatten, als etwas an die Öffentlichkeit herauszugeben. Aber es ist nicht verwunderlich, wenn irgendwo etwas durchsickert. Schließlich läuft eine Fahndung, an der alle Polizeibehörden in Ostfriesland beteiligt sind, da kann es schon mal ein Leck geben.«

Die Siefken japste noch einige Male nach Luft, wurde jedoch umgänglicher, als Grote ihr erklärte, welche Fortschritte bei der Aufklärung des Mordes an Thore Meiners in dieser Nacht erzielt wurden.

»Das haben Sie gut gemacht, Grote! Ihre Kollegin natürlich auch. Aber es nützt nichts, ich werde noch heute Morgen an die Medien gehen müssen, ob ich will oder nicht. Schicken Sie mir alles rüber, was Sie jetzt haben, damit ich mich vorbereiten kann.« Bevor sie auflegte, forderte sie noch mit einem drohenden Unterton: »Und sehen Sie gefälligst zu, dass Sie Harmannus packen und mir vor die Füße legen!« Dann schimpfte sie vor sich hin: »Tot oder lebendig, egal!«

Nachdem Grote aufgelegte hatte, begann Stine aus vollem Herzen zu lachen. »Dead or alive! In Ostfriesland geht's scheinbar zu wie im Wilden Westen!«

Selbst Grote nahm den staatsanwaltschaftlichen Anpfiff mit Humor und strich sich über die kurz rasierten Haare. »Da ich nun ordentlich geföhnt wurde, können wir uns endlich frisch ans Werk machen.«

*

Die Fahrt durch den stürmischen Morgen tat Jan Harmannus gut. Es war zwar immer noch dunkel, doch der neue Tag zeichnete sich schon schwach am Horizont ab. Je näher er der Küste kam, umso ruhiger wurde er. Das Meer war schon zu spüren, denn der kalte Wind trug den Geruch von Salz und Tang herüber. Endlich konnte er wieder klar denken, seine Optionen abwägen und eine Entscheidung treffen. Die Widersinnigkeit seines Handelns war ihm überhaupt nicht bewusst.

Zuerst die überstürzte Flucht von der Insel, dann, wie von unsichtbaren Kräften angezogen, der Fahrt zurück an die Küste. Doch wehren konnte er sich dagegen nicht.

An den Vorfall in der Umkleide des Tennisvereins verschwendete er keinen Gedanken. Es war ihm egal, ob der Mann die Folgen seiner Schläge überlebte oder nicht. Er hatte nun wirklich keine Schuld daran, dass die Angelegenheit dermaßen eskaliert war. Schließlich war er doch bereit gewesen zu gehen, und den Schaden an der Tür hätte er, ohne lange zu diskutieren, bereitwillig beglichen. Aber als Penner und Drecksack ließ er, Jan Harmannus, sich nicht titulieren.

Mit jeder Pedalumdrehung kam er weiter voran und verdrängte allmählich das Gefühl, verfolgt zu werden. Im Nachhinein empfand er seine eigene Idee, mit einem E-Bike zu flüchten, als genialen Schachzug. Die Polizei würde ihn überall suchen, auf Schiffen, in Bus und Bahn, vielleicht auch in einem Taxi, aber nicht auf einem Fahrrad.

Am Ortsrand von Esens orientierte er sich an einer Tafel, die auf bestehende Radwanderwege hinwies und entschied sich für den Weg, der auf dem Deich entlang des Benser Tiefs verlief, denn sobald Wasser in der Nähe war, fühlte er sich wohl. So radelte er mit mäßiger Geschwindigkeit und in der Gewissheit, hier nicht auf eine Polizeistreife zu treffen, gen Norden.

Kurz vor Bensersiel zwang eine Baustelle ihn, den Deich zu verlassen und über die Landstraße in den Ort zu fahren. Das störte ihn nicht, denn allmählich verspürte er Hunger und Durst. Was er jetzt brauchte, waren ein Kaffee und ein oder zwei belegte Brötchen, dann würde man weitersehen. Gut gelaunt trat er mit voller Kraft in die Pedale und erfreute sich der immer weiter zunehmenden Geschwindigkeit. Autoverkehr gab es kaum, so konnte er es sich leisten, mitten auf der Fahrbahn zu fahren. Weiter und weiter steigerte er seine Geschwindigkeit, erlaubte es sich, übermütig in leichten Schlangenlinien zu fahren, und übersah dabei den morschen Ast, den der Sturm in der Nacht vom Baum gewirbelt und für ihn auf der Fahrbahn bereitgelegt hatte. Als das Vorderrad auf den Ast traf, wurde ihm der Lenker durch den unerwarteten Aufprall aus der Hand gerissen. Das Fahrrad kippte schlagartig zur Seite und schlitterte gemeinsam mit ihm, ohne dass er etwas dagegen tun konnte, quer über die nasse Straße. Zwanzig Meter weit ging die Rutschpartie, dann krachten Fahrrad samt Fahrer kurz hinter dem Ortsschild »Bensersiel« gegen die Außenwand eines der ersten Häuser des Ortes.

Fluchend rappelte Jan Harmannus sich auf, stellte aber beruhigt fest, dass er außer einigen Schürfwunden an Hand und Bein keine Verletzungen erlitten hatte. Darum wollte er sofort weiterfahren, doch die Lenkstange hatte sich durch den Sturz verdreht und ließ sich, das merkte er sofort, ohne Werkzeug nicht wieder richten.

*

Stine flitzte über den Flur und machte sich auf den Weg zur Kantine, um sich eine Morgenzeitung zu besorgen. Nachdem sie zurückgekehrt war, las sie Grote den Artikel über Jan Harmannus laut vor. Es war viel heiße Luft und wenig Faktenbasiertes darin zu lesen. Dies nährte den Verdacht, dass jemand, der über keinerlei Hintergrundwissen verfügte, die Informationen an die Presse gegeben hatte. Aber der Tenor stimmte, nach Jan Harmannus wurde wegen Mordverdachts gefahndet. »Vermutlich hat einer der Schutzpolizisten sich gegenüber dem Lokalredakteur seiner Zeitung beim Feierabendbier verplappert. Und der hat es in die Welt hinausgeblasen.« Jetzt hielt Stine die Zeitung hoch, damit Grote es sehen konnte. »Schau dir mal das Titelbild an! Dagegen sind polizeiliche Fahndungsplakate winzig.«

Tatsächlich hatte es sich der »Ostfriesland-Bote« nicht nehmen lassen, gleich auf der ersten Seite seiner Ausgabe ein großes Porträt des Schriftstellers zu zeigen. Grote bereitete das Sorgen: »Wir können nur hoffen, dass niemand meint, den Helden spielen zu müssen. Das könnte gewaltig ins Auge gehen.«

Als habe er auf den richtigen Augenblick gewartet, rief in diesem Moment der Fahrradhändler aus Emden an. Der Mann hatte beim Frühstück die Zeitung gelesen und beschlossen, aus der Angelegenheit Kapital zu schlagen. Im Grunde war es aber doch der falsche Augenblick, gerade jetzt anzurufen, denn statt Stine ging ausnahmsweise Grote ans Telefon. Schon die erste Frage des Anrufers, ob denn eine Belohnung auf die Ergreifung des Schriftstellers ausgesetzt sei, denn sonst wolle er keine Angaben machen, brachte Stefan Grote auf die Palme. »Ich habe keine Ahnung, ob es eine Belohnung gibt. Ich habe aber ganz viel Ahnung, welche strafrechtlichen Konsequenzen es hat, wenn Sie uns wichtige Informationen vorenthalten! Da stehen Sie schneller vor dem Kadi, als Sie ein Fahrrad aufpumpen können!«

Grote hatte den Fahrradhändler durch diese zwei Sätze dermaßen eingeschüchtert, dass aus ihm alles, was es zu sagen gab, nur so heraussprudelte. Am Ende war er froh, als das Gespräch beendet war. Das hatte er sich dann doch anders vorgestellt. Dass das Fahrrad, mit dem Harmannus unterwegs war, in seiner Werkstatt manipuliert worden war, wollte er eigentlich verschweigen. Als Grote zuletzt jedoch drohend nachfragte, ob er auch wirklich alles auf den Tisch gepackt habe, was von Bedeutung sei, knickte er ein und gab auch das zu.

Stine hörte die ganze Zeit aufmerksam zu und schrieb mit, was der Mann zu sagen hatte. Wenige Minuten später ergänzte sie den aktuellen Fahndungsaufruf um diese neuen Informationen.

Der Umstand, dass sich Harmannus mit einem so ungewöhnlichen Fortbewegungsmittel auf der Flucht befand, hatte auf die Polizeifahndung einen erheblichen Einfluss. Das Fahrrad gab ihm die Möglichkeit, Nebenstrecken zu benutzen, die durch die Polizei überhaupt nicht zu kontrollieren waren. Stine ging an die Wandkarte, versuchte die Situation einzuschätzen, und kam zu einem niederschmetternden Ergebnis:

»Sieh dir das bloß einmal an, Stefan! Selbst wenn ich davon ausgehe, dass Jan Harmannus mit einer Akkuladung nur 70 Kilometer weit kommt, könnte er sich an jedem beliebigen Ort in Ostfriesland aufhalten. Wilhelmshaven könnte er locker erreichen, mit ein wenig Glück sogar Oldenburg. Sollte es ihm gelungen sein, in der Nacht den Akku wieder nachzuladen, könnte er es bis Bremen und noch weiter geschafft haben.«

Grote nickte nachdenklich: »Von den Niederlanden wollen wir dabei gar nicht reden. Unter Umständen hält er sich bereits im Ausland auf.«

Während sie noch ratlos auf die Wandkarte starrten, meldete sich mit einem hellen »Ping« Stines Computer. Eine Mail des Polizeikommissariats Wittmund lief auf. Der absendende Kollege hatte die Fahndungsaktualisierung in Sachen Jan Harmannus gerade gelesen und sich sofort an die Worte erinnert, die ihm der schwerverletzte Pächter des Vereinsheims auf der Fahrt ins Krankenhaus zugeflüstert hatte: »Mann mit Fahrrad«.

*

Die Frau kam kopfschüttelnd auf Jan Harmannus zu, der immer noch vergeblich versuchte, den Lenker in Position zu biegen.

»Mensch, Junge, was machst du denn für einen Mist? Kommst wie ein Wilder bei der Nässe angebraust. Da musst du dich nicht wundern, wenn du über Kopf gehst. Ich hab dein Malheur vom Fenster aus beobachtet.«

Harmannus hatte die Frau zuerst gar nicht bemerkt und schaute sie erst jetzt an. Sie mochte um die siebzig Jahre alt sein, war recht füllig und trug einen weißen Kittel mit buntem Blumenmuster. Ihre von fleischfarbenen Stützstrümpfen eingepferchten Füße steckten in ausgelatschten Hausschuhen, und ihre Haare waren streng nach hinten zu einem Dutt zusammengesteckt.

»Nun komm schon, ich will mich nicht deinetwegen nass regnen lassen. Deine Schürfwunden müssen wir saubermachen, sonst gibt es eine deftige Entzündung. Mit sowas kenne ich mich aus, ich hab selbst mal einen Bengel großgezogen, da gab es jeden Tag irgendwelche Blessuren zu behandeln.«

Die Frau zeigte auf einen Kiosk schräg gegenüber. »Bei Meta« war auf einer verblichenen Neonwerbung zu lesen. Darunter hing ein Schild: »Zeitungen, Kaffee, Brötchen, dit un dat!«

Sie fasste Jan Harmannus um die Hüfte und stützte ihn beim Gehen. »Nu mach schon, Junge, geht's so?« Harmannus war überhaupt nicht in der Lage, sich gegen die wohltuende Fürsorge der Frau zu wehren, und wenn er ehrlich war, wollte er das auch gar nicht.

Der winzig kleine Kiosk war ebenso überheizt wie gemütlich. Es gab nur einen Stehtisch und zwei Stühle in der Ecke. Auf einem Tablett waren frisch geschmierte Brötchen mit Mettwurst, Schinken und Käse angerichtet. Den Rest des Raumes nahmen der verschlissene Tresen und das Zeitungsregal in Anspruch. Meta Wessel dirigierte Harmannus zu einem der beiden Stühle. Dann holte sie sein demoliertes Fahrrad von der Straße und schob es in einen Lagerraum.

»Du wirst bis um neun Uhr warten müssen, dann macht der alte Söhnken seinen Fahrradladen auf. Der wird dir den Lenker richten können, verlass dich drauf!«

Nun ging sie zum Tresen und holte aus einem Schubfach einen Verbandskasten heraus. Selbst eine Flasche mit Jod hatte sie griffbereit. »Ich bin auf alles vorbereitet«, sagte sie schmunzelnd. »Morgens kommen die Kinder auf dem Weg zur Schule mit ihren Fahrrädern hier vorbei. Da legt sich immer mal eins von ihnen auf die Nase, und die alte Meta muss Krankenschwester spielen.«

Meta begann vorsichtig, die Wunden ihres Patienten mit Jod auszuwischen, danach schnitt sie passende Pflaster zurecht. Als sie Harmannus verarztet hatte, schaute sie ihn lächelnd an und meinte: »So alt wie du wäre mein Eicke inzwischen auch!«

Jan Harmannus hatte bisher noch kein Wort gesagt, erst jetzt fragte er: »Warum »wäre« er so alt wie ich? Was ist denn mit ihm passiert?«

»Es ist schon lange her. Eicke war ein guter Schwimmer. Im Urlaub auf Langeoog wollte er unbedingt bei hoher Brandung baden gehen. Wir hatten es ihm verboten, doch er ist heimlich ins Wasser gegangen. Eine Unterströmung hat ihn damals hinausgezogen und abgetrieben. Als die Lebensrettung ihn endlich fand, war es zu spät! Er wurde gerade einmal 14 Jahre alt.«

Es war der Frau anzumerken, dass sie das Thema wechseln wollte, denn sie fragte unvermutet: »Ich habe dich noch gar nicht nach deinem Namen gefragt. Außerdem: Was treibt dich in dieser Herrgottsfrühe bei Sturm und Regen mit dem Fahrrad durch die Dunkelheit?«

»Jan, ich heiße Jan.« Mehr sagte er nicht und musste es auch nicht tun, denn in diesem Augenblick hielt ein kleiner Lieferwagen vor dem Eingang. Der Fahrer stieg aus, öffnete die Kiosktür und blockierte sie mit einem Holzkeil, um sie vorm Zuschlagen zu bewahren. Ein runder, von einer Schiffermütze gekrönter Kopf erschien für einen Augenblick im Türrahmen. »Moin, Meta, machst du mir fix 'n Kaffee?«

Dann war er auch schon wieder verschwunden, öffnete die Ladeklappe und begann, die mit Kunststoffbändern verschnürten Pakete mit den Morgenzeitungen auszuladen. Mit geübtem Schwung warf er sie auf eine Sackkarre und schob sie in den Kiosk.

»Schon gleich sieben Uhr!« Er schaute auf seine Armbanduhr. »Ich bin heute ziemlich spät dran, aber du bist nun die Letzte auf meiner Tour. Ich mach dir die Pakete noch auf, dann musst du dich damit nicht rumplagen.«

Er stapelte die Zeitungspakete aufeinander, nahm ein scharfes Messer in die Hand und wollte beginnen, doch Meta Wessel hatte es nicht eilig.

«Nun trinke erstmal deinen Kaffee, solange er noch heiß ist. Es war eh noch kein Kunde hier, bei diesem Hundewetter schlafen die Leute länger als gewöhnlich.«

Die Aussicht auf den Kaffee ließ den Fahrer sein Messer wieder einstecken. Er stellte sich an den Stehtisch, genoss die Wärme des Getränks und nahm dankbar das Schinkenbrötchen an, das Meta unaufgefordert dazustellte. Erst jetzt betrachtete er aufmerksam Jan Harmannus, der die ganze Zeit still in der Ecke gesessen hatte. Metas

Kaffee hatte dieser bereits ausgetrunken, das Brötchen jedoch trotz seines Hungers noch nicht angerührt.

»Einen Frühaufsteher hast du dir ja doch schon eingefangen, Meta. Aber Hunger scheint er nicht zu haben. Mir kannst du gerne noch ein Brötchen geben.«

Er biss ab, musterte den Gast ungeniert, spülte den Bissen mit einem Schluck hinunter und fragte: »Was ist denn mit dir passiert? Bist du von einem Auto angefahren worden?«

»Nein, ich hatte einen Fahrradunfall. Ich war zu schnell unterwegs und hab nicht aufgepasst.«

Jan Harmannus spürte, wie ihn eine Stimmung befiel, die ihm fremd war, und die er sich selbst nicht erklären konnte. Noch vor Stunden hatte er sich gehetzt und verfolgt gefühlt. Nun befand er sich in einer Situation, die ihm unwirklich erschien. Er fühlte sich warm, umsorgt und geborgen, ein Gefühl, das er seit dem Tode seiner Mutter nicht mehr verspürt hatte. War es Meta, die ihn an seine Kindheit erinnerte? Oder war es einfach die freundliche, selbstverständliche Art, wie man hier mit ihm umging? Er war in diesem überheizten Kiosk nicht der bewunderte Star-Autor, sondern einfach nur ein Radfahrer, der unglücklich gestürzt war und dem geholfen wurde.

»Da hast du aber Glück gehabt, dass du ausgerechnet vor Metas Kiosk gelandet bist! Eine bessere Erste-Hilfe-Station gibt es zwischen Wilhelmshaven und Emden nämlich nicht.« Der Zeitungslieferant lachte über seinen eigenen Scherz und nahm noch einen großen Schluck. Dann stellte er Meta Teller und Tasse auf den Tresen und machte sich über die Stapel her. Das Öffnen der Pakete war ein besonderer Service, den er nur seiner alten Freundin Meta anbot. Bei allen anderen Kunden legte er die Stapel nur auf den vereinbarten Ablageplätzen ab, ohne sich die Zeitungen überhaupt anzuschauen. Er nahm sein Messer in die Hand, klappte es auf und schnitt die Verschnürungen mit schnellen Schnitten auf. Jedes Mal gab es ein knallendes Geräusch, wenn die unter Druck stehenden Bänder aufplatzten. Endlich steckte er das Messer wieder ein, nahm die Zeitungen und stapelte sie im Regal auf.

Jan Harmannus nahm keine Notiz davon, sondern wandte sich seinem Brötchen zu, er biss ab und schloss die Augen. Er genoss die Ruhe und die Sicherheit, in der er meinte, sich zu befinden. Nur deshalb entging ihm, dass der Zeitungsfahrer plötzlich innehielt, stutzte, eine der Ausgaben vom Stapel zog und sie hochnahm. Er schaute vergleichend mal zu Jan Harmannus, dann wieder auf das Foto, bis er endgültig sicher war. Ganz langsam bewegte sich seine Hand zurück in die Hosentasche, holte das Messer heraus und klappte die scharfe Klinge heraus. Dann beschloss er, berühmt zu werden. Mit einem Sprung stürzte er sich nach vorne, stellte sich breitbeinig vor Harmannus auf und streckte ihm das Messer entgegen.

»Bleib ganz ruhig sitzen, Bursche, nur eine falsche Bewegung und ich steche zu! Ich weiß jetzt, wer du bist.«

Jetzt rief er nach Meta, die sich gerade im Lagerraum aufgehalten und von alledem nichts mitbekommen hatte. »Meta, komm mal her! Du glaubst gar nicht, was für ein Früchtchen du dir da eingefangen hast. Das ist Jan Harmannus, soll wohl ein recht bekannter Schriftsteller sein. Der Bursche ist auf der Flucht und wird im ganzen Land wegen Mordes gesucht.«

Meta Wessel kam eilig aus dem Lagerraum und betrachtete ungläubig die Szene, die sich ihren Augen darbot.

»Schau in die Morgenzeitung, da steht alles drin! Ein Foto von ihm findest du gleich auf der ersten Seite.«

In diesem Moment unterlief dem Zeitungsfahrer ein winziger Fehler. Unbewusst zeigte er bei seinen Worten mit der ausgestreckten Hand auf das Zeitungsregal und drehte damit die Klinge ein Stück zur Seite, weg von Harmannus.

Jan Harmannus war inzwischen jäh aus seinem Glücksgefühl herausgerissen worden. Er hatte nicht damit gerechnet, dass die Fahndung nach ihm schon ein Thema in den Zeitungen sein könnte. Trotzdem benötigte er keine Sekunde, um zu realisieren, dass er gerade im Begriff war, durch mangelnde Achtsamkeit fremden Menschen gegenüber seine Freiheit zu verlieren. Sein Fuß schnellte nach vorne hoch, traf den Fahrer im Unterleib und ließ ihn stöhnend zusammensinken. Harmannus sprang auf und ergriff mit vor Zorn gerötetem Gesicht das Messer. Dann kniete er sich auf die Brust des Mannes, erhob das Messer und holte aus, während er rief: »Du hast selbst Schuld! Warum konntest du nicht einfach die Klappe halten und rausgehen? Jetzt wirst du teuer dafür bezahlen.«

Jan Harmannus hatte sich wieder einmal nicht mehr unter Kontrolle, so wie es schon oft in seinem Leben der Fall gewesen war. Er steigerte sich dermaßen in diese unbändige Wut hinein, dass auch der stärkste Mann es nicht vermocht hätte, ihn am Zustechen zu hindern, doch Metas sanfte Stimme und die leichte Berührung ihrer Hand an seinem Arm genügten, um dem Zeitungsfahrer das Leben zu retten.

»Komm, Jan, setz dich wieder hin. Ich habe keine Ahnung, was du getan hast, doch es kann nur schlimmer für dich werden. Selbst wenn du jetzt ihn und danach mich töten würdest, wäre die Polizei dir schnell auf der Spur. Setz dich wieder auf den Stuhl. Ich schenke dir noch einen Kaffee ein. Magst du noch ein Brötchen?«

Die Ruhe, die Meta Wessel ausstrahlte, und die banale, überhaupt nicht in die Situation passende Frage, ob er noch ein Brötchen essen wolle, verblüffte Jan Harmannus und riss ihn aus seinem gewohnten Verhaltensmuster. Er tat wie geheißen, ließ das Messer fallen und setzte sich zurück auf den Stuhl.

Meta gab dem verhinderten Helden mit den Augen ein Zeichen, leise und unauffällig zu verschwinden. Als sie kurz darauf mit Jan Harmannus allein war, legte sie ihm die Hand auf die Schulter und fragte leise: »Soll ich jetzt anrufen?«

Er nickte nur und stellte keine Fragen. Ihm war klar, wo sie anrufen würde.

Es dauerte nicht lange, bis ein Streifenwagen vor dem Kiosk eintraf. Zwei hochmotivierte Polizisten sprangen mit gezogenen Waffen heraus und wollten in den Kiosk stürmen, doch die Besitzerin stellte sich ihnen resolut in den Weg. »Nee, Jungs, lasst den Quatsch. Ich bin froh, dass ich endlich wieder Ruhe in meinem Laden habe. Es gab vorhin schon einen, der den Einzelkämpfer spielen wollte. Das wäre beinahe danebengegangen. Ich gehe jetzt rein, hole Herrn Harmannus, und wir kommen ganz friedlich heraus. Er wird keinen Stress machen, das verspreche ich euch! Dann könnt ihr ihn mit zur Wache nehmen.«

Einer der beiden Polizisten schaute durch das Schaufenster und konnte Jan Harmannus erkennen. Er saß ruhig, beinahe teilnahmslos auf seinem Stuhl und hielt in einer Hand einen Kaffeepott, aus dem er ab und zu einen kleinen Schluck nahm. »Okay, gehen Sie rein, wir warten hier.«

Eine Minute später erschien Meta Wessel wie angekündigt und führte Jan Harmannus am Arm zum Streifenwagen, wo die beiden Polizisten ihn in Empfang nahmen. Der Mann, der ihnen zur Festnahme übergeben wurde, entsprach nicht dem Bild, dass sie sich von einem gesuchten Mörder gemacht hatten. Harmannus ließ die Festnahme wortlos über sich ergehen und zeigte sich sogar kooperativ. Als ihm die Handfesseln angelegt werden sollten, streckte er ihnen ungefragt die Hände entgegen und nahm ohne erkennbare Regung auf der hinteren Sitzbank des Streifenwagens Platz.

Eine Viertelstunde später trafen auch Stefan Grote und Stine in Bensersiel ein. Grote hatte ihrem unscheinbaren, doch völlig übermotorisierten Dienstwagen die letzten Pferdestärken aus dem Motor gepresst. Als Stine ausstieg, atmete sie hörbar aus und warf ihrem Chef einen vorwurfsvollen Blick zu. Sie hatte sich inzwischen an den Fahrstil ihres Chefs gewöhnt, der, wenn es eilig war, keine Gnade kannte, doch diese Fahrt war grenzwertig verlaufen. Grote tat so, als habe er Stines tadelnden Blick gar nicht bemerkt, und ging zu dem Streifenwagen hinüber, während Stine den Kiosk betrat, um sich von der Inhaberin schildern zu lassen, was sich innerhalb der letzten Stunde bei ihr zugetragen hatte.

Meta Wessel berichtete so unaufgeregt von dem Angriff auf den Zeitungsfahrer, als ob es sich um einen banalen Fünfzig-Cent-Ladendiebstahl gehandelt habe. Stine jedoch wusste, wie tragisch die Situation hätte enden können, und war entsprechend beeindruckt: »Ich bewundere Sie aufrichtig, Frau Wessel! Kein Psychologe hätte besser deeskalierend auf Jan Harmannus einwirken können als Sie. Durch Ihre Besonnenheit haben Sie dem Mann das Leben gerettet. Das war sehr mutig.«

Meta Wessel lachte leise. »Ich bin alles Mögliche, aber gewiss keine mutige Frau. Doch wenn man als Mädchen mit drei älteren Brüdern aufwächst, lernt man schnell, mit den Burschen umzugehen. Außerdem musste ich an meinen Eicke denken, Jan hat mich so sehr an ihn erinnert. Also habe ich ihn behandelt, als wäre er mein Sohn. Vielleicht hat er das gespürt. So einfach war das.«

Grote sprach derweil mit den Streifenpolizisten und ließ sich die Festnahme schildern, die so unerwartet unspektakulär verlaufen war. Der jüngere der beiden schien ein wenig enttäuscht zu sein: »Einmal im Leben nehme ich einen gesuchten Mörder fest, und dann erweist sich der Typ als lammfromm!«

Grote ließ die Bemerkung unkommentiert im Raum stehen, denn mit der Festnahme eines Mörders, der um sein Leben kämpft, hatte er vor einigen Monaten eigene Erfahrungen gemacht.

Jan Harmannus lauschte dem Gespräch der Polizisten anfangs unbeteiligt, doch plötzlich begann sich in ihm Widerstand zu regen. Vielleicht wurde ihm erst durch das Erscheinen der beiden Auricher Kriminalbeamten klar, dass er gerade seine mühsam erkämpfte Freiheit verschenkt hatte. Der Gedanke, viele Jahre, womöglich den Rest seines Lebens im Gefängnis verbringen zu müssen, schürte in ihm Panik. Sein Blick wurde starr, dann begann sein Körper heftig zu zittern. Wieder einmal, wie schon so oft, geriet er in einen Zustand, in dem überbordende Emotionen die Macht über ihn gewannen. Von diesem Moment an konnte er sein Verhalten nicht mehr steuern und folgerichtig traf er eine Entscheidung, die ebenso sinnlos wie gefährlich war.

Als Grote die Tür des Wagens öffnete und Harmannus bat auszusteigen, hielt er dem Kriminalpolizisten seine gefesselten Hände hilfesuchend nach draußen. Grote ergriff sie und zog Harmannus aus dem Fahrzeug. Sofort als Jan Harmannus auf festen Füßen stand, schubste er Grote zur Seite und lief taumelnd über die Landstraße aus dem Ort heraus. Grote reagierte schneller als seine beiden Kollegen und setzte dem Flüchtenden nach, doch anzustrengen brauchte er sich dabei nicht. Jan Harmannus lief zwar in einem beachtlichen Tempo davon, doch so sportlich er auch sein mochte, die gefesselten Hände ließen einen raumgreifenden Laufstil nicht zu.

Alles was er tat, war wirr und unüberlegt, trotzdem wurde ihm die Chancenlosigkeit seines Bemühens schnell bewusst, denn die Schritte seiner Verfolger waren deutlich zu vernehmen. Für einen Augenblick keimte in ihm die Hoffnung auf, dass, wenn ihm das Entkommen schon nicht gelingen sollte, einer der Polizisten seiner Flucht durch einen wohlgezielten Schuss ein Ende bereiten würde. Dann wäre alles vorbei. Doch es fiel kein Schuss, um ihn zu stoppen. So sah er seine letzte Chance, seinem Leben ein Ende zu bereiten, in dem Lastwagen einer Molkerei, der ihm entgegenkam. Als sich das Fahrzeug fast auf seiner Höhe befand, warf er sich kurzentschlossen mit einem Aufschrei auf die Fahrbahn - doch sein Ziel erreichte er damit nicht.

Der Lastwagenfahrer war ein umsichtiger Mann. Er hatte die Männer bereits auf sich zulaufen sehen und bemerkt, dass einem von ihnen die Hände gefesselt waren und dass sich unter seinen Verfolgern zwei Uniformierte befanden. Also zog er die richtigen Schlüsse, nahm seinen Fuß vom Gas und begann vorsorglich zu bremsen. Als sich der Flüchtende vor sein Auto warf, war er nicht einmal überrascht, wich aus und brachte mit einem kräftigen Fußtritt seinen Lastwagen zum Stehen. Jan Harmannus touchierte zwar mit den Schultern die Stoßstange, aber der Aufprall reichte nur, um ihn ein Stück zur Seite zu schleudern. Verletzt wurde er dabei nicht.

*

Die Rückfahrt nach Aurich verlief in bedrückender Stille und eine Stunde später saß Jan im Vernehmungszimmer. Zuerst schwieg er auch dort, doch dann begriff der Schriftsteller, dass die junge Polizistin es geschafft hatte, seinen neuesten Roman so zu lesen, wie es andere nicht vermochten. Also beantwortete er zumindest einige ihrer Fragen, und kurz danach legte er überraschend ein vollständiges Geständnis ab. Er sprach es laut und deutlich in das Mikrofon, das auf dem Tisch stand.

Es bestand allerdings nur aus drei Sätzen: »Ich gebe alles zu, was die Polizei mir vorwirft. Was ich zu sagen habe, steht bereits in meinem Manuskript. Frau Lessing kann es lesen und wird es verstehen.« Danach sagte er bis zur Gerichtsverhandlung kein einziges Wort mehr.

Welche Schuld Gero Bakker auf sich geladen hatte, konnte erst in der Gerichtsverhandlung festgestellt werden. Jan Harmannus brach sein Schweigen und bestätigte, dass Gero Bakker ihm den Tipp bezüglich der illegal entsorgten Giftfässer gegeben hatte. Damit legte er den Grundstein für Harmannus' neuen Enthüllungskrimi. Doch weder mit dem Mord auf der Sandbank noch mit den anderen Gewalttaten hatte er persönlich etwas zu tun gehabt. Gero Bakker war der Chauffeur gewesen, nicht mehr und nicht weniger. Für die Fahrten, die Bakker außerhalb der offiziellen Termine mit Harmannus unternommen hatte, wurde er von dem Schriftsteller stets mit einem großzügigen Trinkgeld bedacht. Dieses Geld konnte er wegen seiner hohen Kreditschulden gut gebrauchen, doch brachte ihn die Annahme auch in eine Abhängigkeit. Das ließ ihn über manche Merkwürdigkeiten hinwegsehen.

Erst durch die Zeitung hatte Gero Bakker wohl erfahren, dass Jan Harmannus in jener Nacht am Deich sogar einen Menschen getötet hatte, während er ahnungslos auf dem Parkplatz gewartet hatte. Daraufhin wollte er Harmannus zur Rede stellen, doch der hatte ihn vertröstet. Zu einer Aussprache zwischen ihnen beiden kam es später nicht mehr, denn Gero Bakker wollte die Wahrheit nicht mehr hören. Er hatte weder den Mut gehabt, frühzeitig die Polizei zu informieren, noch sich Stine gegenüber zu offenbaren. Als ehemaliger Polizist wusste er, dass er sich selbst längst strafbar gemacht hatte. Er kannte sich gut genug im Strafrecht aus, um zu ahnen, dass die Richter ihn nicht nur als Mitwisser, sondern sogar als Mittäter einstufen würden. Das wollte er sich ersparen, deshalb übernahm er seinen Teil der Schuld, indem er in den Tod raste.

Jan Harmannus wirkte während des gesamten Prozesses kalt und emotionslos. Nur als über den Herztod von Wilka Meiners und die schwere Augenverletzung von Maike Okken gesprochen wurde, zeigte er Reue. »Es tut mir leid, ich habe das nicht gewollt. Frauen würde ich niemals etwas antun!«, sagte er, dann schwieg er wieder.

Nur zwei Minuten

Der regelmäßige Kollegen-Treff in der kleinen Dart-Kneipe am Auricher Hafen musste um eine Woche verschoben werden, weil Stefan Grote an dem eigentlich vorgesehenen Termin seinen geplanten Herbst-Marathon absolvierte. Nach diesem Lauf hatte er sich einige Tage freigenommen, und als er nun am Abend in dem Lokal erschien, warteten Stine, Skipper, Frauke Hattinga und Sören Gueres schon voller Erwartung auf ihn.

Kaum hatte er Platz genommen, als es bereits auf ihn einprasselte. Stine konnte ihre Neugier kaum zügeln: »Na los, Chef, zeig uns deine Urkunde! Jeder kann ja behaupten, einen Marathonlauf durchgestanden zu haben, aber wir wollen Beweise sehen.«

Grote bestellte in aller Ruhe ein friesisch herbes Bier, erst dann ließ er sich breitschlagen und holte die Bescheinigung aus der Jackentasche. Mit einem leicht säuerlichen Gesichtsausdruck legte er sie auf den Tisch. »Tut mir leid, mehr war diesmal leider nicht drin.«

Stine wollte es nicht glauben: »Du hast es nicht geschafft?« Dann nahm sie die Urkunde in die Hand und las beruhigt, dass er sehr wohl ans Ziel gekommen war.

Grote schüttelte den Kopf. »Geschafft oder nicht geschafft, darum ging es doch gar nicht. Ich habe schon einige erfolgreiche Läufe hinter mir, doch diesmal wollte ich unbedingt unter 3:30 Stunden bleiben.«

Skipper blickte auf das Dokument: »Ist doch super, Stefan! 3:32 bist du gelaufen, das ist ganz dicht dran.«

Auch Sören Gueres, der selbst sportlich war, konnte seine Bewunderung nicht verhehlen: »Ich wäre froh, wenn ich es überhaupt schaffen würde, und du ärgerst dich über diese läppischen zwei Minuten? Andere benötigen fünf Stunden!«

Grote stöhnte und steckte die Urkunde wieder ein. »Ihr Unwissenden! 3:30 ist eine Art Schallmauer, der Traum vieler Läufer, quasi das Eintrittstor in die Oberklasse. Und ich bin knapp gescheitert. Das tut weh, glaubt es mir!«

Stine konnte das nicht verstehen, sportlicher Ehrgeiz war ihr völlig fremd. Um die Stimmung ihres Chefs zu heben, rief sie zur Theke hinüber: »Tobi, wie lange braucht es eigentlich für ein gut gezapftes Pils?«

Tobi war über Stines Frage verwundert, antwortete aber mit dem Sachverstand eines erfahrenen Wirts. »Früher sagte man, dass es sieben Minuten dauert. Aber die Zeiten sind vorbei. Heute dauert es nur noch drei bis vier Minuten.«

Stine nickte zufrieden. „Super, denn ich möchte meinem Chef gerne ein Bier spendieren. Aber du musst es unbedingt unter 3:30 Minuten schaffen. Danach schmeckt es ihm nämlich nicht mehr.«

Tobi wunderte sich, den Scherz verstand er nicht. Die Gäste, die an Stines Tisch saßen, allerdings schon, denn lautes Gelächter erklang.

Erst als wieder Ruhe eintrat, zitierte Grote aus einem Sketch von Loriot: »Ich bringe sie um, eines Tages bringe ich sie um!«

Das Bier, das Stine ihm bestellt hatte, trank er dennoch in einem Zug aus.

Ostfrieslandkrimi-Empfehlungen des Klarant Verlages

Kennen Sie die Ostfrieslandkrimi-Serie **»Ein Fall für Grote & Lessing«** *von Hans-Rainer Riekers?*

Der erfahrene Hauptkommissar Stefan Grote weiß zuerst nicht so recht, was er von der hübschen Kriminalanwärterin Stine Lessing halten soll: zu zierlich, zu modisch für den Polizeidienst. Doch schon bald merkt Grote, dass seine junge Kollegin hochintelligent ist, die beiden wachsen zu einem echten Team zusammen. Allerdings hat Stine eine Schwäche, die sie bislang geschickt verbergen konnte: In bestimmten Grenzsituationen, unter hohem Druck und bei Gefahr, wird sie von ihrer Angst eingeschnürt und ist zu keiner rationalen Handlung mehr fähig.

Nach ihrem ersten gemeinsamen schicksalhaften Mordfall auf der Nordseeinsel Juist werden Grote und Lessing als Sonderermittler nach Aurich versetzt. In ganz Ostfriesland gehen sie nun dem Verbrechen auf die Spur.

In der Serie sind bereits folgende Ostfrieslandkrimis erschienen:

»Dünenhausmord«, Band 1
Taschenbuch-ISBN: 978-3-96586-241-8
eBook-ISBN: 978-3-96586-242-5

Hauptkommissar Stefan Grote und Kriminalanwärterin Stine Lessing haben es in ihrem ersten Fall in Ostfriesland mit einer skrupellosen Täterin zu tun, die vor nichts zurückschreckt. Ihr erstes Opfer ist der Architekt Enno Oltmanns, der in seinem Dünenhaus auf der Nordseeinsel Juist ermordet aufgefunden wird. Oltmanns galt als grummeliger Einzelgänger, doch wer könnte eine derartige Wut auf ihn gehabt haben? Als wenig später auch der vom Festland geschickte Kriminalbeamte getötet und der Aktenkoffer mit Beweismitteln entwendet wird, ist klar, dass die Täterin bereit ist, jedes Hindernis aus dem Weg zu räumen. Grote & Lessing übernehmen den Fall. Alles, was die Ermittler haben, ist das Phantombild einer attraktiven jungen Frau und das einzige verbliebene Beweisstück: ein schwarzes Haar. Und die Gewissheit, dass die Täterin ihren Rachefeldzug gerade erst begonnen hat …

»Emsdeichmord«, Band 2
Taschenbuch-ISBN: 978-3-96586-309-5
eBook-ISBN: 978-3-96586-310-1

»Springfluttod«, Band 3
Taschenbuch-ISBN: 978-3-96586-378-1
eBook-ISBN: 978-3-96586-379-8

»Leybuchtmord«, Band 4
Taschenbuch-ISBN: 978-3-96586-441-2
eBook-ISBN: 978-3-96586-442-9

»Sandbankmord«, Band 5
Taschenbuch-ISBN: 978-3-96586-539-6
eBook-ISBN: 978-3-96586-540-2